长篇小说

紅雀一河

敏奇才◎著

天津出版传媒集团

天津人民出版社

图书在版编目（CIP）数据

红雀河 / 敏奇才著 . -- 天津：天津人民出版社，
2024. 12. -- ISBN 978-7-201-20924-1

Ⅰ . I247.5

中国国家版本馆 CIP 数据核字第 2024AD7475 号

红雀河
HONG QUE HE

出　　版	天津人民出版社	
出 版 人	刘锦泉	
地　　址	天津市和平区西康路 35 号康岳大厦	
邮政编码	300051	
邮购电话	（022）23332469	
电子邮箱	reader@tjrmcbs.com	

责任编辑	岳　勇
装帧设计	燕　子

印　　刷	成都市兴雅致印务有限责任公司
经　　销	新华书店
开　　本	880 毫米 ×1230 毫米　1/32
印　　张	9.75
字　　数	229 千字
版次印次	2024 年 12 月第 1 版　2024 年 12 月第 1 次印刷
定　　价	58.00 元

作者题记

在我还没有动笔之前，就想写一写这片土地和在这片土地上生活的父老乡亲，以及正在成长的年轻一代，这是很早以前的事。我的奶奶去世了，又一个鲜活的身影倒下了。但是他们被尘蒙的身影在我的眼前不停地晃动，这就令我不由提起手中的笔来描述或是诉说他们的故事。

这就是我的父老乡亲们的生活，也是我曾经的生活。

谨以此献给这片土地和在这片土地上生存着的父老乡亲们。

目　录

红雀
河

老敏

世纪之交的一个腊月天。

正午。

掩映在高大白杨树丛中的敏家咀村还是像往常一样寂静，少了些嘈杂、喧嚣和热闹，只有凛冽的朔风在纤尘飞扬的村道上肆无忌惮地窜来窜去，没有目标，也不知道是什么意思。

风把那些掉落的枯草烂叶吹到墙角的残雪上，叫它们冷得瑟瑟发抖，然后扑上去把老白杨树上的枯枝摇得咯吱咯吱叫唤，不时地摇折一些早已枯朽的干树枝，咔嚓地掉下来跳着摔成好几截，凌乱地撒了一地。

睡过了头的女人咯吱一声挪开一扇陈旧的门扇，探出蓬松的头，脸庞像发饧的面团，筒了袖子勾了头快步迈出大门走过街道，欻欻的脚步声显得有点拖泥带水。

流浪狗啊野猫啥的咻咻地在村街上跑过，有丧家的可怜样。那些觅食的鸡娃子缩在一个个低矮的院墙内，眯了眼打盹，不时地缩起一只冻硬的爪子，做金鸡独立状。

闲人们三个一伙五个一攒蹲在某个墙根儿，清鼻涕吸溜溜地淌着，不时地擤一把鼻涕抹到身后的土墙上，天长日久，把身后的土墙抹得亮晶晶的。他们高谈阔论地谝着闲传、说着古今，争论着村里已然过去的一两件事情的原委。

　　流经村中央的红雀河被一层厚厚的冰盖子覆盖着，平展展、明晃晃地向南伸去，蜿蜒着的，细溜溜的，很是耀眼，像当年富贵人家婆娘们系在身上的银腰带。

　　凛冽的朔风在亮晶晶的冰面上溜来滑去，溜滑得贼快，像调皮的孩童穿了旱冰鞋或是坐了冰车似的。

　　白天的村庄还是和往年这个时候的日子一样，没有太大的变化，日升月落，日子该咋过就咋过，一如从前，天天如此。

　　傍晚，只有在老炮爸家那头大叫驴偶尔亢奋的嘶叫声惊扰了村庄的时候，那些寂寥安静、担负着看家护院任务的狗儿才惊觉地哮叫起来，混杂在大叫驴的嘶叫声里此起彼伏，这时才令人感受到敏家咀村还活着，确确实实活着，活在恬静和激动当中，也活在静谧的人气儿当中。

　　但是一年之后，当这头大叫驴的嘶叫声再次响彻村庄的时候，敏家咀村却没有了今天的这份恬静和激动，更没有了狗的惊觉，只有老敏一家人对命运有限的挣扎，对生活言无不尽的叹息和难肠。

　　但日落月升，一入夜晚，整个村庄就静如止水，全沉入了庄稼人美美的梦乡里。

　　只是谁也不知道，来年的这时候，老敏一家就没有这么恬静的生活了。

　　夜进入了梦乡，村庄进入了梦乡，一切生灵全进入了梦乡。

　　住在庄头百年老白杨树前那低低矮矮平房里的老敏像整锅里烙饼子似的，在炕上翻来覆去折腾了一夜都没睡踏实，像饿得发慌的犟驴或是老牛在圈里刨地蹭墙一样不得安宁。

　　傍亮时，月光轻轻擦过树梢，挤过窗棂，幽幽静静地流泻在昏暗滚烫的土炕上，落在老敏仰躺着的身上。月光像慈祥的老人般轻抚着老敏那国字形、棱角鲜明的黑红脸庞，不肯移走。

　　老敏那黑浓弯曲的长眉毛和花白的胡须在月光下依稀可

辨，胡须在粗粗的呼吸声中一颤一颤的，像生气时的长吁短叹。老敏硬闭着沉重的眼皮，但睡不着，生活的重样一幕幕地飘来，在眼前晃荡着、挤压着、覆盖着，让他有点喘不过气来。是人老朽了，还是心劲松懈了，他自个儿也思谋不透，想不明白。

人老了就是这么个怂劲道，没瞌睡，一晚夕眼睛闭得发烧，眼眶骨困疼，但一抬头一睁眼，头顶的椽子重重地压下来，而一闭眼却是满脑子的凌乱和迷糊，乱花花的，眼前面啥都来，可就瞌睡不来。俗话说人老三件宝：贪财、怕死、瞌睡少。财富对老敏而言是天方夜谭，遥不可及，他一辈子就这样日出而作日落而归地过来了，没有大富大贵，也没有大灾大难，静下心一想，对这样的人生也是心满意足的；死倒是不怕，生死由天定，人的大限到来了，你不死也不行，是避免不了的；可就是瞌睡实在少，少得可怜，让他有时候痛不欲生。

熬着熬着有了些许瞌睡时，东方露出了一丝丝的亮缝，晨礼（伊斯兰教五番拜之一）的唤礼也就念起来了，悠扬悦耳的唤礼声缭绕在村庄上空，穿透静幽微明的天空，空灵灵地飘进老敏的耳朵里，驱赶着他的瞌睡，涤荡着他的心灵。

觉是睡不成了。

近来不知怎的，夜好像檐柱上挂着的那曲曲折折盘弯的皮绳，没有个尽头，长得让人心焦，让他夜夜等不到天亮。他没有瞌睡的时候就思谋纷扰的世事，村庄里早先发生的那一幕幕的往事和自己的家事，往往思谋得头昏脑涨。老伴儿却不像他，不顾夜长夜短，只要礼完宵礼（伊斯兰教五番拜之一），头一挨枕头就啥也不顾了，像挺床的亡人一样一动不动，就是天塌地陷她也照样睡她的觉，一夜一觉像夯石夯实了似的睡得瓷实得很，这就不能不叫他羡慕。

一丝黎明的光亮跳上了窗户，跃进了屋里。东方亮开了，晨礼的时候不早了，他闷闷愣愣地起身推了老伴儿一把，老伴儿嘟嘟囔囔地起来拉亮了电灯，摸摸索索地下炕洗小净去了，而他却眼一闭，迷迷糊糊地歪倒在枕头上，竟昏昏然睡去了。

"老怂，不得济的日鬼东西，你老糊涂了，你……你起来看，太阳都照到屁脸上了。"老敏的沟子上重重地挨了老伴儿碧黛的几巴掌。他一骨碌爬起来，下意识地朝窗外瞅了一眼，窗棂上白生生的，地上麻乎乎的，大门外白杨树上的麻雀早已吵开了锅，叽叽喳喳地欢跃着、闹腾着迎接东升的旭日。那只大红公鸡昂首挺胸地带着一群母鸡在院了里的空地上咕咕地叫着，早开始寻食了。他思谋道，这只大公鸡也是的，天天高一声低一声地鸣叫，叫得人心焦忙乱的，可偏偏今早就没有叫一声，可能也是老糊涂。

东方的天像被打开了，红气浓浓地洒下来，溢满了整个村子，时间过了，晨礼已结束。他的心里蓦地产生了一种深深的不安和歉疚。"真是罪行了，一晚夕睡不着，偏偏到晨礼时候这瞌睡就重得很，重得像无常（死亡）了似的。"老敏既自责埋怨又气愤懊恼，自言自语地骂了起来。

"骂啥哩？时候到了不弹挣着起来，现在倒埋怨起这个那个的，你自个儿思谋去。"

"那几个先人起来啦？"老敏听到院子里静悄悄的，没有任何响动，知道儿子们还没有起来，心底里就莫名其妙来了一股子怨气。近来不知怎么了，他看啥都不顺眼，瞭谁都来气。

"还没有起来。年轻人不像你快入土的骨渣子，瞌睡重，让他们多睡会儿。再说这冷月寒天的，也没有啥要紧活，不就是几车粪吗？多睡会儿觉也耽搁不下啥活，忙月里你叫他们睡他们也睡不成睡不着，自个儿沟子里还夹着独独蒜呢，自个儿逼着自个儿呢，现在你也甭费那点口舌和唾沫了，坐炕上等你的茶饭去。先人长先人短的甭骂了。"

"睡！睡！光知道睡！这都是你这个老怂惯的，平日里有了不是不喘一声，忙月里也不知个务忙，还说不是忙月里，勤谨人起早贪黑，一天做两天的活，半晚上起来喂牲口，晨礼散了拉粪，早把粪都拉完了。我家这几个先人不但不礼晨礼，而且到这会儿了还不喂牲口，把瞌睡往完睡呢，太不像话了，甭说对不住虚晃的日子，而且也对不住养人的五谷。老的小的没有一个让人省心的，都把我往死里气呢！"老敏气呼呼地骂了几句仍在睡梦里的儿子和儿媳妇，就去喂灵角和入冬前买的黑秃子去了。

灵角是老敏喂养了十多年的一头犏牛。灵角刚买来的时候，口还小，料口也小，做活给不上劲，但灵角从刚会做活时就能看出它是一头攒劲牛，它干活从来不辖力。口齐了的前几年它不但料口好而且胃口也好，随便怎么喂上都能上膘。但现在它口大了，料口却小了，浅窝里胃袋时常瘪着，时常处于一种半饥半饱的状态。空着肚子架车拉粪它吃不消，老敏不忍心，可家里几个怂东西就不管这些，睡起来不刷脸也不顾屁脸，就从圈里拉起灵角驾车，也不让灵角透一透气，吃口草料。为此，他说了好多遍，可儿子们都把他的话当成了耳旁风。他暗暗感到自己的确是老了，他的话也没有那么重要了，家里的活路再也用不着他发号施令了。他感到他在这个家里已经成了一个多余的累赘，一件无用的摆设，一只歇场的碌碡，一个可有可无、说话无足轻重的人了。

老敏轻轻地打开圈门，让牛慢慢起来伸腰、活动筋骨、撒尿、拉粪。灵角和黑秃子兴奋地用头蹭着老敏的胳膊，用舌头舔着老敏的手掌，然后打了个懒战，起步朝槽边走去。

老敏细致而有耐心地扫尽圈外牛槽里的杂质和土粒，掬上一抔头天铡好的青稞草，浇上水再撒上麦麸搅匀拌成麸草，再分别把灵角和黑秃子拴好。要是拴不好，有时候灵角和黑秃子为了一口草料还顶仗呢。他喂牲口像照应老伴儿似的，从不马虎，从不大声喊嗓地呵斥牛，也不鞭打牛。他这样喂养的牲口容易上膘，照他的话说就是让牲口有一个好的生活环境和好心情。

老敏喂完牲口朝西厢房窗户上瞟了一眼，厢房窗户上花布窗帘遮得严严密密的，厢房门也关得瓷瓷实实的，看来尔萨家两口子还没有醒，也许是醒来了根本就不想起来，睡懒觉呢。上房里老二曼苏也跟着老大家两口子睡懒觉。跟上勤谨人享福，跟上懒汉饿顿，曼苏跟上老大家两口子睡懒觉，太不像话了，这个家里的人礼典道哪儿去了呢？愧了先人了，简直是把八辈子先人都愧尽了。对于儿子们，他好像已经说不动了，也许是"婆婆的嘴碎媳妇的耳背"，他说得太多的缘故吧。老伴儿常骂他是君子言贵、死怂话多。

老敏一个人站在院子里冷缩着望着冉冉上升的太阳，瞅着自己孤长的身影，感到那么无寥、空茫、无助和寂寞。窝在窝里的黄狗安静地看着老敏，没有丝毫的动静。

老敏就奇怪黄狗这几天了都没有喘一声。

他不知道自己还该干些什么。

大门外面拉粪的架子车在咣当咣当地响着，马车、牛车、骡车都在门前的村街上走过，牲口的蹄音在他心上急促地咚咚敲着，他心里那个焦急啊无法言说。他思谋着两个儿子和儿媳妇，一阵烫脸的羞耻涌上了心头。睡觉睡到大天亮了不做活，这不是庄稼人的本事，可有什么办法呢？他确实是有气没处撒，老伴儿是他最好的出气筒，可他现在就是有气也不能撒给老伴儿了，儿子有了媳妇，再这样做就是给老伴儿脸上抹黑，再说老伴儿也不会饶他，他左思右想就是没有个好主意，这活宝们简直是让人没口说了。

老伴儿出来抱柴生火，他白了老伴儿一眼："先人们都睡死了，你也不吭一声。"

"就你精，你去躺着焐你的沟子去，把你闲不出病，一早上唠唠叨叨的，没有个展脸，像只多嘴子麻雀，少说两句把你憋不死，你要是没啥做的就到街上转着拾粪去。"老伴儿狠狠地剜了他一眼，抱着柴火朝灶房走去。

"你没听老年人说儿不教父之过，上梁不正下梁歪，娘老子心疼不是爱是大害。你不让我张口说他们，一张口你就磕上了，像个嗓母鸡。"老伴儿大声喊嗓让他有些吃不住劲，听着就来了气，不由多说了老伴儿几句。原来他可不是这样，老敏甚至怀疑自己害了啥病。

老伴儿又白了他一眼，再也没有理识他，抱上柴生火去了。

他感到没趣。他和老伴儿的这种争吵也不是一天半天的事了，年轻的时候吵，老了还吵，不吵好像闲得无聊，也有点不正常。尔萨和媳妇阿西也曾当面说过他和老伴儿几回了，看来老伴儿是有了记性，不与他争犟了。

他揣上手坐在台阶上时而看灵角和黑秃子吃料，时而眯眼看冉冉升起的太阳，脑子里一片凌乱，乌七八糟的。

他坐了一会儿，心里就又莫名其妙升腾起一股子气来。

"尔萨、曼苏，两个懒怂！都给我起来，太阳把屁脸都晒红烤焦了，也不知道个疼痒。快起来，吃过饭我们去接牛，现在趁拉粪不接牛，到耕种犁地时你架杠就难了，快点，先人们！"老敏思谋了一会儿，心里的那股子气就呼呼地往上冒。他终于大声喊嗓地吼了起来。

他年轻的时候是个急性子，那时生产队里干活就数他最认真，从来都是急急火火不偷懒摸滑，活干累了回家美美躺上一觉，第二天乏气啥的也就随之消失了。可现在的年轻人是怎么了，整天就务操了个瞌睡，照死里睡呢，把事不当事。

"又啰唆开了，你少说两句心口子疼呢还是嘴皮子痒呢？你老了就把自己放在老者的位置上，别给脸不要脸。甭吵，这大冬天的，就那么几车粪，另外也没有个啥务忙的，让他们睡好了，再说了也没耽搁啥活。你再吵，吵……阿婆一晚夕没睡好，天亮刚睡着，吵着叫阿婆犯病好了。大声喊嗓的，家里就你老，炕上躺的比你还老呢。让人都消停会儿。该做啥做啥去，别再嚷了。"老伴儿从灶房里蹦出来连骂带比画地瞪了他几眼。

听老伴儿这比比画画一说一喊，老敏也就不吭声了，老伴儿的骂还是让他有点胆虚，不是说他害怕老伴儿，而是怕叫儿媳妇听着了，他不希望儿媳妇看他的笑话。但不知啥时候，尔萨和曼苏已悄然站在了他身后。两个坏怂一脸贼坏地看着他笑。两个活宝一笑，他的气也就散了大半。他知道把张脸再拉着黑下去就没有啥意思了。

正如人们说的，儿子的气不是气，旁人的气才是气。两个贼东西那样一笑，老敏就没有生气的理由了，他只好蔫蔫地进屋上炕喝他的早茶去了。

老敏一进屋，院子里就又显得冷清气净。

挼牛

    生牛犊黑秃子该挼着使唤了，但挼牛对庄稼人而言是件顶泼烦的事。

    老人们常说，会挼了是挼牛，不会挼了是挼人。也就是说挼牛的人性子大了不行，性子小了也不行，性子大了会把牛挼惊挼坏，性子小了挼出来的牛性子柔软做活赶不上趟。尔萨和曼苏都是暴躁性子，做活干事很草率，没有大的耐心，因此把挼牛的事交给尔萨和曼苏兄弟两个让老敏放不下心，弄不好会把牛要么挼惊，要么挼坏。他只有亲自出马才放心，便让他们兄弟二人陪他去。

    挼，在洮州一带有调教、训教、引导、训练的意思。当年皮匠熟皮子就是这样一把一把挼出来的。所以挼牛就不能来硬的，要诱导瞒哄着教会生牛犊子各种号令，慢慢调教着让它顺着人意拉车驾杠、犁地耕田。

    挼牛是有一个过程的，好比一个学做农活的庄稼人的孩子，他不会做农活，你不能骂，也不能责备，只能指导他掌握做农活的各种要领和技巧，慢慢地教他从最简单的农活做起，在实践中一点一滴地教他掌握各种农活的要领和技巧。挼牛也一样，不能心急，更不能性子紧。挼牛的时候先拉上一头乖顺的老牛，让老牛带上小牛从架套开始，等熟悉了后再从拉车、犁地捵起。这样捵出来的牛听话，使起来顺手。老敏一个人捵牛力气不够，让尔萨和曼苏兄弟两个捵他又不放心，再说了他兄弟两个人也不会捵。捵牛是庄稼人在庄稼行道里摸索出来的一门学问，不是谁想掌握就能掌握得了的。

老敏想着捵牛，心里就有了一股满满的自信与豪迈的勇气，不由自主地想起了他年轻时候捵过的那些个牲口。那个时候的他，捵牲口有一手，从他的手里捵出来的牲口既灵性又能听人的话，就跟别人捵出来的牲口不一样。后来生产队里捵牲口的活就缺不了他，他成了生产队里捵牲口的能手，他捵过的牲口不计其数，有牛有驴也有骡马，当年做活顺手的牲口哪个不是他捵出来的。

让灵角陪着生牛犊黑秃子学架套有点吃亏，但没有办法，没有它，黑秃子就捵不成，也捵不好。老敏心疼地看着灵角说："老家伙，让你吃亏了，等黑秃子会做活了，你就能歇缓一下了，你的后脚就是它的前脚，你就吃上一次亏吧。"他说话的时候，灵角就用那双水汪汪的大眼睛静静地望着。他说完了，灵角就用头蹭蹭他的腰眼或用它那湿润的舌头舔一舔他粗糙的大手，表示同意。

这几年老敏已经对灵角生就了一种无可替代的深厚感情，这不是一般的感情，是两个劳动者的感情，也是两个老朋友的感情，更是两个老者的感情。灵角在没有他的时候就不好好吃草料，只有当他站在灵角的身边时，它才会吃得津津有味，大吃大嚼，甭说吃得有多香了。有时他碰见一片青草的时候首先想到的就是灵角。这是没有办法的事，他务操了一辈子牛，看见一片青草的那种痴情更甚于一头牛对青草的钟爱。在春天里放牛的时候，他对灵角就像老朋友似的，能唠唠叨叨说上一整天的话，灵角不烦也不恼，吃饱了肚子卧在山坡上，歪了头看着偌大的山场上草长花开，静静地聆听老敏唠叨过去经历过的一切和当下儿女们的一些事。他说困了的时候，就把头靠在灵角前胛上眯眼躺上一会儿，满脸舒心和畅快。其实放牛最快乐的时候，就是田野里野花怒放，草色鲜嫩，伴随着晨阳下的鸟叫虫鸣，老牛像收割机一样沿着长满青草的田埂和小路一路噜噜地啃过去，耳边充满悦耳的节奏和韵律……

倒完粪的空车子在坑坑洼洼的土路上咣当咣当地抖着，响声有点急促和紧张。

吃过早饭，老敏让尔萨给灵角架上架子车，叫曼苏牵上黑秃子到还没有拉粪的软地里去掇牛。

一老两小三个人，两头牛，一辆老旧架子车，像打老虎似的。

腊月天，空旷的田野里很寂静。白天，田野里连野雀的叫鸣声都没有，只有太阳被死古古的云层簇拥着，呆呆的没有一点儿活泛气儿。不知从哪儿吹来一丝儿风，带着一股子狠劲，往肉里面钻，冻得人脸面硬邦邦的，让那些个嘴利之人说起话来都没个利索劲。

尔萨揣着手，将牵灵角的缰绳盘在胳膊上，走得不快也不慢，嘴里"瞧！瞧！"喊着。灵角驾着架子车，车后跟着曼苏，手里牵黑秃子的缰绳松松垮垮的，由牛的性子走着。老敏跟在黑秃子的后面，手里拿着鞭子，红柳条的鞭杆，黄色细塑料绳编成的鞭梢，不时地在空中啪的甩声炸响，惊得灵角和黑秃子猛地向前跑上几步。尔萨和曼苏也跟着牛欻欻地急走上几步，却没有急慌的样子。老敏心想，这两个不成样的东西还真没有赶他的性子，就是尿尿到鞋面上也不日晃。

那些勤谨人把拉来肥田的粪整齐地、一堆一堆地堆放在地里，像田鼠打出的新鲜土堆。

老敏找了一大块没有粪堆的空地开始掇黑秃子。

这时候的老敏突然恢复了年轻时的那种精神和豪情，像个沉着的指挥员，振臂一呼："尔萨、曼苏，架套！"两个年轻人也热血沸腾，摩拳擦掌，跃跃欲试，把按牛当作一种生活的乐趣。

黑秃子像个听话的孩子一样，对于驾套没有反对。它不知道这个套一旦架上去，就是一生的枷锁，直到老得迈不开腿、走不动路、拉不动车和犁的时候，才会彻底歇缓下来。难道它没有见到灵角脖颈上的皮肉被架套的轭头磨得起了老茧？硬硬的，像垫着块木板，这是灵角一生为这个家庭劳作的结果。现在黑秃子来了，它得接过拉犁耕地的接力棒，为这个家庭起早贪黑地劳作，贡献它的力量。

黑秃子对架套很陌生，也很好奇。但一双水灵灵、亮晶晶的眼睛，忽闪忽闪的，像个调皮的孩童一样满眼透露着好奇。尔萨牵着灵角，老敏牵着黑秃子，慢慢地在软地里来来回回地前行、转弯。黑秃子由着他们三个人摆布，由灵角牵引着往前走，走得很顺从，好像一头吃奶的牛犊子跟着母牛似的。看来黑秃子按起来不是很费神，老敏的心里有一种由衷地高兴。黑秃子是头肯听话的乖牛，老敏心里想着，不由自己竟然哼起了小曲。

他们让灵角牵引着黑秃子架着大套在还没有拉粪的空地里直走、左转弯、右转弯、卸套、架套，来来回回地走了两个多小时，黑秃子的头开始勾得有点低了，老敏知道它的脖颈让轭头磨疼了，它的脖颈还嫩着呢，经不起轭头长时间的研磨，便卸车让两头牛歇缓一会儿。

老敏坐在架子车的车厢里眯了会儿眼，风嗖嗖地吹着，身上有点冷，他看已经差不多了，让黑秃子单独架套把那些程序试了几遍，结果比想象的还要顺利。黑秃子顺从地拉着套，走得不偏不歪，端端正正。按得这样顺利，老敏让尔萨和曼苏卸下大套驾上架子车试试。爷们三人驾上车，牛走得很乖。老敏说来点重量，再磨一磨黑秃子的脖颈，说完坐在车厢里看着黑秃子往前走。

谁知不经意间，曼苏大大地打了个喷嚏，惊得黑秃子从尔萨的手中猛地挣脱了缰绳，拉着车在并不平坦的田野上疯跑了起来。老敏一时从车厢里下不来，就大喊尔萨和曼苏，他越喊黑秃子就跑得越快。黑秃子跑得慌不择路，拉着架子车跳下了一个并不高的塄坎，咣当一声把老敏扣在了车厢下面，自己也被套绳襻在地上动弹不得。

当尔萨和曼苏跑来掀开车厢时，老敏已经连惊带吓地趴在地上疼得起不来，而黑秃子却使劲地挣着襻它的缰绳，兄弟二人吓得手忙脚乱，不知所措。老敏喊着说："刀子，把刀子掏出来，快、快。"他这样一喊，尔萨掏出刀子不知递给谁。"割断襻牛的缰绳。蠢怂、憨头！不得济的东西，掏刀子宰我呢？木杵杵地站着。你看牛弹挣不动。小心割，别伤着牛。"尔萨被父亲一骂一喊，心中就豁然开朗了，他小心地割断了襻牛的缰绳，黑秃子一骨碌立起时浑身颤抖着，它定定地站着，不走也不跑，眼看着他们三人在那里务操。

老敏爬起来坐在地上喘气，看来他也是受了点惊吓。尔萨手中牵着牛站在那里像一个呆子，曼苏过来扶了一把父亲，老敏却只是摇了摇头，摆了摆手，没有起来的意思。

爷们三人和黑秃子就这样站着，坐着，等着。灵角远远地站着，倒嚼着胃里的草料，满眼的迷茫和不解。

"哎哟哟！你们咋就把蛇要到地上了？怎么把车子仰翻了呢？你们这是揉牛还是揉人呢？揉人也不能揉老成没有一点锐气的，要揉就揉年轻人，把那二杆子驾上揉一揉，把那犟脖子筋道磨一磨，把性子揉得绵软一点。两个人沟子里拌了蒜嘛钻了麦芒呢啥，跑了婆娘追媳妇呢，日急慌忙的，没有个稳重样。尔萨把你父亲瞅一下，看身上哪地方摔坏了没有？你看，你们年轻人就是冒失，做啥事不小心。快扶你父亲起来，冰地上不要坐，坐着伤人呢，再说时间久了人也吃不消，小心冻坏了腰腿。"从远山里打猎回来的老炮爸看到他们爷仨狼狈不堪的样子就连珠炮似的叫嚷开了。

老敏起来试着甩了几下腿，左右扭了下腰，确认身上的"零件"没有摔坏一件，便咧着嘴对老炮爸说："身上的胳骨卯榫都还瓷实呢，没摔坏。要不你给我捏摸一下？"

"没摔坏就好，就不捏摸了，老胳膊老腿的，摔坏一件就麻烦了，老年人不像年轻人，骨头酥了身上没有连筋了，要是摔坏的话好歹也得在炕上躺一百多天，躺在炕上那可有你受的罪了。好！好！好！没有伤着是你的勇气，知感、知感。"老炮爸说着下了塄坎，帮尔萨和曼苏扶正了车，又帮他们套上灵角，扶老敏坐到车子上，然后牵着牛缰绳往回拉。黑秃子被曼苏牵着，默默地跟在人后头，像一个受了多大委屈的孩童。

到了家门口，老敏让老炮爸进屋喝口水歇会儿乏气。老炮爸没有进屋，说就不添麻烦了，明早再过来瞅你。老敏也就没有强求。老炮爸晃悠着走了。

老敏刚进院门就牵拉着脸不和儿子们说话了。

他们三个像打了败仗的逃兵，一个个灰头土脸的。

老伴儿站在院子里看着他们三人的狼狈相，嘿嘿地笑着问道："你们这是打狼还是去打虎去了？像钻了狼窝的土豹子，没有个人样了。出门的时候还趾高气扬的，回来话都不喘一声了，像着了谁的瞎气？"

老敏盯着老伴儿深深地剜了一眼。老伴儿才知道他果真是着了谁的瞎气了，就再不敢往下问了。

儿媳阿西和女儿曼茹叶望着他们的狼狈样偷偷地笑了。

老敏一瘸一跛地进屋上了炕，黑着脸斜靠在被子上一声不吭。这个时候，谁也不敢打扰他。他在气头上的时候，让他一个人闷头闷脑地睡一觉，气也就消了。但今天他却不睡，斜靠在被子上生闷气。老伴儿端着茶水不敢喊，儿媳阿西就更不敢喊了，只有女儿曼茹叶敢喊，但她就是不喊，谁让那么大的两个活人不操心摔着父亲了呢？让两个人挨一顿骂也是应该的。

老敏斜躺在炕上生闷气，老伴儿她们也就不打搅他，让他一个人那样斜靠着缓着歇着。可她们不知道，这时候他老人家肚子里已经憋了一腔浓烈的火气，专等发火的机会了。

一家人坐在厢房里说起接牛翻车的事，就忍不住笑了起来，有那么一会儿把大家的肚子都笑疼了。他们这一笑就把丢在堂屋炕上斜靠着的老敏给惹火了，他很是气愤。他开始大声地呻唤起来。老伴儿跑来问是不是伤着了哪里，他歪着嘴从牙缝里吸着风，指着腰和腿不说话。这可急坏了老伴儿，她连跑带喊地要儿子们出去买几贴膏药回来。听母亲一惊一乍地喊着，几个人都慌了。跑出去买膏药的买膏药，进屋看父亲的看父亲，一家人的脸色都变了。老伴儿则跑去填炕烧火。

尔萨猴急毛燎地握着两片膏药进了屋，老敏躺在炕上没有理识他。尔萨刚把膏药递过去，老敏就甩手朝尔萨的脸上丢过去，就再也忍不住指着尔萨骂了起来："老子接了一辈子的牛，也还没见过你们这样要人命的怂东西，一点儿也给人鼓不上劲儿，你们想让我气死在你们的手里吗？家里这若干年使唤的牛哪一头不是我接出来的，照你们的接法，牛早就接死了，即使不死也把牛接惊了。新牛像刚懂事的娃娃一样，要慢慢使唤，不能使性子，要使性子你踏灰修理地球去。接牛，这一惊一乍的，往后就不好使唤了。这一次彻底把牛接惊了。我看这头牛往后用着也不顺手。牲口是有记性的，你这次搞惊了，下次你就近不了它的身，也不让你架套。往后你使唤它稍微有点风吹草动就会使它受惊的，我看你们怎么使唤这头牛呢！"老敏越说越气，气得嘴都歪了。

　　尔萨听着老敏数落有点吃不住，溜出屋门叫来曼苏，让曼苏给父亲贴膏药。可曼苏哪里敢贴，他的胆子本来就比尔萨和尔力小，虽然他是尔力的哥哥，但却没有尔力的胆量。他想，要是尔力没有去学校的话那该有多好，伺候父亲的活就是尔力的了。

　　曼苏进门见父亲铁青着脸，心里便不由自主咚咚地跳了起来，他是知道父亲的脾气，父亲不到万不得已的时候是从不骂人的，可见父亲今天是生了很大的气了。他朝窗外瞅了一眼，尔萨正朝他挤眉弄眼的，他的气也就上来了：这又不是我一个人的错，你尔萨有啥幸灾乐祸的，不就是父亲黑了脸吗？你不是也挨了父亲的骂吗？他就想不通尔萨怎么是这么一副德行。

　　老敏把他的脊背平展展地放倒在炕上，让炕火烙着。他的脊背是越来越疼，他隐隐感到腰腿有点不太对劲，是不是身上的啥"零件"坏了呢？他不敢往这层上想，要是身上的"零件"坏了，他就动弹不了了，到那时，这几个先人还不把他气死？就是气不死也会气疯呢。腰腿千万不能出啥差错，要是腰腿出了差错，那他就成了一个废人。老娘已经在炕上躺了好几年了，他再不能躺在炕上，他躺在炕上谁伺候呢？他没躺这几个先人都是这个劲道，万一他躺到了炕上，那这几个先人还不把他气死才怪呢！如果真那样了的话老伴儿也就没有活路了。

　　老伴儿碧黛过来看着他一脸的忧愁，不知说什么好，只有陪着他掉几滴疼爱的泪水，但她却没有那么多泪水，早些年，为了儿女，早把她的泪水挤干了。

　　那些年，儿子女儿都还小，婆婆为了孩子们穿暖和，大冬天的把自己的棉裤改裁成小棉裤给孩子们穿，硬是把自己的腰腿冻得落下了一身残病，最终导致年迈的婆婆睡了炕，已经差不多有五年时间没下炕了，孩子们现在已经长大成人了，但他们哪里知道奶奶的苦处呢？他们不知道。即便是说了他们也不明白。碧黛一思谋起婆婆为她和她的子女吃了那么多的苦，就不由自主流下了悔恨的泪水。可现在她没有那么多的泪水，她已经哭干了。

曼茹叶坐在炕沿上看着父亲一脸的痛苦样，她知道父亲这次是摔着了，肯定是摔伤了什么地方，要不然父亲是不会躺在炕上长一声短一声地吭着呻唤了。父亲吭着的呻唤声沉沉的、闷闷的，伤得不轻呢。男人的吭，女人的呻，男人吭女人呻唤的时候就不能轻视，更不能马虎。碧黛一想到这里，就大喊阿西把炕烧热，并准备些吃的，让曼苏到村头的小诊所去请大夫。听老伴儿这么一吩咐，老敏就转身瞪了一眼围在炕沿上的老伴儿、儿子和媳妇，又转过身去不理人了。不难看出，老敏不但疼，而且还生了很大的气。一家人你看我我看你，谁也没有办法让老敏说话。

曼苏去了不大一会儿，大夫就请来了。大夫一来，老敏的脸色才像由阴转晴的天气，稍微有了晴朗的意思。大夫问老敏哪儿疼，可老敏扭动着思谋了半天却说不出是哪儿疼。大夫伸手从他的胳膊上摸起，摸到他的腰上时，他疼得龇牙咧嘴地呻唤了起来。大夫看了一眼围在炕沿上的碧黛和儿子媳妇们说，老敏的脊椎骨怕是受伤了，脊椎受了伤要好好地养一养，要不然会落下残病的。大夫这一说可就把大家吓着了，果真这样的话，那可咋办呢？家中这一摊子事谁管呢？儿子丫头的才成事了一个，这可怎么办呢？碧黛大声喊丧地掉起了眼泪。他是这个家中的顶梁柱啊，这个家里可不能没有他啊。大夫看她们掉泪抹眼的，开了两盒跌打丸叫老敏先吃着歇缓上几天再看。

老敏本来就没有愁，经大夫一说他也就紧张了，果真要是像大夫说的那样落下残病的话，他可就苦了。儿子丫头除了尔萨成事外都还没有成事，这不是要他的干命吗？

大夫一走，老敏就又骂开了："半拉子西医大夫，能看啥病呢？头疼脑热的还能治几下，伤筋动骨的他能看吗？还不去叫你老炮爸，让他过来给我捏摸一下，看腰上的啥卯榫摔坏了没有，这会儿疼得钻心呢，让人受不住。"曼苏一听老敏要老炮爸来，就风一样刮出了屋子，大门咯叽地响了一声，不见了曼苏的踪影。

这会儿，老敏躺在炕上思谋他艰辛的一生。

人年轻的时候，没有过多的奢望，也不思谋过多的事情，大事情由父辈顶着，小事不用自己操心，只要吃饱肚子，能睡个好觉安稳觉就知足了。可现在不一样了，家里大大小小的事情他一样不差地操着心，可还操不到点子上，一会儿跟不上就会出纰漏。就像今天接牛的事，他跟着都出了事。唉，现在的年轻人可真不像他们那个时候的年轻人，心里都不装事，做啥事大大咧咧、拖泥带水、心不在焉、满不在乎，没个做人的正经样，也不怕人前笑话，真让人愁肠。他们那个时代的人，说话做事干脆利落，从来不给人留下一个滑头的印象，而是把每一件大大小小的事当作正事来干，往往是要在人前干出些名堂来。像老炮爸时常感叹着说的，现在的年轻人里面没有攒劲人了。老敏觉得尔萨和曼苏还真应了老炮爸的话，不是个攒劲人。

一家人的心都蹙成了一团麻。父亲摔成了这样，大家开始责怪尔萨和曼苏做啥事都没有个心眼，不操心要二杆子劲道。碧黛看着老敏的痛苦样，坐在炕沿上指名道姓左一声二杆子右一声白识货骂着，骂得尔萨和曼苏站也不是坐也不是。碧黛就是这么个脾气，看谁不顺眼，她的嘴就不停歇，直至让你的耳朵听出耳痂的时候她才肯罢休。其实，她这一段时间以来心气不顺，心烦气躁的没地方诉说，今天正好借这个事发泄一下。她借此机会把两个儿子狠狠地骂了一顿，骂完眼泪也抹得差不多了。骂罢朝儿媳阿西和女儿曼茹叶望了一眼，再看了一眼还在呻唤的老敏，转身做她的活路去了。母亲这么一骂，父亲也跟上咬牙切齿地骂开了。母亲骂的时候他们可以装着没听见，可父亲骂的时候就不能装着听不见了。父亲骂人的时候是骂一声问一声，直至让你汗淌得像抹了油似的。

这一天他们什么也没有做成。整天耳朵里听到的是母亲嘴里嗡里嗡棱的责骂声和父亲嘴里偶尔发出的训吼声。

一家人感到父亲的天没有塌，而是母亲的天塌了。互相挤弄着眼睛，用嘴角和眼神说话。又一连几天没有好日子过了。

老炮爸

　　老炮爸急匆匆过来帮老敏浑身上下、翻里翻面捏摸了一会儿，盯着老敏的眼睛笑着说："胳骨卯榫都完好无损，就是腰间的肌肉拉伤了，躺着歇缓上几天就没事了。没想到你也这么脆弱了，一点小毛病就龇牙咧嘴的，不像年轻那会儿的你了。现在也没有啥活路，躺着，让两个驴大的儿子把你好好服侍上几天，你也享受一下让人伺候的滋味。"老敏阴沉着脸招手让尔萨和曼苏给老炮爸上茶倒水。老炮爸摆手不让倒水，说他还有事，就又笑着安慰了一下老敏便起身告辞走了。

　　拉粪的车板子在村街上咣当咣当响起的时候，庄稼人的手脚就活动开了，那冻缩了一冬的笑容就又出现在了庄稼人的脸上。一年的希望又被牛车拉到了田野里，田野上到处是忙碌的庄稼人的身影，有老有小有男有女。

　　庄稼人一年的务忙和希望就是这样开始的。

　　老敏躺在炕上养病，耳朵却一刻也没有闲着。屋外村街上忙碌的人畜的声响跨在阳光的背上，清清晰晰地翻过院墙，穿过窗户，哗地钻到他的耳朵里来，让他没有片刻的安宁。听着村街上咣当咣当响着的车板子声和咔嗒咔嗒的急促的马蹄声，以及那慢悠悠的踏碎虫子的牛蹄声，老敏心中就焚烧起来，莫名地生起一股子火气。他攥紧拳头狠狠地朝眼前的墙面上砸了几拳，哗哗地落下一层白土墙皮来。那朽松的老墙好像要倒下来似的晃了几晃，最终没有倒下。

尔萨和曼苏驾着灵角拉粪，黑秃子他们是不敢驾了。黑秃子再要是有个三长两短，他们可就没法向父亲交代了。生牛犊子自那次受了惊吓以后，看见驾车就挣着缰绳往后拽，看来这牲口跟人一样，也是有记性的，它对驾车有了刻骨铭心的害怕和恐惧。

现在，老敏虽然在炕上躺着，可他的心却闲不住。他是一个忙惯了的人，这样死样没干地躺着不是个事情，他需找些轻松的活干，但谁也不敢让他干活。还不是太忙的时候，急着也没用，可他却躺不住，他是在劳动中过来的，劳动了这么些年，惯了，现在让他歇下来反倒有些不习惯。劳动是一个庄稼人的本分，坐享其成就不叫庄稼人，一点半点的摔打跌伤那算不了什么，庄稼人还是有点扛头的。他这一生的摔打跌伤还少吗？还不是都挺过来了。

老敏确实是躺不住了。他挪下炕，在院子里刮一刮镢头榔头把，楔一楔铁锨把，看使着顺不顺手。碧黛跟前跟后地喊着，骂着："你就是贱皮子货，下苦的命，活做乏做累了时喊着要歇缓，现在真正歇下来了却蹲不住，瞎鼓捣寻麻烦，让一家人不爽快。"碧黛不让他干那些活儿，让他躺着歇着早点缓好自己的身体。老敏没有理识老伴儿的喊叫，头一横脸一拉："下苦的命，再甭喊叫，越喊人越心焦，心烦。"碧黛喊得泼烦了，他顶撞了几声就默默地回屋躺炕上歇去了。

这天，老炮爸上山打了只野兔拎着来看老敏。他看到老敏躺在炕上还是动弹不得，就瞪圆他的那双眼睛，把尔萨和曼苏叫来又当面狠狠地骂了一顿。他的声音很大，外面人听来还以为是吵架呢。老炮爸骂的时候，尔萨和曼苏就只有听的份没有还嘴的份。

　　老炮爸跟老敏同辈，年轻的时候两人曾合伙打了不少猎。但那年，老敏操枪打猎差点闹出人命，受了些惊吓，就砸了枪歇了手，已经好多年没摸过猎枪了。那年冬天，老敏到前坡山上打猎，黄昏回家的时候，看到山梁上有只红艳艳的火狐狸在枯黄的草丛里忽隐忽现地晃跃，老敏心里一热，抬起土炮想也没想就美美地放了一枪。只一枪，那只红艳艳的火狐狸跃起来跟跟跄跄跑了几步就一头栽倒在了草丛里。等老敏满怀着激动和兴奋上去准备剥狐皮的时候，才知道他那一枪打得不是狐狸，而是人。他那一枪打伤了千家堡的冯一枪，确切地说是打掉了冯一枪的半个右耳。他上去的时候，冯一枪穿着羊皮裤子，四肢伸直，平展展地趴在草丛里大抖大颤，像腊月里脱了毛的瘦羊，扶都扶不起来。头上戴的红狐皮帽扔得远远的，被枪穿透的洞口沾着一点血丝。血染红了冯一枪的右边脸，老敏还以为自己一枪爆了冯一枪的头呢。老敏拉冯一枪的时候，冯一枪战战兢兢地爬不起来，像是拉着个血人。还没等老敏问话，冯一枪就挥拳朝老敏眼窝里捣了过来："你要老子的干命呢？"老敏躲闪不及，冷不防眼窝里挨了冯一枪湿漉漉的一拳，直捣得两眼窝里冒金花子。然后冯一枪才伸手摸了摸自己的头部，当摸到右耳朵的时候，才惊叫着喊道："哎！杂疙瘩、土包子、瞎子，我的耳朵没有了。"老敏仔细一看，冯一枪的右耳朵果真只剩下了残缺的半片，血珠子一滴一滴地滴在冯一枪的肩膀上，渗进他的衣衫里。那只残缺的耳朵像只白杨树的撕裂的旧叶子，要多难看有多难看。老敏给冯一枪低声下气地说了许多好话，才算是了结了此事。原来冯一枪在山梁上看到山洼里有一只红艳艳的火狐狸，他戴着红狐皮帽弓着腰准备猎杀的时候，谁知老敏把他当成了一只红狐，朝他开了一枪。当时他怕老敏再开第二枪，就扔掉红狐皮帽子，顺势平展展地趴在了地上。老敏这回惊吓得不轻，回家就砸了土炮，还赔了冯一枪四麻袋青稞当药费，从此歇了手，再也没有打过猎。跟人说起打猎，他心里就咯噔一下，还心有余悸。

老炮爸是村里的老猎手，一生以打猎为生，早些年，他打野狐猞猁之类的东西，现在这些东西在这地方都绝迹了，这些东西没有了，再说公家也不让打了，而野兔野鸡之类的却繁殖起来了，尤其是野鸡像前几年的鸟儿一样黑压压的在村子周围的山上筑巢繁殖，时不时地从山坡上扑楞楞地飞过，甩着长长的尾巴、带着呼呼的风声，这就让那些常有一嘴肉吃的老猎手们手头发痒了，禁不住拿上枪追上那么一两气子。尤其是在冬天，野鸡犹如一群觅食的麻雀从山上飞下来落在收割过的庄稼地里，吃那些遗留的麦粒和早已冻死的虫子，在这样的时季，老炮爸就背上他的老土炮上山去打野鸡，他一天转下来家里就能吃上一顿丰盛的野鸡肉，皆大欢喜，有时候他也拿上一两只给他的邻居们，让他们吃上一两顿。他来看老敏的时候，拎来了一只兔子，说真的，有时他吃野味还心牵老敏呢，几十年的老搭档了，不能没有个疼心，更何况老敏受了这样的伤呢。老炮爸看着老敏说："你要好好养伤，让这几个活宝伺候你，让他们也尝尝服侍人的滋味，也体验一下他们娘老子当年是如何屎一把尿一把地把他们伺候大的。你把心放到校场里放宽了躺着养伤，千万别急着下炕，养不好伤落下一身残病。这个家里不能没有顶梁柱，现在老婶子已经躺在炕上叫人伺候几年了，你是不能再躺下的，常言说久病床前无孝子，万一躺倒了是自己的麻达（方言：麻烦），那种痛苦谁也替代不了。老一辈人就不说了，也没啥可说的，下一辈人你也保证不了他们，依我看尔萨和曼苏都是二杆子东西，你家老三是个读书人，懂事得很，在学业上不要叫放弃，将来肯定大有出息。"

尔萨听老炮爸这么一说，心里很不受活，嬉皮笑脸地说："我就爱打猎，炮爸把你的枪借给我用两天，保证给你打几只兔子来。"听尔萨这么一说，老炮爸就嘿嘿地笑了，说："尔萨你甭逞能，火车不是推的牛皮不是吹的，拿上枪就能打野生，那是你们年轻娃娃们的想象，真正说打猎可不是那么简单的一回事，你知道野鸡怎么打，野兔怎么打，野狐、野猫子怎么打吗？这里面学问大着呢，不是说任何人操枪就能打猎。我操了一辈子枪，还不是这么个穷怵样子。我奉劝你一句，正正经经找上个活干，好好操心一下家务，不要让你父亲操太多心，你奶奶躺在炕上，现在你父亲又躺在了炕上，一家子人有两人躺在炕上你说能不急人吗？你奶奶也就不说了，她是老了的人了，有今儿个没明日的，可你父亲他还没有老到要睡炕的地步，你们要为你父亲多想一想，他老人家这一生不容易，拉扯你们兄弟几个人也不简单，你们要多担待一些，人老了气力就不足了，但人心还不服老，这样给他的伤害也就大，你们也是大人了，不需要我在这里多嘴多舌，当年你奶奶生病卧床不起的时候就愁白了你父亲的头发，而今，你父亲病了，你们也不见有个愁肠。为了你们这几个浑小子，老嫂子的面皮都皱成了洋芋皮，蹙蹙巴巴的，没有了人样，你们知道你娘当年是啥样子吗？你娘当年外号叫黑牡丹呢，你们知道吗？当年她那个俊灵样子可是压庄的，方圆十里找不出第二个像你们娘那样的俊媳妇，可现在成啥样子了？还不是为了你们几个活宝叫心操成那样的。你说要打猎，你能打猎？你老子当年也不是没有打过猎，打猎这一档子事我就不说了，等你老子以后给你说吧。其实，打猎是穷人才干的事，人有活路的时候就不要打猎，打猎那不是人干的活，我没听说哪个人靠打猎而好过了的，打猎是在干缺德事，万不得已干不得，我是不得已而为之。你们这几天的事是尽快把粪拉完，你看别人都把粪已经拉完了，全庄就剩你们一家了，拉粪也就这么一两天的日子，拉完粪你们该干啥就干啥，老的也就放心了，让人操心不是好事情，你奶奶今冬身体也不怎么好，开春的时候人脆，说不定一口气上不来就'走'了。我闲话说了一大堆，你们也不要见怪，我就是这个直肠子，啥话不说出来心里憋得慌，这些你父亲是知道的，我们惯了说啥也不避让。粪要是拉不完，牵我家里的牛，你们那头新买的牛还没有调教成，我的牛也闲着，只不过要你们搭配一些草料的，但你们也不缺那么一两顿草料。再说了，兄弟两人驾一头牛别人也会笑话你们的，两个大男人，驾一头牛做活也不像话。明早到我家里来牵牛。"

老炮爸说完起身走了。老炮爸不说便罢，一说老敏心里的那个气就更盛了。

老炮爸的脚还没有迈出大门，老敏就等不及了，又训开了，训得尔萨和曼苏两个人坐卧不安。

老敏的脾气家里人是知道的，别人这样一说就惹他生气了，再谁也不敢到跟前去。除了老伴儿碧黛和女儿曼茹叶，别的人一个也不照面。

老敏就这样日夜孤寂地躺在炕上，呻呻唤唤地养着病，骂骂咧咧地不分早夕和晚夕。老敏的唠叨终于让厢房里卧病在床的老母亲受不了了，弹挣着喊了几声。老敏听到老母亲的喊叫声瞬间就像被扎了一针的皮球，顿时萎缩着没有了声息，连大气也不敢出了。

无常

奶奶有气无力地躺在炕上等待着无常。可等无常的来临终究是一个漫长的过程，但无常也不是说无常就无常的事，大限不到你就没有无常的理由，你还得扯缰拽绳地活着，等待那个离世的时刻。那个时刻来临了，你就没有任何留恋尘世的理由和借口，连回望一眼这个花花绿绿世界的机会都不给你，要么痛苦要么幸福地咽下最后一口或清或浊的空气，回归到终极世界。

无常是一个人生命的终结。

奶奶到了那样的年龄，而且已经腰腿不灵便地在炕上躺了五年多，她不无常好像是没有理由的，她是这个家庭的累赘，但谁也没有理由期望她无常。她年轻的时候拉扯一大帮儿女长大成人，而后又一个接一个地把年轻年老的亲人一个个地送进了坟墓，自己倒是一辈子没享上一天清福，到该享福的时候她却享不动了，只落下了那么一身痛苦。她是一个多么刚强的人啊，但有一天她在劳作的过程中突然病倒就再也没有从炕上爬起来，连屎尿都要人接送，你说她能不痛苦吗？虽然这样，这个家里的人还是没有嫌弃她，都期盼着她一天天地好起来，希望有一天她能挪下炕站起来。但她像一把朽坏的农具或是一个歇了场的碌碡，永远也站不起来了。这五年天气，她在炕上干躺着，没日没夜地思谋自己的处境，思谋自己的过去，思谋没有未来的未来。她虽然这样躺着，但是心里亮敞得很，与其这样干躺着不如无常了好，无常了就不会给家里人添麻烦了，可等待无常不是件容易的事，你等待的时候无常偏偏不会降临到你的头上。

奶奶就这样天天坐等着无常。但等待无常对她来说是非常不可取的，而她偏偏就这样等待了。

老敏的病也不是啥大病，歇缓了几天竟然好了。

病好了的老敏整天在田野里转悠，看着地里的粪堆就知道两个儿子没有给他丢脸，该拉粪的地里都拉上了粪。但人却又闲了下来，别人都到林里拾烧柴去了，可他的两个儿子却窝在家里不动弹，真像两个闲人似的。多么好的时候啊，冰桥还没有消走，拾上几车烧柴就够一个春天烧的了。可这两个先人硬是让他娘惯坏了，懒得很，都快变成窝里老了。老敏一想到这些，泪水就唰唰地流了下来。人老了屁也不顶用了，人前说话没有分量了，只有感叹的气力了。

人说怪也怪，年轻的时候他头一挨枕头就睡着了，可现在他却睡不着觉了，那天晚上他还做了一个梦，梦见上房的北墙倒了，倒得一堵没剩，只剩了房子的空架子，偌大的院子空荡荡、黑洞洞的。在梦中，他的心里就怪怪的，有了一种预感，恐怕是家里谁要倒下了，可他就是想不明白，他想着就从梦中惊醒了过来，原来是南柯一梦。但他的心蹙得厉害，母亲躺在炕上已经几年没动弹了，尤其是近几个月来她的身体是越来越不行了，在这冻土初消的时候她很可能要撒手归真而去。老人们不是常说万物初醒的时候人的命最脆，但母亲快要熬过冬天了，再有一两个月就要到春天了，到那时候天气一活泛，人心也就活泛了，人挣扎着活下去的心劲也就大了，可母亲不能熬过这些时候了，梦兆已经给他预示家中要倒人了，那是谁呢？还不是母亲。他想着这些心里就悲戚戚的、空荡荡的。这几天他的心里像塞了乱麻，乱成了一团缠也不是拧也不是的麻疙瘩，总是理不出个头绪来。自己的病还没有大好，两个儿子又懒得动弹，母亲还在炕上躺着等无常。需要考虑的事情都落到了自己头上。人老了说不动儿女了，好在三儿子尔力在学校里住校，要是坐在家里三个人凑在一起，那还不把他愁死。一年来他很少过问尔力的学习和成绩，尔力也没有主动给他说过他的学习情况。现在他感觉自己像是在一个没有围墙的庄子里走不出来。怎么办呢？这还不要了他的老命吗？他有几条腿跑呢？他实在是跑不动了，他要歇下来了。他不是这个家里的老牛，就是一头牛也该有歇缓的时候。可他却感到心灵上没有歇缓的时候，一刻也不允许他歇缓。他歇缓不下来，他是这个家里的长工，不闭上眼睛是歇缓不下来的。而现在的年轻人却把你的这些想法不当一回事，你想归想，生气归生气，但他们毫不在意，总认为生活的压力离他们还很远。父亲你就是领头的，照曼苏的话说一群羊都有个头羊，何况是一个家庭，一个有一大家子人的家庭呢。在这个家里你不操心谁操心。老敏认为他在这个家里存在的意义已经不大了，他感到自己应该彻底地歇下来了。但他的心忙忙碌碌、乱乱糟糟的还是无法歇下来。

那天早上，老敏早早地起身准备下地，过去看了看母亲，陪着她说了一会儿话。母亲的额头高高地耸立着，好像是一座贫瘠的大山，上面横亘着沟壑。她身上的肉已经消完了，只剩下了一把干骨头，老敏看着母亲的容貌哭了，他算不上是一个孝子，但也没有亏待过母亲。最令他放心不下的是母亲在家里人都不在的时候无常，但何时无常那不是谁说了算的事，大限何时要到来，他不得而知，但也不能妄猜，他不能时时刻刻守在母亲的身边，作为这个家里的掌柜的，他还得劳动，还得为那几个懒得腰里抽筋的儿女操劳，为病床上的母亲操心，就是这操劳操心就操碎了他的心，操老了他的心，操得他心力交瘁。

尔萨和曼苏看见父亲的脸上有愠色，就躲得远远的。整天没有啥活可干，游手好闲地和村里的年轻人们聚集在一起开"拖拉机"，把身上的几块钱算是踢踏完了。他们玩起来的时候，就是天王老子在跟前也不认识、不搭理，让你摸不着我的脾气，捞不上我的油水。玩饿了，回到家里狼吞虎咽吃上几口馍馍，填饱肚子就再也不管三七二十一了。

老敏在家里闲了几天就实在憋不住了，就让碧黛烧贴一锅馍馍准备进林去拾车烧柴。碧黛做了馍馍却不见儿子们有任何动静，心里也就不是滋味。儿子们不动弹，让老先人进林拾柴，这不让村里人指破两个活宝的脊梁骨才怪呢。两个儿子才不管别人说三道四，他们怎么就不像他们苦了一辈子的父亲，也不像他们累了一辈子的娘呢？别人家的儿子们起早贪黑地抢着父亲手里的活，早早地挑起担子操心上家务了。别人家的父亲也因此没有那么多的愁肠。村里的年轻人们已经拉了几车烧柴了，把院子码得高高的，谁看了叫谁脸热。可尔萨和曼苏就好像没有看见一样。

老敏进林没有进成，柴也就没有拾成。

奶奶突然不行了。

奶奶是吃了老炮爸送的兔子肉不行了的。那天她连着吃了两大碗兔子肉的面片子，吃的时候她还高高兴兴的，可吃过之后，她就感到气有点上不来，胸口也憋闷得慌，好像快不行了的样子。就那么一会儿，你说人的生命有多脆弱，说不行就不行了。她拉着老敏的手说，她最放心不下的是他们两口子，到这么一把子年纪了，还要操心家务，操心儿女的事，她临无常了还放不下心。她还说她要喝黑泉里的水，吃红雀河里的狗鱼汤。老敏知道当老人需要这两样东西的时候，老人的无常也就临近了。

老敏提了茶壶到黑泉的泉眼上去提泉水，尔萨和曼苏则到还未化开的河里去捕狗鱼。老敏看着黑泉水咕咚咕咚地从沙石缝里向外涌冒着有点调皮。他站了一会儿蹲下身从泉里用勺子小心地一小勺一小勺地舀起泉水，再倒入到茶壶里，直到茶壶舀满，才提着茶壶摇摇晃晃地往回跑。他怎么就不想一想呢？一个临危的人能喝那么多的凉水吗？那只是临危之人的一种心上的焦渴和向往，其实她是喝不多的，顶多喝两三口，可活人的心啊希望她喝个够。但这时候奶奶其实已喝不了几口了。这几年红雀河的水逐渐小了，狗鱼也少了，而且仅有的狗鱼也都钻到深水里躲在了冰层下面。在春天的时候捉鱼好办，只要拿一个背篼堵住河口，从河的上游用一根棍子搅动着赶狗鱼，狗鱼就稀里糊涂地跟着浑水进了背篼，等鱼儿进了背篼后猛地提起，滗掉背篼里的水，十几条或是几十条拇指大小的鱼儿就在背篼里活蹦乱跳，一会儿就能捞一脸盆。可冬天捞鱼就不像春天那么容易，冬天鱼儿不在浅水里而是深藏在冰层下面的深水里。尔萨和曼苏到了河边上，却不知怎么个捞法，在这以前，他们谁也没有在大冬天捞过鱼，更没有在冰层下面捞过鱼。怎么办呢？那只有破冰了，但破冰会惊跑鱼儿的，他俩想不出一个两全其美的办法来。最后还是老敏想了一个办法，他让尔萨和曼苏到河口最窄处破开冰，把背篼放进去，然后从家里取来一根长木杆子，上面缠上一件旧衣服，再从离背篼不远的上游地方把木杆子探进去，赶鱼儿进背篼，这样还真捞到了不少狗鱼。可煮了鱼汤，奶奶却只喝了那么几小口，就再没有喝。她说她喝了黑泉里的水、喝了红雀河里的狗鱼汤，她再什么也都不想了。她一遍又一遍地诵念着几十年张口就来的诵词。她虔诚了一辈子，就是在临终时也不能让她的虔诚信仰有任何的欠损。

过了几天，奶奶的肋巴骨底下就感到了明显的不适，她不能硬撑着。老敏请了县城里最有名的医生给她号了脉，开了药，打了吊针，但病情还是没有好转。奶奶瘦弱得不行，已经没有气力说话了，老敏一遍又一遍地诵读着经文。一家大小望着奶奶瘦弱得只剩一把骨头的面容和飘逸在盖头外的几缕白发，禁不住潸然泪下，但老敏强忍住不让自己哭出声来，怕惊扰母亲即将归真的灵魂。奶奶在以前就告诉过这个家里的人，她归真时不允许家里人号啕大哭。她说过，她的无常是定然，号啕大哭有埋怨的嫌疑，有损于自己的虔诚信仰。她还要求在她无常以后要多舍散些钱财给那些穷苦的乡邻，因为她出身于穷苦的家庭，受了大半辈子的穷，对穷苦日子有着切肤的体验，对穷苦人有永恒的同情。那天下午，老敏给她提念着临终的诵词，她念得真真切切的，一字不差，念完她头一歪便沉沉地睡去了，再也没有醒来。她永远地睡着了，永久地睡着了，她带着对这个家庭的牵挂和对老敏的不放心，永远地离开了这个世界。她瘦弱的脸色变得黄中带白，面露笑容，微闭的眼窝里流出了两颗清清的泪珠。她的无常既轻松容易又明白清亮。奶奶去世了，她留给老敏一家的只有无尽的思念和难以自抑的痛肠。

奶奶去世了，这个家里就突然变得不安静起来。

一拨又一拨慰问的人悄悄地来，默默地祈祷上一番又悄悄地离开，有的人抹着几滴眼泪，有的人一脸的痛苦，更多的是怀念奶奶和记起她在世时的许多好处来。人们不能不记起她的许多好处来。那一年，她的一个亲戚家里断了顿，儿女饿得慌，别的亲戚没有接济那个亲戚，而她却从仅剩的那点口粮中给了那个亲戚一点粮食，让那个亲戚度过了饥荒。而她自己一家人却在那之后断了顿，一家大小饿得不成样子，最小的儿子就是在那次饥荒中殁的,是饿坏的。那是几十年前的事。

老敏站在院子里迎着前来慰问的男男女女和老老少少的乡邻和亲戚,还有上庄和下庄的汉族和藏族朋友。他的娘就头朝东脚朝西仰面停放在屋内那平展的水床上,身上盖着洁净的苫单,几炷香在屋内轻轻地缭绕着,香气弥漫着整个屋子。世间最优美的声调在村子上空荡漾着,整个村子笼罩在了一种庄严神秘的氛围中,连那一两声鸡鸣狗吠也带上了一种神秘的音调。村里的人忙忙碌碌,没有一个闲人,都为奶奶的送葬奔土而忙碌着。

老敏和远近亲房的男人们还有村主任文肚子、支书大嘴等商量着向离 30 里以内的十几户亲戚家派出了年轻人去请人;向远在 30 里之外的亲戚家则打电话或捎话请人;关于打坟的事就不用老敏操心了,自然会有村里的年轻人去打的,在这里谁家殁了人,打坟都是村里年轻人的事,会有人操心的;四乡八路的人自然有人去请这也不用操心;自己操心的就只有"抬埋"(埋葬的费用)了,这"抬埋"得提前准备,在亡人还没有无常的时候就应该准备齐备,但也有例外,那就是家中突然有人无常了来不及提前准备的。奶奶虽然病了好几年,无常的迹象也有了,但老敏却没有准备下一分钱,他不是没有准备,而是他确实准备不了那点钱。现在亡人躺在了水床上,他才忙着向人借钱攒"抬埋"。现在正是人张口地也张口的时候,人们是没有一点儿闲钱的,但老敏家的亡人不能不送,人们还是拿来了准备买化肥或是买种子的钱给老敏解燃眉之急。

奶奶是在第二天下午送走的。那天恰好是主麻日(波斯语:星期五),送奶奶的人很多,有认识的也有不认识的。

早饭时候,老敏遵照老娘生前的嘱咐,请来村里阿訇家的师娘和女邻居法图曼洗亡人。

法图曼用汤瓶(水壶)给亡人洒水,师娘洗沐亡人。浴毕，师娘和法图曼在尸床上铺好尸衣的大殓小殓，并在小殓的巾幅上铺上干脆细柔的香草，要是再洒一点麝香泡的香水，那是再好不过的了，通常也是洒点散发淡香味的香水。香草是老敏前几年在北山摘石蒜花时挖的。那年，老敏到北山采摘石蒜花，石蒜花采摘得不多，反而碰上了香草，便顺手挖了半塑料袋。然后再加上衬衣，才移尸于上面，掩衬加冠，缠布，穿"裹殓服"。

"裹殓服"结束后，师娘喊老敏一家人及亲近之人来瞻视亡人。老敏一家人流着清泪排着队慢慢走进停放亡人的堂屋，瞻视闭眼的奶奶。这匆匆的一视，便是阴阳两隔，是活人和亡人的永别。瞻视结束后年轻人们用"塔布提"（担架）抬着亡人，抬亡人的人从右至左、从前至后十步一换，匆忙而稳当地抬到了寺内。主麻后由阿訇及亡人的男亲属与前来送葬的亲戚邻居一道站了殡礼。

主麻上阿訇讲了啥，老敏没有听清楚，也没有听明白，更没有听得进去，他眼前浮现的是老娘一生那长长的生活细节。

主麻后清真寺院内站殡礼的人们黑压压地站成了一片，比以往哪个亡人的殡礼来的人都多。

人们静静地祈祷着，诉说着奶奶生前的许多好来。

站殡礼时老敏默默地诵读着祈祷词。

站完了殡礼，众多的年轻人抬着亡人缓缓而稳当地向墓地里走去。

老敏跟随着神情严肃抬着亡人的人们移动，他心里乱乱的，茫然无措。身子像浮在水上，飘乎乎的，好像抬着走向墓地的不是无常了的母亲而是他。坟院里送别的人们在枯黄的芨芨草中间跪了一圈又一圈。阿訇和几个长者往坟内下亡人。老敏想：这就是老娘无常后的安身之所，他也一样。此刻，亡人和活着的人永远地隔开了，成了地上和地下、今世和后世两个世界的人。阿訇被人从坟坑里迅疾地拉上来，跪在附近的一处空地上，开始诵读经文。年轻人们用铁锨迅疾地掩埋坟坑，一会儿，一个崭新的潮湿的黄土坟堆出现在了众人眼前，出现在了铺满枯黄干草的墓园里。

阿訇诵经毕，众人为亡人祈祷后，默默地起身，毅然决然地走了，没有丝毫的留恋和牵挂。

老敏默默地跪着，继续为亡人祈祷。

送亡人的人都走了，最后坟院里就剩下了老敏、三个儿子及孙子孙女们，他小声地诵读着经文，一丝暖和的阳光暖暖地贴在他的后背上轻抚。

他跪在坟地里不想起来，老娘拉扯顾攀了他一辈子，到头来却没有享上一天清福，这是他的罪过，他忏悔着。

太阳明晃晃地照着，他的后背暖烘烘的。在坟地里跪得久了，他就觉得有股凉气从腿上冰到了心里，凉透了全身。老娘睡在了这厚厚的冰冷的黑暗的土层里，那里面该有多凉啊。

他看着坟院里一个又一个耸立或是塌陷的坟堆，但已记不清那些都是谁的坟茔了。世人多忘事啊，就那么几年几十年的光阴，便把一个曾经活在这个世界上的人就忘了个干干净净，好像那个人从来就没有在这个世界上存在过一样。但是男的女的老的小的人们确确实实在这个世界上存在过，也确确实实在这个世界上生活过，不过跟你和我一样生活得十分平淡无奇，从来就没有引起过世人的注意罢了。在这个村子里生息繁衍，像一只停留在村子里的麻雀或是在田野上游荡的一只羊，生活过了也就生活过了，没有了也就没有了，毫不奇怪。人世间的繁衍生息，不会因为你的无常而停止，也不会因为你的苟活而停止。

老敏数着那一个又一个披着黄草覆盖着尘灰的坟茔，他认识的还有他不认识的人的坟茔都一样，有大小也有高低，却分

034

不清男女老少，只有老娘的坟茔是崭新的，被一抹潮湿的光光的黄土覆盖着，显得与众不同，但他知道这要不了多久，只要过了这个冬天，随风飘荡的草籽就会在她的坟茔上生根发芽，绿波渺渺，碧草萋萋。漫长的春夏季节一晃，就会变得跟其他坟茔一样，各色草穗疯狂地盖住坟堆，分不清是谁的坟茔了。人老了，腿一展、脚一蹬、嘴一闭就是这个去处，去处就在这黄土下面，谁也逃不脱。他思谋自个儿啥时候能埋在这黄土下面呢，他喃喃自语着说为期不远了，娘啊我将步你的后尘，你是我的前脚，我是你的后脚。在这个村子里还不是我步你的后尘，他或是她步我的后尘，一代人究竟有多少时间呢？谁也说不明、算不清，细想起来，活了那么几十年，也没有活出个啥名堂，等活出名堂的时候人却不行了。他思谋着自己的一生，唯一做了只有一件有名堂的事——那就是生来养育了一大帮儿孙，这就是他活在这个世界上最值得称颂的事了。

太阳渐渐地西斜，坟地里也逐渐有了凉意，老敏的后背上的冰凉越来越重，他该回家了。

他思谋着起身回了家，一路上他不知道是怎样走回去的。他摇摇晃晃地回到家里时，一家大小正在吃晌午饭，他一看这架势心里就忽地蹿上来那么一股子火气，憋得他心口疼，他们竟然没有一点悲痛的样子，好像奶奶的无常与他们无关，与他们的生活无关。好歹是你们的奶奶啊！她活着的时候难道没有疼顾过你们？没拉扯过你们？没操心过你们？你们哪一个不是在奶奶的后背上长大的，那时候奶奶背上背的尔力，手里拖的曼苏，后衣襟上吊的尔萨和阿依舍，还有嗷嗷待哺的曼茹叶也丢不下，她整天跟你们在泥土里摸爬滚打，你们知道那有多难啊！一个人领着五个不懂事的娃娃，一天下来腰腿都不是自己的了，十几年她就是这样坚持下来的，现在她无常了你们就不心疼、你们就不悲痛吗？人心都是肉长的，这几个没良心的东西，老敏气得躺在炕上再也不吭声了。将来自己无常了肯定也和老娘一样，他们肯定不会有什么感觉的，殁了也就殁了，跟院子里的一只羊或是一只鸡死了没有什么两样。他这样思谋着，心里就觉得凉了半截，人有时候确实是不如一只小小的虫蚁的。那人活着还有什么意思呢？他就想不通了。

儿子们是越来越不听话了，他决定自己驾车跟别人去拾柴，一个穷家务，一年的开销也不少，但就这烧柴一年也要烧那么两三车，你不去林里拾柴你总不能生吃吧？那一把草牲口还要吃，不能烧，烧煤吧你没有那个能力，一吨煤好几百块钱呢，谁舍得花那个钱呢？他是舍不得的，儿子们也是舍不得的，那你不去拾烧柴，你总不能烧你的干腿吧？人活在这个世上就这么难。这一辈子他什么活没干过，什么苦没吃过，可给谁说去呢？谁还愿意听你的那些个古今呢？你只有装在肚子里带进坟墓里去。老敏想不透现在的年轻人是怎么了，好像对这个世界充满了敌意和不在乎，但不管怎么说，你既然在这个世界上存在，你就得活下去，你没有理由不活下去，你不但要活下去还要活得滋滋润润，活出些名堂来。这个世界不允许你挑三拣四，要的是你的奋斗、你的努力。老敏想着两个儿子气就不打一处来，年纪轻轻的怎么就那么消沉呢？家中的事也不管不干，像冻水磨一样不推不转。他感到力不从心了，他思谋着他很可能指望不上这两个儿子的孝顺了，毕竟现在的年轻人跟他们那一代的人有很大的差距，心灵上也有不可逾越的鸿沟，他们之间已没有办法沟通了。这是他人生的悲哀。但也是年轻一代人的悲哀。他没有什么话可说。

老敏走林这可是一件大事。老炮爸劝他不要去了，说这可不是逞能的事，毕竟是上了年纪比不得年轻人了，人老了腰来腿不来的。可老敏心里难肠啊，儿子们坐在家里不动弹，好像家里的任何事情与他们不相干，当老子的不动弹那能行吗？不行，这个家的家务还得他来务操（方言：操持）。

老敏还是去了林里。

进林

　　家里没有了老敏，即刻乱成了一团乱麻。但生活方面还是非常有秩序的，该咋过日子还是咋过。有老敏是这个过法，没有老敏还是这个过法，不像老敏说的，没有了章法。

　　父亲去了林里，尔萨和曼苏心里就有了些许不安和内疚，心里觉得怪对不起父亲的，父亲那么一把年纪，该是享清福的时候了，可为了这个家却要像个年轻人一样到林里去拾烧柴，这在人前人后都是说不过去的。

　　尔萨和曼苏商量着驾上黑秃子也去林里拾一车烧柴。两人商量好说走就走，叫阿西准备好干粮，借了老炮爸的架子车于翌日天麻麻亮就启程。

　　黑秃子是刚调教的新牛，这就不能不让碧黛和阿西担心了。但话说回来，两个年轻小伙子牵一头牛，也没有啥大不了的，不就是去林里拾一车烧柴，别人能干的活他俩也能干，父亲一辈子都没有向人示过弱，他俩就更不能有示弱的理由了。只有一点，黑秃子牛小脖颈嫩，怕是车重了把脖颈磨伤呢，要是磨伤了脖颈，牛就有了记忆，看见车就会耍性子，驾车就困难了。那一年冬天干扎扎地冷，老敏戴着一顶棉军帽给生产队里的一头小牛扎鼻孔，钢针的刺疼让牛有了终生的记忆。以后的十几年里那头牛就见不得戴棉帽的人，不管是驾着车或是驾着犁铧，只要见有人戴着棉帽，就会惊骇不已，睁大眼睛鼻孔里噗噗地喘粗气，然后拖着架子车或是犁铧扬蹄飞奔着躲避，前后拖烂了好几辆架子车和几张犁铧。于是阿西剪了一块毛毯垫在了架车的辕头下，免得磨伤黑秃子的脖颈。

这老的小的一走，家里就没有了往日的那种喧嚷和嘈杂了，除了鸡和羊的叫声，再也没有什么动静了。这种时候的那个等待啊，叫人心焦忙乱的，白天等到天黑，天黑又等到天亮，一家人的心都悬在了出门在外的三个人身上。儿子们不出门的时候，大家心里憋着一口气，可出了门，大家的心又悬得那么高。于是，这种等待就成了对亲人的一种无尽的思念和望想。

夜深人静的时候，碧黛、阿西、曼茹叶、大孙女冬月、大孙子伊迪围坐在炕上，没有一点儿瞌睡。碧黛就让冬月和伊迪猜他们爷们三人见面了没有、拾到烧柴了没有、启程回来了没有，但谁也猜不出个所以然，谁也没去过林里，不知道林里面究竟离这儿有多远。盼望着进林的人安全尽快地回来就成了家里这几个人一刻也忘不了的想法，当大白天大门被一阵风忽然吹开的时候，伊迪就跑出去瞧上那么半会儿，把那进林的路看得忽而清晰、忽而模糊，他是多么希望爷爷、父亲和叔叔快点回来。去年爷爷给他从林里砍的那个河柳弹弓叉子已经坏了，他答应这次回来的时候给他砍一个桦木弹弓叉子。他这几天很渴望，在睡梦里都梦到爷爷给他砍削弹弓叉子。可等了几天就是不见爷爷他们回来。当风再次吹开大门的时候，他还是不知要多兴奋。但兴奋归兴奋，就是爷爷他们不见归来。

农村的夜晚很安静，静得一片死沉，只有偶尔被夜空里划过的星辰惊醒的几声狗叫才会打破这夜的寂静。远处谁家庄窠里的一盏灯光昏暗地亮着，亮了一整夜，亮得让人心焦忙乱的。也许这一家人也像碧黛家一样彻夜没有瞌睡，等待着出远门的人，等待着给归家的出门人一碗热饭、一杯热茶，还有烧热的暖炕。

老敏家里的几个女人和孩子们彻夜坐着，干坐着打发无聊的夜晚生活，她们没有电视，也没有收音机之类的东西，她们只有在昏暗的灯光下说说村里的一些往事，再就是说说孩子们的事情，到鸡叫的时候再一骨碌爬起来各干各的事，打理一家子早上的饭食，喂喂牲口什么的，就再也没有什么可干的事了。等待进林的爷们三人仍是她们一天生活中的主要事情。

那天早上，在学校补课的老三尔力突然回来了，带着一身的冷气，满脸的愁肠，看来他是遇到了什么难肠事，要不然他是不回来的。今年他就要高考了，学习是很紧张的。他对考上一所好大学还是有把握的，他是班里的尖子生，是压在老师手心里的大学生。他闷闷不乐地吃了早饭，有点心神不安。碧黛问他咋的了，他瓮声瓮气地说，钱，二百块，学校里又要收钱，说是寒假一个多月的补课费，同学们都已经交上去了。那有什么办法呢？父亲不在，两个哥哥也不在，没有人给他拿钱，话说白了，家里人谁也没有那么多的现钱。要几块钱几个人还能凑个整数，但二百块钱就是一只羊钱。没有现钱，那只有卖羊了，圈里的那只骟羊才满两岁，现在也不是卖羊的时候啊。冬尽春来正是羊膘最弱的时候，羊一个冬天吃黄草瘦成了一把骨架子，一把骨头的羊能卖几个钱呢？但不卖羊又咋办呢？那是没有办法了。谁让这个家这么穷呢？谁让这个家里的人都那么没出息呢？二百块钱，那还不要了她这个老婆子的老命，她从来没有当过家，也不知道用钱的难处。不管是以前还是现在，从来都是老敏当家，大大小小的事都是他操心打理的，可现在这死老头子去了林里，自己拿啥当二百块钱呢？这还不把人急死吗！一张口就二百块钱。自己是没有一点办法了，只有等老敏他们回来了再说。

　　尔力整天站在路口张望，希望父亲他们尽快回来，要不然他就得耽误课了。老师说了，假期的补课费不能拖欠，这就难住了那些农村来的学生了。他们当下是拿不出那么多钱的，尔力也不例外。娘拿不出钱，只有等待父亲他们了。现在正是地张口的时候，再说前一阵子奶奶去世还欠着村里一些"抬埋"钱呢。这愁人啊，愁死人呢。

　　尔萨和曼苏头一回进林。他俩进林是跟着同样进林的几辆空车进去的。进林的路很远，先是走比较宽的土路，走着走着就没有了大路，而是走进了仅够牛车过去的小道，再过了洮河，那样走了一天一夜，到了林里的时候，尔萨和曼苏才知道他们已经真正到了大森林里面，参天的大松树一棵紧挨着一棵，他们的心也就野了。卸了车，尔萨学着他们跟来的那些个人，上到大松树上用斧头砍松树上那向四周伸展的粗大树枝，一棵树上的树枝砍下来，就装满一车烧柴。拾烧柴原来也不是太难。

　　拾满了车，尔萨和曼苏坐在路边问从林里驾着牛车或马车拾满烧柴出来的人们，都说他们的父亲已经走了。

　　尔萨和曼苏没有见到父亲的影子，只好驾上牛车回家。

卖羊

老敏爷仨拾了两架子车烧柴，安全地回来了。

没有消停地歇息一下，他们身心还没有完全从那紧张而险峻的山林之行中松弛下来，老三尔力的补课费就让他们大伤脑筋了。这可不是几块钱的问题。

碧黛说："你们到羊圈里牵只羊到市场卖了吧，就卖那只体壮膘肥的大骟羊，别的羊都瘦小，去卖的话也值不了几个钱。不管怎么说，尔力的补课费不能不交，再说也没有别的办法了。"此时的碧黛像个当家人，话说得很是果断。"只是现在的羊价在跌行里，卖不上好价钱。你们去碰碰运气吧，要是不够的话，鸡窝里那几只老母鸡也抱上卖掉，攒一攒也就够了。"

老敏听老伴儿说要卖羊卖鸡，心里也就隐隐地作痛，难肠起来，羊和鸡那可是老伴儿心上的肉啊，怎么说卖就卖了呢？可不卖义有什么办法呢？尔力那儿可不是说拖就拖的事，一天都不能拖。尔萨和曼苏拉着脸，现在卖羊实在是太可惜了，而鸡也正是下蛋的旺季，不管是卖羊还是卖鸡都是大损失，对这个家庭来说，卖羊意味着卖掉了肥料和一两个月的开销，卖鸡意味着卖掉了家里的盐罐子。可不卖是不行的，老敏决定翌日天亮就去县城牲畜市场上卖羊。

那个晚上，老敏和老伴儿都没有睡好觉，他们反反复复起身给羊喂了很多草料，把羊的肚皮喂得圆圆滚滚的，让它刀背一般的脊梁看上去稍微平整了一些，这样看起来打眼点，还不是太瘦。老敏喂羊的时候，摸了摸羊的脊梁，给碧黛说："只几天工夫没把羊操心上就瘦成了这样。这几个先人一点儿也不操心这个家里的事。你说还不要说呢，这不说能成事吗？往年这时候，羊都没有跌膘。这时候羊跌了膘，到开春掐青的时候，羊都瘦成干棒了，得用大料喂呢，也那是损失啊。"

碧黛白了一眼老敏，说："又嘟囔开了，就你一个人操心家里的事呢，别人都游手好闲吃干饭呢！"碧黛说完身子一扭走了，不理老敏了。

老敏披着棉衣跨在喂羊的木槽上。他没有瞌睡，一边看羊吃料，一边思谋往事。羊儿们那蓝幽幽的眼睛齐刷刷地盯着他，他的心里一阵绞痛。

此时，羊圈里羊的膻腥味、尿骚味、草粪味混合着一起挤进了他的肺里，有点呛人，有点窒息。他的鼻腔里一酸，一串眼泪不争气地淌了下来。

老敏坐得后背上有了些许凉意，才起身回屋睡觉去了。不睡觉是不行的，虽然有时候整夜睡不着觉，但不眯一会儿还是不行的。现在不像年轻时候，那个时候，几天不睡觉能扛得过去，身心也不疲惫，随便眯上一会儿就缓过劲儿来了。但现在不一样了，他明显地感觉自己扛不住了，晚上少睡一会儿第二天就会头重脚轻得像飘在云彩上，摇摇晃晃的，站立不稳。时间是一把锉骨的锉刀，人还没有活出个名堂来，就被一刀刀锉得矮了下去，软弱了下去，没有了年轻时那个高傲的心劲儿。

早上起来，老敏随便吃了几口馍馍，喝了几口茶水，就又给羊喂了些草料饮了水，拉了羊径直去县城的牲畜市场。

早上，天不太冷，暗暗昏昏有点虚渺的天空飘着一星半点的雪花，欲下不下的样子，让人胸闷得不行。

一路上，角上拴着绳子的羊不是跑东就是跑西，不肯端端正正地走路，把老敏拖扯得气喘吁吁的。老敏赶着羊走在平坦的柏油马路上，可他的心里却疙疙瘩瘩的，怎么也平静不下来，庄稼人的日子怎么就没有这么平坦的一天呢？累死累活一辈子也不见得有个一天舒活的日子。总是在那愁肠扯心中度过，庄稼人的日子是啥日子，他思谋着自己的一生，突然眼眶里一酸，泪水扑地掉在了柏油马路上又扑地飞溅开，像一块溅碎开的心。

疾风呼呼地吹着，雪星子在柏油马路上轻飘飘地滚落着，公路两旁的枯草在疾风里叽叽地叫唤着，让人有几分心焦和躁乱。羊拖拖扯扯往小路上弹挣，老敏像个醉汉似的牵着绳头追过来撵过去，气喘吁吁跟不上趟。追赶得紧了，羊又辋在后面不赶路，让老敏左右为难。

老敏当了一辈子的庄稼汉，只到县城里卖过一次牛，再没卖过其他牲畜，今天去卖羊，他的心里七上八下的，一来他不知道现在的行情，二来他和市场上的那些牙行们不熟悉，牙行和买家会不会合伙坑他呢？他的心里很不好受。他的这只骟羊得卖个好价钱，不然他还得抱上家里的那几只"盐罐子"去卖。

市场上的人都是一脸迷茫，没有多少高兴的气氛。有的人手里拿着几张羊皮在市场上转来转去地找买主；有的人怀里抱着几只鸡，蹲在墙角里东张西望的；有的人手里牵着一两只羊，站在风里，羊也静静地站着岿然不动；也有的人手里牵着一头牛或是一头毛驴，等着买主和牙行。整个市场上都是些让钱急着了的庄稼人，没有一个是城里人。人们或站或蹲，都等待着买主和牙行。老敏也选择一处避风的矮墙边上牵着羊站定，等待买主和牙行的到来。可在那样的天气下，市场上比往常少了一些人。雪星子飘着，老敏就那样站着。突然，他看到了老炮爸，老炮爸肩上搭着一条野狐筒子，野狐筒子的尾巴长长地晃动着，看来老炮爸是这里的常卖主了，他悠闲地在市场上晃来荡去，不时地和熟人们说上几句话，或是逗一逗乐子。老炮爸永远是这样一个快乐的人，好像从来就没有什么难肠事能把他难住过。他笑呵呵地对老敏说："老哥，你卖羊来了？你咋不早说，我俩搭个伴，一路上我俩说说话儿有多好，这一个人赶路把人急死了，脑子里闷愣愣的，说走脚也就那样走着，不知道是走哪儿去。要是有个伴，这走路就有点意思了。你说是吧？"老敏听老炮爸这一说，便微微点头笑了。老炮爸看着老敏手里牵着的羊，问道："还没有上买主吧？"老敏点了点头。

雪不知啥时候停了，太阳躲在暗暗昏昏的云层里不肯露面，开始有风从四面吹来，在市场上旋转着，往人的裤管里钻，老敏才觉着身上有点冷。终于有人来问羊价了，老敏揣摩着那人的心思说："要三百多呢，你还个价吧。"那人看了一眼老敏没有说什么话就转身走了。看来那不是真正买羊的人，真正买羊的人不会那么心不在焉的。老敏感到有点失望。他牵着羊蹲在地上，思谋自己的事情。羊咩咩地叫着。老敏再也忍不住了，他喊老炮爸过来说："你去找个买主把我的羊卖掉吧。"老炮爸说："这容易，你先说一下你要的羊价吧。"老敏说给三百多就卖掉。老炮爸说了句"我试去"，牵着羊就晃悠着不见了。过了一会儿，老炮爸就拿着钱来了，手里甩着半截拴羊的缰绳。老敏的心里隐隐作痛起来，自己养了三年的一只羊就这样卖掉了。他揣上老炮爸递过来的羊钱数也没数转身就走，老炮爸说你数一数羊钱，那是三百二十多块钱。他对老炮爸说了句"知道了"，就头也不回地走了。

在回来的路上，他思谋他的羊会有什么样的结果呢？会有什么样的用场呢？这些他都不会知道了，他完成了卖羊的任务，总算能给老三尔力交补课费了。

　　有了钱，他就什么也不用愁了。老敏回家的步伐有点轻快。老三尔力是最让他省心的一个，从小硬气，也争气，从来不让人操心他的学习。他自上小学开始，就自个儿争气地念着，一级一级地念上去，快念成一个大学生了，再有半年，他就成事了。

　　老敏难得想一回尔力的学习，现在想着尔力，他的心情还是有点儿愉快。

纠
纷

老敏一路上心里不知怎么的，乱糟糟的。

回来后老远听到有人在村街上骂街，骂得很难听，他心里就暗暗骂起来：真是不要屁脸的东西，不愁吃不愁穿的，大冬天闲着没事了吵嘴嚷仗呢，这都是吃饱了撑的。他在心里骂着，往家里走去。

这几年人和人的交往少了，吵嘴嚷仗的事也少了些许，但也有不顾脸面闲不住的人找着茬儿，和人大声喊嗓地嚷仗，过嘴瘾。

可老敏越走越听越不对劲，他听到了碧黛颤抖的声音，也听到了儿子们理直气壮的声音。他的心里猛地蹙成了一团，家里出了事情了。他的脑子里像塞满了凌乱的青稞草，乱糟糟的，他辨不清是为了啥事情吵得如此不可开交。

他的腿上像是灌了铅似的，沉重得抬不起脚来。

他不动声色地走近站在人群边上听人们议论。

村主任文肚子和支书大嘴也都到了，碧黛和儿子们，还有邻居红牛犊一家人都吹胡子瞪眼的，文肚子和大嘴站在人群里听软蛋媳妇为两家的纠纷做见证。此刻，他气得心扇子在抖，他半天不在家，家里就给他闯下了这么羞人的事儿。

他站在人圈外面，听了半天也没有听明白，只听说是为了谁家羊的事儿。

他终于听不下去了。

涌上气来的老敏挤进人群里过去抽了尔萨和曼苏一人一个耳刮子。

人们见老敏到了便"哗"地让开了一条道，只一会儿，他就被人们围了一圈又一圈，成了人们的焦点。

软蛋媳妇在人群里跳来跳去的没有个消停，她涨红着脸冒着两嘴的沫子，指手画脚地为两家的纠纷做着见证。人们一脸的迷茫和不解。

大嘴问老敏是不是去县城卖羊去了。

老敏有点生气地说："我不卖羊卖人啊，老三娃娃要补课费呢，我这几天燎心上的油呢。"

大嘴说："你嘴甭犟，听我说，你卖掉的不是你家的羊，是红牛犊家的羊。"

软蛋媳妇笑着看了一眼老敏，然后扫了一圈看热闹的人群，得意地说道："今天早上老敏巴巴牵羊上县城的时候，我就一眼看出是红牛犊家的羊。我天天放羊的时候都要看一眼老敏巴巴家的羊呢，他家的羊膘情好。庄子里家家户户羊的膘都没有他家的好。要是谁家的羊混在他家羊群里了，那大显着呢，他家的羊混在其他人家的羊群里也大显着呢。"

软蛋媳妇这一说就把老敏给吓着了，他卖掉的可是自己的羊啊。

老敏气不打一处来，嘴角颤颤抖抖地指着软蛋媳妇说："你年纪轻轻的不要睁着眼睛说瞎话，说啥话要过下脑子放亮了眼睛说，可不要乱说，乱说了嘴巴子上要挨鞋底子呢。"

软蛋媳妇盯着老敏很自信地说道："你卖掉的确实是红牛犊家的羊，不信你现在就去把山里的羊收回来，然后数一下羊数。"

文肚子和大嘴也不信老敏会牵别人家的羊去卖，就是给老敏一百个胆子老敏也不敢，再说老敏也不是那样的人，老敏为人谦恭，多少年了人们不是不知道，教门上也虔诚了一辈子，就是在山里别人家地头吃一把嫩豆角子也要专门到人家门上去说清楚要个口唤呢。老敏真不是那样的人。两个人瞪着眼睛把软蛋媳妇剜了几眼，软蛋媳妇还是没有改口的意思。"我眼尖得很呢，不会看错的。书记、主任你们也不要斜眼看人，我凭良心作证呢，大家都看着呢。"

这时候老敏已经气得浑身颤抖。人在家中坐，祸从天上降，真是应了前人的一句古言，是福不是祸，是祸躲不过。

"我卖掉的羊是我家的？"老敏扭过头问了一声儿子和碧黛。

儿子和老伴儿的目光很是坚定，回答也是非常肯定。他得到了儿子和老伴儿的肯定。他大声地说道："去把山里的羊都赶回来，看谁家羊群里少一只羊呢。"

农村里农闲时，有人巴不得有这样吵吵闹闹的事情发生呢。这个时候早有好事者到山上赶羊去了。

人们站在村街上等待着羊群，耐心地等着，木愣愣得像在等待着一场好戏的开演或是一场暴雨的来临。

有人悄声说道，好戏还在后头呢。

有人低声说道，看老敏一家人如何收场呢。

有人用目光扫着红牛犊，准备看他一家人的笑话。

有那么一会儿，村街上的人们突然一下子好像都噤声了似的。

老敏在人群里低着头黑着脸背着手焦急地走来走去，不知所措。

人们都在等待这场好戏的发展结局。农村人就是这个样子，一个冬天他们是闲出了病的，有这样的事儿正好让他们瞧一瞧看一看，然后睡在被窝里闲扯上一会儿，把这个原本不大的事情在枕头边上说成是天大的事情。这就是这个村里人的本事。

老敏是知道他的邻居们的本事的，他的心里七上八下像水井里的水桶摇晃不已，他回忆自己卖羊的过程，整个都没有什么漏洞，卖掉的确是自己的羊。他对自己家的羊还是不会看走眼的，更何况他卖羊的时候老炮爸在跟前呢。怎么能说他卖的不是自己的羊呢？他就想现在的婆娘们简直是太不负责任了，红嘴白牙想说什么就说什么，软蛋媳妇也真是的，这个爱鼓捣是非的婆娘今天我看她怎么收场，看我怎么收拾她。老敏心里想着，脸上露出了愤怒，脸黑得像锅底似的。

软蛋媳妇看着老敏的眼神，一脸的贼坏，是嘲笑还是轻视他呢？他辨不清那婆娘的嘴脸。软蛋媳妇这样一笑，他的火气也就更大了，恨不得几步跨过去，伸出大手狠狠地抽她几个嘴巴子，或是脱下鞋朝她那多事的脸上扇几鞋底，把那张丑嘴打歪打肿，再把满嘴跑火车的牙打成豆瓣。

老敏想起来了，前年，软蛋媳妇放牛的时候，牛扯断缰绳钻进他家刚出穗的麦子地里，连吃带踏地硬是把一块地麦子像翻场似的搅翻了。事后，多嘴的尔萨说了软蛋媳妇几句，把人家得罪了。现在她为两家的纠纷做着见证，显然是为那次的伤脸有意报复老敏一家。那次，虽然多嘴的尔萨说了几句，但软蛋媳妇也没有示弱，倒打一耙地把尔萨骂了一顿，尔萨羞得好几天没有出门。

"羊来了！"有人喊着。人群就"哗"地像水般漾着闪开了。

人们急切地看着老敏和红牛犊家的羊一只一只地进了院门。文肚子让他们两家各自报了自家的羊数，随后就去数羊了。

老敏看着自己家的羊一只跟一只地进了家门，心里就咚咚地跳开了，自己家的羊确实多了一只。他站在大街上，等待着文肚子和大嘴出来。他巡视一遍同样等待文肚子和大嘴的人们，突然觉得大家的目光都怪怪的。这时候他就想老炮爸要是来了有多好。假如他卖错了羊的话，有老炮爸给说个公道话他就知足了。

文肚子和大嘴的身后跟了一大群人。文肚子到了他跟前说："你家圈里多了一只羊，多出的那只羊还是你家的羊。"老敏听村主任这么一说，他的腿立马软了。他感到天要塌了。大嘴说："你没有卖错吧？"他看了一眼老伴儿，老伴儿说："你卖掉的羊是红牛犊家的羊。"

红牛犊听碧黛这么一说就大声喊嗓地叫骂了起来："刚才一家人还气势汹汹地骂我呢，现在不要脸了吧？怎么不骂了？嘴让泥塞住了吗？"红牛犊越骂越来劲，难听的话顺嘴溜了出来。

"年轻人要把住你的嘴，把吃饭的嘴放干净点，没大没小的。羊是让老敏卖掉了，卖掉的钱归你得了。"大嘴听了一会儿说，指着红牛犊生气地说道。

可红牛犊不答应，仰着头对看热闹的人说："我家的那只羊是羊里面的头梢子羊，翻过春是要卖大价钱的。"

大嘴说："那你们就从老敏家圈里牵一只他家的头梢子羊得了。"

红牛犊盯着大嘴很不情愿地说道："他家的头梢子羊没有我家的羊膘情好。"

"再成了。老敏要卖羊，你家的羊偏偏跑到人家羊圈里了，老敏心里着急娃娃的补课费，也没有细看，只看羊的膘情了，膘情好当然卖的价钱也好，牵上就稀里糊涂卖掉了，现在你牵上他家的头梢子羊也不吃亏。"显然，大嘴对老敏和红牛犊两家的这个官司已经显得有点儿不耐烦了。

红牛犊听大嘴这么一说，只好噤了声，转身狠狠地剜了一眼老敏，然后到老敏家羊圈里牵老敏家的头梢子羊去了。

一场激荡人心的大戏唱罢了，村街上看热闹的人陆陆续续散去吃夜饭了。

老敏羞愧难当地低了头往回走，长叹了一声，自言自语地说道："这是怎么一回事呢？眼瞎着怎么就把别人家的羊牵上给卖了呢？"他怎么也想不明白自己做的这是件啥事情。

老敏回到家里后就一刻不歇地把家里老老小小骂了个狗血淋头。他一辈子还没有做过这样丢人的事情，一辈子也没有让人在大街上当众像耍猴似的羞辱过。从今往后他怎么在人前抬起头来走路呢？他务了一辈子的名声就这样被儿子和老伴儿给毁了。他出不了大门，也见不了人了。一家子人怎么都瞎眼了呢？怎么就走眼认不出自己家的羊了呢？干啥事都马马虎虎没有个正经样，这下可好了，算是把他的老脸丢尽了。人活脸面树活皮，土墙靠的一把泥。现在他算是把脸活完了，也把人活完了。今后人们还不把他的后脊梁戳断吗？往后的日子，只有把脸皮抹下来装在口袋里活人了。他越想越不对劲，在这个村里他活了这么大岁数，还没有做过这么丢人现眼的事。完了，完了。

一家人觉得在村里人前人后把脸丢尽了，也把丑显完了。

老敏的脑子里一片迷茫和空白，凌乱得像塞了一团乱麻，没有个头绪。

曼茹叶把夜饭热了又热，老敏一点胃口都没有。躺在炕上天旋地转，觉得自己好像活着见不到第二天的太阳了。

上访

　　老敏在炕上气吭吭地躺了几天，总觉得脸烧得出不了这个家门，见不了村里的人。

　　那天太阳很暖和。向阳的台沿下青草已悄然破土而出，探出了嫩黄的草芽，嫩嫩的，胖胖的。几只母鸡懒洋洋地在院子里走来走去，寻寻觅觅，啄啄停停的，只一会儿，那些刚露头的草芽就充当了鸡食。

　　老敏是癞蛤蟆过门槛——既蹾沟子又伤脸，伤在脸上疼在心里呢。尔萨和曼苏好像并没有伤脸，大大咧咧地出去找他们的哥们儿玩耍。但尔萨的心里还是坐着气，后悔当时没有扇软蛋媳妇儿鞋底子。他咬牙切齿地给曼苏说，那个丑婆娘记仇呢，以后抓住理了非扇她几鞋底子不可。曼苏说，成了，以后少惹事，谁跟婆娘们见究呢，跟婆娘们见究你只有吃的亏，没有讨的便宜。

　　碧黛见老敏躺在炕上几天不动弹，心里也就非常着急，怕他躺出什么毛病来，就拉他到院子里晒太阳。

　　老敏闭着眼睛躺在那把快散架的软椅子上，浑身暖暖的，逐渐有了一丝瞌睡。眼睛还没有闭瓷实，大门却被人轻轻地推开了。村主任文肚子背着手走了进来。文肚子一看他那个舒坦劲儿就悠悠地说道："老敏还真会享受。"他起身招呼文肚子坐下。文肚子说："坐的时间没有，到我家里。今天乡上干部下来开会，就麻烦你去参加一下吧？"老敏已经有两三年没有开过会了，他心里就觉得该参加一下乡里干部下来召开的会议。他心里这样想着就起身跟上文肚子出门走了。

文肚子家里房檐下面的台子上摆着两张方桌，桌后坐着乡长、包村干部和村支书大嘴，台子下三三两两地坐着或是站着村里的男男女女、老老小小，看来家家户户的人差不多都到了。

会议一开始，乡长开门见山当众宣读了一份县政府的通知。老敏听乡长说是要什么退耕还林，说县上和乡上已经选好了地片。选的那片地全是公路沿线的好地，他们村就那里的地最能长庄稼。他越听就越觉得不对劲，他家的地全在那里，要是退了耕，他一家八九口子人吃啥呢？他站起来说："要栽树为啥不到沟沟岔岔里去栽，偏要到田里去栽？"文肚子瞪了他一眼说："大家就不要多嘴了，这片地是县上选定了的。地退了县上要给大家补粮补钱，关于粮和钱的事县上会按国家政策一分一厘地补发给大家。大家下去后思谋思谋、掂量掂量，退耕还林这是国家的大政策。到地里运粪的人就不要运粪了，运了的人就散到不退耕的地里去。"

散了会，文肚子又来到了老敏的家里。老敏知道文肚子还会来的，因为那片退耕的地仅他家就占了九亩多，这九亩多地是他家的命根子，也是他家的粮仓，少了这九亩地他家将会少打多少粮食呢，他不敢计算。

让老敏想不明白的是，为啥不退山上那些不长庄稼的地呢？要栽树为啥不去那些个荒山沟岔里去栽呢？偏要从他们的手里征地栽树呢？那些荒山沟岔的要是植了树，像那些干部们说的还能保持水土涵养水源呢。绿化植树是好事情，每年开春的时候，他都要从房前屋后的白杨树上选些树苗子，栽到村子周围的沟沟岔岔里，也还都长成了林。

　　文肚子给他做了好多工作。文肚子不做工作也就罢了，一做工作他的心里就胀气得厉害，他咽不下这口气，他决定到县里去一趟，给那管事的县长说一说退耕的事。这件事他没有给家里人说，也没有给文肚子说。

　　那天早夕里，老敏给儿媳阿西说他要到学校里去看尔力，让阿西早早地做饭。他吃过饭，给尔力拿了一锅贴锅粑就进了城。到了县城，他没有急着去见县长，而是先给尔力送去吃的，然后他才一身轻松地打问着去了县政府。到了县政府办公室，办公室里几个年轻人问了他的情况后，说："你的事情我们记下了，你先回去，今天县长不在，到省上开会去了。县长一回来我们就汇报你的事。你先回去吧！"他没有见着县长，心里就觉得怪难受的。出了县政府大楼，他坐在院外的台阶上思谋着何去何从的时候，邻村一个在县政府工作的年轻人见了他问："老巴，你等谁呢？"他说："我等县长呢。"那个年轻人说："县长不是坐在这里等的，这会儿县长在呢，你去找他。"那个年轻人给他连指带划地说了半天，他才算认准了县长的房门。他敲门进去的时候，之前办公室那几个说谎的年轻人就追了过来，想拉走他。那几个年轻人一拉他，他的气就上来了，狠狠地给了其中一个年轻人一拳头。那个年轻人白了他一眼，也没有说什么。县长端坐在椅子上，问他有什么事。他就给县长说了他们村退耕还林的事。县长听了一会儿就显得很不耐烦。挥了挥手说："这么点事，你去问问农林局吧，让农林局给你解决。"他从县长办公室出来的时候，县长的脸色很不好看，抓起电话给哪儿拨了过去。县长没有给他一个明确的答复，他的心里悲悲戚戚的。随后他就去了农林局，农林局局长听了他的话就说："你先回去，你说的这些很重要，我们召开局务会时再商量再研究，过几天再给你一个答复吧！"老敏听着农林局局长的话，一下子就从头顶凉到了脚底。他想现在这是咋的了，怎么就不去那里看看，放着那么多的深山荒沟不栽树，偏要到老百姓的地里栽，不知这是啥想法。老敏一万个想不通。

胳膊拧不过大腿，他只好悻悻地回了家。

老敏从县上回来没有几天，大嘴和文肚子就被乡长叫到县上，到农林局汇报有关工作去了。听说是为了老敏的事。

那天大嘴和文肚子从县上回来后就直奔老敏家，到老敏家时快到晚夕里了。老敏静静地坐在昏暗的屋子里不出声，他的心里难过啊。自1981年土地下放以来，要退耕的那片地他已经种了二十多年了，这二十多年他对那片土地种出了感情。谁不知道那地原来是水湖滩呢？当年分地的时候，那片地渗水没人要，当时的队长大嘴硬是分给了他，那个时候的他要人没人，要劳力没劳力，尔萨和曼苏只有拳头大不顶事，家中只有他、碧黛和老娘三个劳力，要知道这二十多年把一片水湖滩改成良田是多么不容易啊。那样的年头就不再说了，现在那块地开始回报他家的时候却说什么要退耕还林。那块地原本就不是什么林子，他搞不明白放着那么多的林子不护，偏要搞什么退耕还林。你看看现在的兰驼车，人们昼夜不停地从那原始森林里砍把子橡，他想象不出那是一种怎样的结果。一兰驼拉那么多的把子橡，不出几年就会把林子砍光。再说了，造林也不是不好，可放着那么多的荒山沟岔不去种树，反而要在已经改良了的地里栽树，这不是闹笑话吗？农民没有了土地还叫农民吗？亘古以来没有哪个农民会弃耕，但今天政府却要人们弃耕。他们这里的土地上不是没有栽树的地方，那阴面山上的土地，人们一年累死累活也出不了多少粮食，弃耕么还能种，不种么那是祖祖辈辈种了若干年的土地，对不起祖辈。可那样的土地政府却看不上。

那晚夕，大嘴和文肚子说现在全国都在退耕还林，把大片的土地都退了耕栽了树。这片退耕还林地是本县的一个样板工程，无论如何要搞好，劝老敏再不要去县里了。县长说了除了那片地再没有合适的地片了。可老敏还犟着说，那片阴面山上的地种啥不长啥，但有一点就是下湿大肯长草，何不退了那片地栽树呢？要是那里退了耕栽了树树苗肯定长得好，也容易管理，何乐而不为呢？大嘴和文肚子看说了半天没有说动老敏的意思，就横下脸说："你想怎么就怎么，但那片地是退定了。再说大家都愿意退，你不愿意也得愿意，你得少数服从多数。"大嘴和文肚子两人说完就气哼哼地推开门跺着脚走了。

老敏感到一种无形的威逼正在向他靠拢。

他知道人们都想白吃净拿，一亩地政府一年白给二百多斤粮食，人们何乐而不为呢？一年四季风不吹雨不淋，还能拿到粮食，种地毕竟是要出力的。真是农民意识。

老敏原来还指望那片地给尔力长一茬上大学的学费呢，现在的退耕还林政策却打乱了老敏的生活规律和他原来的思谋。

那片地真是可惜了。老敏整天叹着气自言自语。可那有什么办法呢？他相信县上选这片地退耕还林是错的，他多多少少从收音机上听到了一些国家的政策，国家要求退耕还林的土地都是坡度太大的三跑田，但县上和乡上要他们退的是肥足保墒养人的平川地。

大嘴和文肚子再次来到老敏家，要老敏一个爽快的答复。老敏背筒着手大踏步地跨出了大门，说："退，我退了还不行吗？"然后头也不回地走了。

大嘴和文肚子虽然嘴上说服了老敏，但老敏的心里还是不服气。他就是这么个倔脾气，这是人人都知道的。

地退了，老敏天天望着那片地唉声叹气。有人笑着对老敏说，听说你到县政府上访去了，你的上访像走亲戚似的。真正的上访是拿着被褥铺到县政府门口，坐在那里呼天抢地，再写些上访材料，见人就发。那样才会见效、有人管。你那样上访，谁不推啊。老敏黑了脸说道："那样我做不来！也做不到，嫌丢人呢。"

说的人一脸懵，自言自语道："舔沟子舔到痔疮上了。"说完自嘲地笑了笑，径直走了。

当了一辈子的窝里老，出了门连话都不会说了，到县政府反映下具体情况就得了，那丢人现眼的事情还真做不来。

老敏总认为，人生在世，活人做事要光明磊落。吃亏就吃亏吧，吃亏也不是一次两次了。

那九亩地就那样平展展地空放着，像·个孕妇生过娃的空肚子，没有了往年运满粪堆的那种丰腴和期望。

老敏想，长庄稼的好地也绝对能长树。将来等树长大了，他放牛放累了的时候，还可以到自家那块地的树荫下凉快会儿。

但老敏还能不能等到那天，这就不由老敏说了算了。

洋芋地

这年的春天是一个不太平的春天。

各样的任务说下就下来了。退耕还林的事还没有眉眼，乡里强行要每家每户覆盖一亩地膜洋芋的任务就又下来了，说是推行"白色革命"。老敏家的川地全部被退了耕植了树，再也没有平整的川地可种洋芋了，只有种到山地里。本来村口有半亩地可以种洋芋，但这半亩地春后要给尔萨打一处庄窠，所以啥也不能种。等春后庄窠打成了，还可种青燕麦，要么种油籽。这个地方本来就气候不好，麦子种到山上都熟不了，何况是洋芋呢？山上阳坡地还能勉强种洋芋，但阳坡地是不能盖地膜的，阳坡地旱了一个冬天，地里的墒气早就跑光了，地膜能覆盖下去吗？要是在阳坡地里覆上地膜，那还不把洋芋捂死。可这有谁能听呢？县里下来的那些驻村干部都是说不上话的人，都黑着脸。可他们也都出身于农村，种过庄稼，也都知道老百姓的难肠，但现在却说不上话。其实，他们有他们的难肠，县上为推行"白色革命"那是下了大力气的，全县抽调了500多干部，3个干部包一个村，并召开了动员大会，给抽调的干部下了死命令，完不成每户覆盖一亩地膜洋芋的任务就不要回原单位。而且农技部门下来指导覆膜任务的干部也是照本宣科，按资料上说的统一指导把垄起到 20 厘米，有水浇地的地方还行，垄起得高，浇上水就能保墒，但干旱的山地旱了一个冬天，到开犁也没有下一片雪或是一滴雨，地里的墒气早跑光了，再把洋芋垄起得那么高，就是下雨也渗不到洋芋苗上，除非下一场透雨。可是这地方开春只能下一点润田雨，从来没有下过一场透雨，看着起那样高的洋芋垄，老百姓的心里早就干透了。其实，在种庄稼上，老百姓最有发言权和主动权，老百姓务弄了一辈子土地，也没有总结出什么好的办法来。前几年，县上也零零星星地搞过地膜种植，效果很好，但是不能硬压任务，那几年也有人在墒情很差的地里覆过膜，结果把农作物全给捂死了，但损失的还是老百姓。现在又是哪个头脑发热的家伙想起了这么个老百姓不欢迎的招硬压任务呢？文肚子给老敏家一卷子地膜，说别人都已种上洋芋覆上了地膜，唯独老敏家没有覆膜。文肚子说你家不可能不种洋芋吧，老敏说我家种洋芋的地都退了耕，你让我到哪儿去种洋芋呢？文肚子说，不管你到哪块地里种洋芋，但地膜非覆不可。文肚子交代完任务就走了。老敏气得直喘气。公家的事让这些败家子搞坏了，他嘟嘟囔囔地骂着那些不顾老百姓死活的村干部和县上下来的驻村干部们。他知道现在的事他没有说理的地方，唯一有理的就是不去理它，看他们能把他一个老头子怎么样。但你不种就是不行，文肚子一天几趟到你门儿上来催，催得人心都乱了方寸，看来不种是不行。

那天早上天上飘了些水雪，地面上湿润润的。老敏喊上老伴儿碧黛和两个儿子上山去种洋芋。在老敏的记忆里他家里从来就没有在山上的阳坡地里种过洋芋。他心里担忧得很，这洋芋种下去能成啥样子呢？这不是给村里人惹笑话吗？老敏种了一辈子庄稼，竟然把洋芋种上了山，他一想到这些，这脸就火辣辣地燃烧了起来，烧得他脸皮有点疼。他不是不知道羞耻，也不是不知道不顾脸皮，要不是硬逼着他退耕，他能把洋芋种上山吗？就是打死他也没有这样的胆量。更让人不能容忍的是，文肚子说，谁家不种地膜洋芋来年就不兑现退耕还林的补粮款。因此老敏一家就不能不这么干了。

地板结得很厉害，犁铧翻起的胡基疙瘩像狼样趴在地里。这样的地要是种了洋芋还能有收成吗？碧黛和两个儿子埋怨着老敏。但老敏有什么办法呢。他知道这种的不是洋芋，而是来年退了耕的补粮款。洋芋当天种不成，先只有把地翻了，把胡基打碎、把地糖平了才能种洋芋。那天他们什么也没有干成，而是打了一天的胡基。一家人敲敲打打地砸了一天，才把胡基砸成了核桃样。第二天他们又上山去了。这天文肚子跟了来，说是要指导他们种洋芋。文肚子说家家户户的任务都完成得很好，现在只剩老敏一家没有覆地膜了。老敏看不惯他那个嘴脸，就气哼哼地对他说："我这里就不用你监督了，你还是操点心监督一下你儿媳妇的肚子吧！"这一说就把文肚子说走了。可洋芋真不该在这样的地里种下去。地里干成了烫烫灰，要是不覆地膜的话，下上一两场大雨或是落上那么一点儿雨，也不至于把地里的洋芋旱干捂死焙成粉。可地膜一覆上去就是下再大的雨也是无济于事，雨水永远也渗不到土层里去。老敏决定暂时不覆地膜，等落一场雨水后再覆地膜。可连着等了几天，天白素素的，没有落雨的一丝迹象，等来等去天上就是不落一滴雨水。老敏被逼得没有办法，只好带上老伴儿、两个儿子和阿西给那一亩地覆上了地膜。

洋芋覆上了地膜，老敏的心里好像盖上了一层幔帐，沉重得掀不起来。那地膜好像没有覆在洋芋上而是覆在了老敏的心头上，让他有点喘不过气的感觉。

十天过去了、二十天过去了……天上寡白寡白的，就是没有丝毫落一滴雨水的意思。地里旱得没有办法，别人家的洋芋勉强出了苗，他家的地里就不见洋芋出苗。等别人家的洋芋地里出齐了苗，他家的地里终究不见一丝青色。他等不住也等不及了，掀开地膜的时候，地膜里面的温度高得烫手。他用手挖开土，土像烫烫灰似的干得扬灰烫得灼目，就是找不见洋芋的影子。原来洋芋早就焙干粉掉了。

落了一场透雨，别人的地里绿生生的，满山野地绿了起来。可老敏家的地里却白花花的一片，洋芋苗终究没有透出来，只生出来一些稀稀疏疏吮吸着养分、长得矮矮胖胖的杂草。

老敏气不过，就找文肚子痛骂了一顿。文肚子死不认账，硬说是他们没有按要求下种，使洋芋焙干粉掉了。乡上和村里是不负任何责任的，自己的责任自己负。

老敏家的洋芋地荒了，一年的希望也就落空了。

老敏算是在村里大大地丢了一回人。老敏把这次种洋芋当成了他一生中一次无法抹去的耻辱。

老敏家的洋芋地什么东西也没有长成，像儿童穿着开裆裤的屁股，白生生地荒了一年。

幸好还在房后园子里种了半亩洋芋，要不连今年冬天吃的洋芋都没有。庄稼人的洋芋抵半年粮呢，俗话说洋芋醮盐，吃了就是早饭，多少辈子这样过来了。再说没有了洋芋的饭也淡得清汤寡水，让人难挨。只要有了洋芋，庄稼人一日三餐的饭吃起来才有滋有味。而且今年打算着给曼苏娶媳妇。给儿子娶媳妇，没有一处庄窠是说不过去的。这地里庄稼长不好，春后打庄窠还要消费一些细粮，这样一来，年底一家人的生活就会有麻烦。老敏想着家里的事情要他一样一样地去操心和务弄，好像连弹挣的心劲都快磨完了。

老敏天天看着田野里自家和别人家的地块，当这些裸露的地块都种上庄稼的时候，人就闲了下来。这时候老敏就想着央人给尔萨打上一处庄窠，等上冬央媒人给曼苏说上一个媳妇后，也就该给尔萨盖几间房分家另过搭灶了。

　　春后雨水少，也是土性黏结不易发酥的时候。而且人们也都闲着，是打庄窠的最佳时候。这时节老敏央人打庄窠才能央得过来。

　　老敏一样一样地准备起打墙的物件来。

打庄窠

打庄窠得好好准备一番，打墙用的尖头石杵头、墙板、夹杆得挨门数着借过来。石杵头得准备二三十个。尖头石杵头家家都有那么几个，要么立在墙根里，要么放在草房里。墙板少，不是每家每户都有的，墙板至少得准备八副，要是帮忙的人多，还得准备四副或是八副。夹墙板的木楔子、打楔子的木榔头、麻绳，这些得准备齐全，木榔头最少得六把，要是有八把或是十把也不嫌多，因为打楔子的时候两边两个楔点要同时用力。打墙一般情况下都是一堵墙两副墙板四根夹杆四把木榔头十六片楔子，两堵墙四副墙板六根夹杆六把木榔头二十四片楔子；自己打场墙或是园子墙一般一次打两堵，而打庄窠墙一般情况下帮忙的人多，也就打三堵或四堵，因此墙板、夹杆、楔子、木榔头和尖头石杵头用的更多。像铁锨、镢头，帮忙打墙的人会自带，自己用惯的工具自己用着顺手。

打庄窠最费的是墙板和麻绳。遇到不操心的人家，一院庄窠打下来，墙板的棱角就全被石杵头杵掉了，墙板的棱角杵掉或是杵烂后就拦不住土了，墙打出来后连接处也就松蓬不光滑了，有了松土。而麻绳是最费的，一院庄窠打下来，几盘麻绳基本就废了，要么是断成了几截，要么是勷得也快要断了。所以有墙板和麻绳的人家最不愿意给人借的东西就是这两件。墙板的棱角杵掉了还可再用，但麻绳勖了就不能再用了。但淳朴厚道的庄稼人，谁还在意墙板和麻绳呢？老敏张口了的东西，谁还不借呢？谁还有啥理由不借呢？

东家一条麻绳，西家一副墙板；上头一对杵头，下头几根夹杆。老敏掐着手指挨门计算着。

老敏把打庄窠的话早早地放了出去，让有心帮忙的人们有个思想准备，早早地准备工具，安顿好自家的家务事。

村里那些闲着的小伙们听说老敏家要打庄窠，就早早地温习着，互相轻轻地哼起了那粗犷豪放而富有节奏和旋律的打墙号子："哎嘟嘟——哎——要出力——要出完——要杵烂——要冒汗！哼——哼！"最后两句虽短，但在打墙时出力力道最大，墙头上人们抑扬顿挫地哼着打墙号子杵过去。杵头很有力道地杵过去，就有了一排排整齐的深窝窝，这深窝窝像卯眼一样，再几锹土铲上去，卯眼里的土又被打下去，像榫一样套在了一起，墙就成了一个整体，经年不朽不倒不翻。

年轻人们已经忙着练打墙号子了。当大街上有人哼着打墙号子的时候，人们就会出门打听是谁家要打庄窠了，好提前安顿家务。

老敏也忙着挨门子数借着准备打墙用的物件，说是借用打墙物件，其实也是间接告诉村里人要打庄窠了；碧黛、阿西和曼茹叶忙着淘晒麦子和油籽，准备磨面和榨油。这些都是要准备的工作，要不然，打墙的时候帮忙的人一多就要掏底挖脸呢。那些在村街上闲耍的顽童们则高兴地向往着打墙那一天尽快到来。那天他们可以贴在大人们身边混吃混喝吃油炸的大股和馓子，饱饱地吃上一大碗油肥肉香的烩菜。

那天天气晴朗，天空里蓝盈盈的，阳光在院子里暖暖地淘晒着麦子和油籽。

尔萨愁眉苦脸地坐在院子里架子车的车辕上对一家人说道："这庄窠打下来，几年攒下的麦子和油籽也就用尽了，还说上冬央媒人给曼苏说娶媳妇呢，拿啥说呢？这阿婆刚无常时间不长，还要念苏勒待客花费呢，要不，把打庄窠的事情放到明后年吧？让这个家里的人都歇缓口气。这庄窠一打，各个柜子里就挖尽淘完底朝天了，今年尔力还要上大学呢，要是万一上冬再给曼苏说上个媳妇，还不把人逼死吗？"老敏黑着脸，坐在房檐下一条黑乎乎的长条木凳上一动不动，眼望着远处的大山，许久才不动声色地说道："庄窠要打，尔力大学要上，这是板上钉钉的事。曼苏媳妇的事还由真土定呢，要是定不到，那就是明后年的事，再说给曼苏说媳妇也不是非说不可，今年说不上了明后年再说也不迟。"

其实，这时候一家人心里都埋着很大的愁肠呢，虽然心里埋着愁肠，但老敏却不能把愁肠说出来，他是一家之主，家里的事由他来定，要是他先泄气了，那啥事情都做不成。这时候他指望不上在家的两个儿子，在他的眼里，两个儿子也就是黄嘴子娃娃，还拿不住事捏不住度。同时他也不指望老伴儿碧黛，她一辈子跟着他说左是左说右是右，没有二话，也从来没有自己的主张，其实话说白了就是对他百依百顺，他说啥就是啥。见父亲和尔萨说起给自己说媳妇的事，曼苏一脸严肃地对老敏说："说啥媳妇呢，这一两年里我不要媳妇，今年先把庄窠打好，明年弹挣着先把房子盖上，等家里松口气了再说媳妇也不迟。我和阿哥先出去打两年工，尔力上大学还得要钱，要钱的干命呢，我现在思谋着都愁得肠子疼呢。家里的大事都堆在一块了，得一样一样地计划着来。先把庄窠打了再说，我出去把那几个准备到科才草原上挖虫草的家伙先拦一下，等我家的庄窠打出来之后再走。打庄窠的事要快呢，要不然年轻人们都要出门挖虫草去了。"

老敏仍然黑着脸，站起来背着手，头也不回地向大门外走去。走到大门跟前猛地转过身几乎是吼着说道："榨油磨面也就一两天的事，三天之后动工打墙。"

阿西悄声问尔萨："那炸馍馍来不及吧？"

尔萨看着阿西满脸坏兮兮地说道："天要下雨，大丫头要嫁人，你挡不住噢！来得及也好，来不及也罢，一家大小都得动弹，大外后天就破土动工了。该上的得上，该端的得端。"

曼茹叶吃惊地望着两个哥哥，不知道该做什么活路了。

一家人轰隆闪天地行动起来了。

老敏挨门挨户像老鼠拉东西似的往回扛着杵头，墙板也是一片一片扛回来的，然后在杵头把和墙板上用墨汁做了只有他自己明白的记号。老敏是个细心人，借别人的东西一定要打上记号，免得将来还东西的时候把东家的还给西家，把西家的还给东家。农村里这些东西虽然不值钱，但自己的东西自己用着顺手，拿了别人的东西用着不顺手。夹杆自己家里有，都是丈八的椽子，为了给尔萨盖房，他提早一根一根地拾掇着，像葱白一样通直圆润地竖起码在院墙角里。木椰头打过墙的人家都有几个，在柴房的梁缝里别着，直接拿来就得了。老敏准备着打墙用的物件。而碧黛和阿西则忙前忙后地磨面榨油，然后央人炸馍馍。

前两天晚夕里，老敏语气坚定地对老伴儿说道："明天宰两只羊吧，你和媳妇丫头准备一下，忙不过来，再央上几个人，后天早上晨礼散了后念苏勒待客，然后动土打庄窠。这几天看着天气也好，墒气也刚好，不用担水浇土。龇嘴不龇嘴都是要花费的，这次念苏勒待客要把庄里的男女老少都要请到，免得人们像前年文肚子家打庄窠时只请了打墙的年轻人，从此留下了掐皮不大方的话柄。"

碧黛叹着气说道："吃力是吃力，还得硬撑，这是人情也是活人。庄里人家的事情从来都是人帮人，你帮我一镢头我帮你一铁锨，你撑我一把我挪你一步。活人没有人情不成，人要活一辈子，唉！难啊。"

"难肠谁家都有，没有难肠那不叫活人。但难在心里，要笑在脸上，这是活人的常识。"老敏语气坚定地说。

老敏熄了灯要睡，却又被碧黛拉亮了。"这次打庄窠是大事情，得给上庄和下庄的主人家和老相好们都言喘一声，都是人老八辈的交往了，不言喘一声说不过去吧？阿婆殁了没有言喘，人们都有怨声了。再说要来的你挡也挡不住，不来的你就是言喘了人家也不一定来。这次再要是不言喘一声，怕是要彻底把主人家和老相好们得罪了。"碧黛盯着老敏的眼睛斩钉截铁地说道。

老敏长长地叹了一口气，许久没有声息。他知道，这几年家里事情繁杂泼烦多，攘踏人家的地方和时候也多，明着去叫人家好像脸上没光，也怪难为情的。原本他想是在曼苏或是曼茹叶的婚事上把上庄的绒地、才让、拉木久，下庄的李茂生、王建文、杨树生这些人老五辈的老交情都叫来。老伴儿这一提醒，他知道不言喘一声不成了。上庄的绒地一家对他家有着割命的交情呢。他时刻不能忘记的是，在那个饥馑的年月里，要不是绒地家那半窖芫根的话，他这一家子人早就变成一把黄土了。

那年已经是挨饿的第二年了。刚入冬，村里开始有人断粮断顿，家里的存粮吃光了，地里的干野菜连根都刨尽了，有的家里开始抬埋死人。老敏家这时候也断了粮断了顿。老敏的父亲和两个弟弟都没有挨过那个时刻。老敏的母亲就领着老敏和老敏的一个妹妹到上庄去求绒地的父亲道告。老道告看着瘦弱得连路都走不动的母子三人，二话没说，连夜偷偷拉来了半窖芫根，算是救下了老敏家母子三人。就因这半窖芫根，老敏一家人念念不忘道告一家人的情和好。当年老道告给芫根的时候说，是还人情来了，还是在老敏爷爷的时候，洮州大地上闹饥荒，老敏的爷爷给过老道告一口袋青稞面救过他们一家人的命呢。老道告时常给后人们说，那年大旱闹饥荒，田里颗粒无收，家家户户断了粮断了顿，人人饿得双腿打战，站都站不稳。道告家靠老敏爷爷给的那一口袋青稞面调成面糊糊煮上野菜救了一家人的命。

他们两家人的交情是辈辈延续不断的。两家人这些年虽然走得有些松散，但有事情的时候还是走得比较勤，这在庄里是有目共睹的。人人都知道老敏一家人和上庄的藏族、下庄的汉族朋友走得勤、走得近，像走骨肉亲戚一样走动了若干年，从来没有断过。

老敏思来想去，这几家老主人家和相好不言喘一声是说不过去的，也没有不说的道理，这都是在人前人后说不过去的事。虽然这几年打扰他们的事情多，但该说的事情还得言喘一声，要不然会把若干辈子的情分丢掉呢。

打墙的号子随着石头杵头的夯震声震荡在村子上空，传得很远很远。让那些路人不时地扯住骑在身下疾走的驴啊马啊啥的，回转头听上那么一会儿，再微笑着哼上一会儿早已熟记在心的打墙号子，然后心潮澎湃地策马加鞭，疾驰而去。孩子们都大了，也该和家里人商量着打处庄窠了。

打墙的号子此起彼伏，高昂激越、撼人心弦：

　　　　哎嘟嘟——哎——要出力——要出完——要杵烂——要冒汗！

　　　　哼——哼！

　　　　哎嘟嘟——哎——要出力——要出完——要杵烂——哎呀——要冒汗！

哼——哼!

哎——要出力——要出完——要杵烂——要冒汗!

哼——哼!

哎——要出力——要出完——要杵烂——哎呀——要
冒汗!

哼——哼!

古老的打墙号子在村里所有人的口中传唱了一些时日,那
种亢奋、渴望、激动,令人热血澎湃。那种团结一心、互助友
爱的夯墙气氛激荡在村了各个旮旯里,这预示着村里从此会多
出一户人家,也证明着一个新家庭的诞生。

尔萨的那些帮手们也没有闲着,跑过来和老敏一家人商量
打庄窠的具体事情,帮老敏从村里借抬东西。人多力量大,只
要一件事情参与的人多了,那干起来就跟人少不一样。尔萨的
帮手们推了一辆架子车,挨门逐户按老敏列的计划把所需的东
西一件不少地借来,拉到那片打庄窠的空地上。还不知从哪
儿弄来了一顶帐篷支起来,里面用木板搭了一个简易床,几
个年轻人就住在了那儿。说是帮老敏家守夜,其实是他们几个
帮手暂时脱离家庭的管束,到那儿聚着谝闲传。夜守着,闲传
谝着,年轻人的快乐时光好像就在那几天里。他们愿守就守着
吧,要不还得老敏亲自去守夜。虽然东西放在那里也没有什
么,但偶尔也有眼馋手痒之人,要是顺手牵走谁家的一条大麻
绳,或是谁家的杵头啥的,在庄窠打出来还东西时就会落个
没脸,不好交代了。大概是这么个意思吧。曼苏的帮手们来
了,操上心了,老敏也落个清闲,就不去操那个心了。

老敏家的烟囱里蓝旺旺的柴火烟冒了几天,清油的香味就
在村道上飘荡了几天,把村里村外都熏透了。

终于要打庄窠了。油香味飘荡的第三天清早,老敏家请阿

訇念了苏勒待了客。老敏向众人宣布吃完饭就选址放线，破土动工，正式开打庄窠墙。

先把庄窠打好，过两年缓口气了再弹挣着盖几间房，让尔萨家一家子另搭锅灶，各过各的日子。这样的话，往后兄弟、姊娌之间也就不会产生啥矛盾，就是有点小矛盾，兄弟的情分也不会断。老敏耐心地向大家解释打庄窠的紧迫性。

老炮爸把嘴一抹，开玩笑道："哎！老东西，你想提前撇开年轻人过自己的清闲日子吗？那样办不到，现在的年轻人说是要另搭锅灶，各过各的日子，但往往都把日子过得一塌糊涂。人家也要图个清闲呢，年轻人图清闲的时候，把孙子领到你的屋檐下推给你，看你管不管。"老炮爸说着开始有点激动，开始诉说自己的难肠了。"我家的那几个孙子，从来不回自己家，一年四季就在我跟前。我有时候生气地给家里人说，与其这样还不如不分家。不分家，我还有点清闲时间呢。分了家我倒没清闲时间了，拴在几个孙子的身上了。"

老敏笑着说道："鸟大分巢，羊大分帮，家大分户。儿女大了，早晚得分家，不如趁兄弟、姊娌之间还没有产生矛盾的时候和和气气地分了家。其实，分家的事晚分不如早分，人都是有私心的。要是遇到哪个的媳妇有了私心，在枕头边给男人一嘀咕，家里的矛盾也就出来了，那个时候分家也就迟了。因分家兄弟反目的事情少了吗？"老敏望了一眼老炮爸，目光深邃地思考了一会儿，接着说道："儿大不由娘，娶了媳妇忘了娘的事情大有人在。活人的规矩就是这样的，娃娃们翅膀根硬了就得分家另过，没必要连绊在一起。"

"娃娃们的翅膀根是硬了，可以远走高飞了，但我们的翅膀根是越来越软了，禁不起任何风浪了。老东西，你甭弹挣了，娃娃们的事情叫娃娃弹挣去。你弹挣得狠了，娃娃们长不大。"

老敏哈哈地大笑着说道："你还不是弹挣了一辈子，到如今往死里弹挣呢，儿子的事情成了，又往孙子们的身上弹挣。也没见你的翅膀根软了啊。"

老炮爸嘿嘿地笑了笑，对老敏说的话没有反驳。他站起身揉了揉腰眼的地方，大声说道："吃也吃了喝也喝了，大家还不起身给这个老东西家选址放线、破土打墙？走！"

众人一听老炮爸的呼吁，立马起身，说说笑笑地往老敏家支帐篷的地里走去。

老炮爸看着大家都空着手去，停下招了招手说道："大家这样空手去用手和脚量地量角呢吗？大家到了先把绳子扯好放正，我回家把角尺拿来再钉四址的定位橛子。"

大家到了打庄寨墙的地方，像是提前分了工似的，各自行动了起来，拿绳子的、握铁锨的、提镢头的、片木橛子的，也有人开始用步计量庄寨的大小。

当然，在村里事务和具体到每家每户的大小事情上，大嘴和文肚子还是有一定的号召力的，像打庄寨这样的大事情他们不敢马虎。首先，打庄寨得乡政府同意，打庄寨的批复得逐级上报批下来。其实，批复的事大嘴在三年前就已经上报给乡政府，去年年底就已经批下来了，公家的这个手续必须走在人前面，不然，你打庄寨就违法了。这就是大嘴和文肚子连续当了若干年村支书和村主任，仍一直高票当选的原因。

大嘴的行事作风很正规，在还没有正式选址放线前，他招呼大家都安静下来，他要宣读乡政府关于同意打庄寨的批复。这既是宣示他作为村支书的权威，也是让村民都知道，办任何事情那都是有章法有规矩的。章法不能乱、规矩不能破，这是大嘴时常挂在嘴上的一句话。

老炮爸拿着角尺比平时走得快，像是在跑一样。大嘴开着老炮爸的玩笑说："你人老了，还不服老，日急慌忙的。年轻的时候急得捣太阳呢，现在过了那个时候了，再把性子放慢一点成吗？"

老炮爸嘿嘿地笑着，看了一眼大嘴说道："说我急，有人比我还急，把夏天的日子当冬天过呢，太阳的影子还没有斜时就把门闩插上了呢。书记，你说是不是？"

大嘴笑而不答。

文肚子咧着嘴朝老炮爸喊道："赶紧扯线，量角钉橛子，先把四角的方位定正。不然，将来盖房子的时候，像你家把整个东墙全部挖完了，费工费时费劲不说，房子也盖不正。"

"尽到疼处挖抓呢，抠不到痒处。过去的事情再甭说了。谁叫你们主事的人当时不操心呢。事主家当时忙得心焦忙乱的，把全部的希望都寄托在你们几个主事的人身上呢。我当时就怀疑你是故意使了短的。"老炮爸故意激将起大嘴和文肚子。

大嘴赌咒发誓地解释道："你们打庄窠的时候，乡上正开全乡干部会议呢，我们当时没在打庄窠现场。你自己是个半拉子木匠，角尺也有呢，庄窠的四角当时是哪个半瓜子量的？"

老炮爸勾着头嘿嘿地笑着说："我还正是个半瓜子，踏步量好四角后扯上绳子就再没有量四角，肉眼看是方方正正的，结果把庄窠打成了簸箕口，房立起来后就有了两个叉角，北墙的叉角勉强用上了，但东墙的叉角用上的话庄窠就不正了，所以就把东墙挖掉了。"

"今天老敏家庄窠的尺子老炮你就掌握好，将来要是庄窠不正，那是你老炮的事情。大家听着！"大嘴笑着朝大家喊道。

老炮爸直起腰，拍着胸膛说道："我拍了腔子，这事包在我身上。"

人群里发出了一阵朗朗的笑声。

老炮爸在角尺上绑了两个五尺长的直尺，把个二尺长的角尺硬是弄成了五尺长的角尺。他量着角度，嘴里还不时地自言自语道："再叫你甭正，再叫你有叉角。"看来，老炮爸家庄窠

073

的叉角把老炮爸给弄惊弄疼了。不然，他那大大咧咧的性格啥时候也没有改过，就在自家庄寨的事情上彻底改变了。

老敏和两个儿子忙前忙后的，一会儿看着这个人的笑脸，一会儿望着那个人的笑脸，嘿嘿地笑着不作声。这个时候，他们只有保持沉默才是最佳的。你不说话不等于你不操心；你不说话别人操心操得比你还仔细，唯恐操心操不到点子上，遭人笑话。

老炮爸来来回回把四角量了三四回。钉好橛子后又重新再量了两回，恐怕把四角量斜，日后遭人的笑话呢。

大嘴笑着大声对忙碌的人们说道："我发现了两个歇后语，老炮量角——点炮砸脚（jué）；老炮量角——颠屁擦脚。"

人群里爆出了一阵哄笑。

"君子言贵，死怂话多。嘴大溜风，屁话少说！"老炮爸直起腰，坏兮兮地笑了一会儿，突然冒出了这么一句。

人群里再次爆出了一阵哄笑，有人蹲下身子捂着肚子笑得眼泪都掉了下来。

"大家再甭惹笑了，说是说，笑是笑，大家手里的活要停。赶紧夯地基挖杆眼摆墙板。"文肚子笑着招呼大家。

满村庄荡漾的笑声戛然而止，都忙开了手里的活。年轻人早握好了杵头，等待着打墙号子吼起来。

"一、二、三！打墙了！哎嘟嘟——！"大嘴吼似的喊起了打墙号子。

几十个年轻人呈一字儿双双摆开。打墙子号子一齐吼了起来，响彻了整个村庄，大地震动了起来，人心也激越起来了。

老敏站在墙外的空地上，看着满脸洋溢着喜悦、喊着打墙号子夯墙的年轻人，被他们的稚嫩年轻、朝气蓬勃、充满活力所感动。他在心里感叹自己已逝的岁月和年华，感叹着自己确实是老了，老得跟不上年轻人的节奏了。

不远处就是敏氏家族的坟园，说是坟园，但没有围墙。几百年了，被一抹青草覆盖着，静静地穿越时空，往复春夏秋冬。照家族里老人传述，这里自从明朝洪武年间开始，远离了江淮的先祖们就一辈接一辈地埋在这里。其实除了几个新堆的坟茔，其他的坟茔早已塌陷，让岁月抹去了掩埋的痕迹。老敏想，假如哪天他去世了，埋进那个坟园里，从新打的庄窠大门上是可以看到坟园里的，家里人能从还没有干透的坟土上记起他。可能这样的时候是不长的，一抹青草透出坟土，覆盖了坟茔的时候，再谁也记不起曾经的他。这就是人生。

老敏想着想着有点恍惚。

打墙号子穿透了时空，回荡在村子上空，也震撼着每个人的心灵。上庄和下庄那些老敏家熟悉的人都来了，打墙的人在不断地增加，打墙号子的传播度也在不断地扩大。

一些拿不动铁锨和镢头的老人，站着指挥年轻人。曾几何时，他们也在墙头上飞奔如履平地，现在却像一把磨勘弃用的农具，只能站着喊一喊了。他们感叹着老敏家来了如此多的人，互相感叹着说道："人是平时维的，俗话说，长短的绳子拾下，尕大的人儿维下。"意思是长短的绳子都有用得着的时候，老小的人都有起作用的时候。老敏的为人让村里人都佩服得五体投地。

也有人叹息着说："恐怕以后谁家打庄窠再也没有这么多人帮忙了。老敏维人宽广，不管谁家有大小的事情，他都是全家动员，全上。把别人家的事情当自己的事情来务操呢。你说人们能不来帮忙吗？"

老敏家的庄窠地上热火朝天，打墙号子一浪高过一浪。

太阳炎炎地照在大地上，也照在打墙号子的声浪上。打墙号子传透光浮，飘荡在村庄的树梢上、田野里的草尖上，也穿透了每个人的灵魂。

该吃早饭了。

　　早饭是清亮鲜美、香气扑鼻的清汤羊肉。阿西担了两铁桶清汤羊肉，看着清汤里漂着翠绿的切成碎末的香菜和蒜苗，再闻着它诱人的气味，人的肚子咕咕地叫了起来；曼茹叶担了一担铁桶，一铁桶洋瓷大碗，一铁桶茶杯，碗里斜放着一捆筷子，茶杯上面放着两盒春尖茶；碧黛挑了一大笸篮白生生的馒头，一笸篮红中透亮像红瓷盘似的油香。

　　一层土一板墙夯实该换墙板的时候，老敏便笑着招呼大家："墙工们！开饭了！"

　　几块破砖支撑起几片墙板，墙板上放了一长溜大碗和茶杯，阿西舀清汤羊肉，曼茹叶下茶倒水。

　　人们老幼有序，从老到小，一人端起一碗清汤羊肉一杯茶水，或蹲在低矮的塄坎上，或坐在一块石面上，有的垫脚蹲在夹杆上，有的干脆什么也不靠不垫，就站在场地上端着碗吃。

　　吃饱喝足之后，年轻人的笑声就又出来了，激越地飘荡着，朗朗的一浪盖过一浪。

　　太阳爬过头顶时，铿锵有力的打墙号子开始变得悠长而疲惫，夯墙声也变得悠长而疲惫。大嘴和文肚子在墙下面听着悠长而疲惫的打墙号子，知道大家该歇一会儿了，该吃晌午填肚子了。

　　"哎！老敏，该吃晌午了，不然大家手里罢工呢。"大嘴笑着喊道。

　　老敏打发一个小孩去家里叫晌午。

　　晌午是凉面，还是装在铁桶里担了来的。臊子是用羊肉末和着新挖的羊角葱炒的，淡淡的香气飘着，让人有了十分的食欲。

　　吃完晌午，大嘴给老敏安排了夜饭。要阿西擀几张面，切成雀舌面，下上一锅面。再和上洋芋和羊肉丁，再把羊角葱切成末炝上，一人两三碗，一顿饭就成了。大嘴说，往后的三顿饭也就按今天这样弄，不然吃饭的人多，帮灶的人也难调着做饭。

只一天工夫，还没到太阳落山，北墙就齐整地完工了。等墙尖杆得尖溜溜的时候，大嘴笑着招呼大家："今天的活算是完了，大家早点歇缓，吃了夜饭早休息，明早天亮打西墙。墙板先不要卸，明早再卸。"

最后收顶的几个人顺着夹杆滑到了地上。

年轻人滑到地上后，围着墙体看过来望过去，像看自己的一个杰作似的。其实这也就是年轻人们联合夯打的一个杰作，这样的杰作不是年年夯打的，而是几年或十几年才夯打一次。有的人家像那些没儿汉终生也不夯打一次，一处庄窠就足够他们住上几辈子了。儿子多的人家是一生要夯打几次，他们不但要夯打庄窠，而且还要打一处庄窠盖一院房，安顿分家另过的儿子。

老敏一生夯打一次庄窠就够了，但一处庄窠打下来，得缓个几年时间，不然缓不过打庄窠的气来。幸好老敏一家维人宽广，自己村的人不说，连上庄和下庄听到的人都来了，这就不让老敏不感动。不然一处庄窠打下来，得把老敏一家人累成瘦狗。

日复一日，只要了五天时间，老敏家的庄窠顺顺利利地打完了。在庄窠合口的那天中午，老敏又破例宰了两只羊，给打庄窠的人都上了手抓。打庄窠上手抓，这在老敏的村子里还是头一遭。

庄窠打完了，来帮忙的人寻上自己的杵头、夹杆、墙板、椰头、铁锨、麻绳等物件一件一件地搬回了家。这倒也省事，不然等墙板卸到地上，麻绳盘放在架子车上，把夹杆一根一根地拔出来，再一家一家地还回去，这又是一项繁杂的活。虽然各样东西老敏都打了记号，但要一家一家地盯着认出来，那也是劳累人的一个活儿。现在来帮忙的人都寻着领了自己的东西，这是一个两全其美的事儿。

悬在老敏一家人心上的一件大事情算是落了地。

不过，下一件事情仍然急切地等待着……

阿西

　　退耕还林的事还没有理出个头绪，老敏一家还没有从征地的惋惜中转过弯来，乡里负责计划生育的干部就不打招呼地来了。

　　老敏知道这次乡里来人肯定是有原因的。

　　他的心里也就有了一丝担心，他大儿媳阿西生了两个娃，大孙女冬月过了五岁，大孙子伊迪都已经三岁了，只是没有结扎而已。计划生育的事好像已经与他家里无关了。但这次干部们却齐刷刷地来到了他家里，要他大儿媳尽快结扎。他说他大孙女冬月有点毛病，生下伊迪后他一家人是和乡上签了合同的，说着他让老伴儿碧黛拿出了让草火和柴火烟熏得有点发黄的合同，但乡上干部却说那已经是过时的东西，派不上用场了。老敏就想结扎也不是啥大不了的事情，只是快到了种庄稼的时候，地里正要用人，屋里屋外也要用人，这个时候给阿西结扎，家里就少一个可以下地的劳动力啊！

　　那一年，阿西生下冬月，月子还没出，家里来了一群乡上的干部。其中一个年轻的包村干部进屋来催阿西到卫生院去上环。阿西和碧黛两个人给包村干部像说了人命。阿西犟着说："我肚子大的时候，到乡卫生院去做检查，大夫说孩子生下三个月才能上环。现在我月子都没出呢。"包村干部说："那不成，你不上环，又怀上孩子咋办？"阿西生气地对包村干部说："我又不是个嫁汉娼妇，屋里人到远处修路去了，我把啥怀呢？怀空气呢？"阿西的一席话说得包村干部哑口无言，一声不吭地走了。阿西知道，包村干部有包村干部的难处，但他也得讲实际，懂点儿起码的常识。那个包村干部出门前悄悄对其他干部说道："这一户头胎生的女孩，根据惯例是会偷偷怀孕的，然后跑到外面去生孩子，若生的是男孩，就大摇大摆地回来，若是生了女孩，就干脆躲外面继续怀孕生孩子。把这一户要盯死看牢，不然就会多一个超生户。"其他人附和着说："对！要盯死看牢，列为你村的重点监控对象。"

阿西听到这些话后很生气，乡上干部把生孩子的女人当成啥了。

为上环的事，老敏家的一辆架子车还存放在乡政府的库房里呢。其实阿西自己那个时候也不想生第二胎，第一个还在怀里抱着吃奶，又要生第二个，那还不是自己折腾自己，遭罪呢。只是卫生院大夫说了，要她三个月以后再上环，她记着呢，再说尔萨出远门修路挣钱去了，一时半会儿也回不来，就是乡上干部不叮嘱，时候到了她也会主动去上环的。一家子老的老、小的小，一年四季的农活都忙不过来，谁还有闲心、闲工夫拉扯孩子呢？不过她也知道，上环的事儿胳膊拧不过大腿。她要是不上环，那乡政府的干部把门槛都会踏烂的，天天被乡上干部上门是一件麻烦的事。乡上干部上门的次数一多，阿西就来了气。有一回，她刚洗完孩子的尿布，端了一盆脏水往门外走，乡上几个干部非让她说个具体时间，她生气地把脏水泼了一地，溅了几个干部一身脏水。几个干部生了气，骂骂咧咧的。这时候她不知是从哪儿来的一股子气，顺手拿起盛脏水的塑料盆，把几个干部打得抱头鼠窜，看着那几个干部疯跑的样子，阿西把自己惹笑了，笑得肚子有点疼。

从那之后，乡上再有人来的时候，阿西就没有好脸色，以前端茶倒水的热情也没有了。以前，家里要是来了乡上的干部，阿西觉得招待得慢了有失礼数，但从那之后她就认为不值得了。有时候老敏看不下去，喊上几声，阿西也悄然无声，无动于衷。有一回，乡上来人因阿西倒水慢了，老敏批评了阿西几句。人走后，阿西嘟囔着："给那些人还倒水呢，狗给上一碗食还知道摇尾巴呢，鸡给上一把食还知道叫呜呢。那些人嘴上的油花子还没干就翻脸不认人了。以前，哪个来的时候没吃过饭、喝过茶呢？还不是一样的嘴脸，说翻脸就翻脸，说不认人就不认人了。像二八月的天气，说变就变了。"

新的愁肠又落在了老敏一家人的头上了。

一胎上环，二胎结扎，这是规定。

阿西终是没有逃脱结扎的命运。

原本老敏一家人想阿西已生了一男一女，虽然孙女冬月的胳膊有点小毛病，但是一男一女生得匀称，也合人的心意，看来是没有再生的必要了，一家人便在生下伊迪后和乡上签了不再生养的合同。但没过多久，乡上还是时时有人过来督促阿西去结扎。阿西从小害怕打针，对动刀结扎更是害怕，因此也就躲躲藏藏地避了几年，结果还是让乡上搞了个突然袭击，拉去结扎了，那合同只能算是一张白纸，算是白签了。

那是一家人都到地里种麦子的时候，阿西突然被乡上的干部拉到县城去了。阿西被乡上干部送回家里时，老敏他们还没有从地里回来。晌午时分羝羊也古来借镢头，看到阿西躺在炕上呻吟，就有了那么一点坏念头。他喊了一声"老敏巴巴"，老敏没有答应，又喊了一声"尔萨"还是没人答应，他就笑嘻嘻地径直走进了阿西的房间。当他走到炕边时，看见阿西弯着腰、屈着腿趴在被子上呻吟的样子，他的腿即刻就吓软了。在他转身欲跑的当儿，阿西说话了，她颤抖着说："也古，你去叫一下我家里人，就说我肚子疼得不行。"羝羊也古见阿西一说话，忙转身跑了。阿西给自己整笑了。这个羝羊也古就是这样一个人，他是这个村里的闲人、二杆子，啥差事都不缺他，就因这至今他还打着光棍没有娶下一房媳妇，其实有时候他心眼还是不错的，但他就是守不住自己的心，管不住自己的脚，事情往往就坏在这上面。久而久之，他也就成了一个"死皮煮不烂"，在这个村子里人见人防。因娶不上媳妇，他的那双眼睛见了女人就像八辈子没见过女人一样突然瞪直了，放出两道可怕的蓝光来，笑脸也没有个正经样。你说这能不让女人们担惊受怕吗？万一有天让他钻了空子，那还不把自己悔死吗？所以这个村子里就没有女人跟他来往，也没有女人跟他说话，防他跟防贼似的。其实女人们这样防他不是没有道理的，听人说他以前就因女人的事儿被人痛打过一顿。女人们防着他点儿没有错。

当尔萨从地里跑回到家里的时候，阿西已经自己躺在了炕上，脸色已经红润了许多，好像没有太大的病症。尔萨瞪大眼睛问道："你这是怎么了？"她指着自己的肚子，笑着说："我被结扎了。"尔萨还是不相信。尔萨仍然一脸吃惊地问道："你是在吓人吧？"阿西又咧嘴笑了一下，说："你看我肚子上的刀口。"她果真掀起衣服让尔萨看自己肚子上的刀口。尔萨看了阿西肚子上的刀口说："你去结扎也不跟家里人说一声，就自个儿去了？要是有个三长两短那就不得了了，也没法向你娘家人交代。"阿西嗔怪地说："给娘家人说也来不及，你当我愿意挨那一刀吗？"

尔萨再也没有说啥。他知道这是乡上那些包村干部趁他们都不在家硬拉着阿西去结扎了的，还好阿西没有因害怕而晕翻。

尔萨安慰着阿西，并边自言自语地骂着那些包村干部边生火烧炕去了，炕凉得挨不上身。阿西得有热炕焐着，地里的人回来也要暖和一下身子骨，歇歇乏气。

女人一结扎，身上传宗接代的使命就结束了。

　　阿西躺在炕上，想着女儿冬月和儿子伊迪，心里生出了一些莫名的悲意来。冬月半岁多的时候，晚上没有照看好跌下炕摔伤了左胳膊，后来就一直弯着，展不直，这虽然对冬月以后的生活没有太大的影响，但也一直是她心上的一块病，那时要是照看好的话，就没有这样的事儿了。后来有了儿子伊迪，她的心里才稍微有了些许的安慰。

　　其实说她害怕打针动刀，那只是她的一个借口而已，她不愿结扎，她想再生一个孩子，给自己一个安慰。

　　现在她结扎了，一同扎掉的还有她内心深处仅存的一丝安慰和念想。

撵
兔

　　大嘴和文肚子的工作挨了乡上的批评，说他们没有充分发挥年轻人的特长。文肚子就把自己兼任的一社社长让尔萨当了。尔萨当上了一社社长，这对老敏一家来说并不是什么喜事，而是麻烦的来临。老敏知道现在村里的工作越来越不好做，每一样工作都是得罪人的活。老敏不愿让尔萨当这个屁也不顶用的社长，当了社长就得把家里的事情搁在一边。可文肚子和大嘴笑着说了，当也得当、不当也得当，这是村上和乡上的共同决定。尔萨只有接受。

　　尔萨当上了社长，工作上没有啥大的事情，只有计划生育是一件常规性的工作，再说了，别的事情上老敏也不让他得罪人。都是乡里乡亲的，抬头不见低头见，万一得罪了谁，那他家就成了众矢之的。他实诚了一辈子，不愿得罪村里人，也不愿自己的子女得罪村里人。村里工作上虽然没有太大的事情，但尔萨好像很忙，家务也顾不上操持，再不要说照顾家里了。

　　家里的几只鸡给阿西炖完了，阿西的身体恢复得很快。

　　农历三月头上麦子种完了，种完麦子的当天晚上前半夜落了一场水雪，把大地都滋润透了。后半夜又落了一场鹅毛大雪，足足有一尺厚，第二天天都没有晴。这雪一下老敏的手就痒了，他要出去撵只兔子。家里人都笑了。

老敏曾经是一个猎手，一个远近出名的猎手，他的出名比老炮爸还早。但他的出名是昔日的事，现在却像曾经流淌过的红雀河水一样已然远去了，淡出了人们的记忆，也淡出了儿女们的记忆。他在那年砸了枪干干净净地歇了手，但他歇手的原因谁也不知道，那是他自己的秘密。那个时候，在厚雪覆盖的原野上，老敏时常望着雪地上的兽迹两眼放光，闪露着耐人寻味的兴奋和不可捉摸的笑容，也透露着令人骄傲的神色。这个时候的他也许记起了某次在茫茫雪原上或是在青青草地上追逐一只野狐或是一只野兔、一只野鸡的激动场景。那时的他，天亮背上土炮进山，日暮而归，枪管上总是挑着野狐的皮筒或是野兔野鸡之类的东西，像一个凯旋的英雄，在撒满牛羊粪的肮脏的村道上接受村里那些谝闲传的人们的检阅。这时候，老敏往往会忘记满腹的饥渴，向往家中的热炕暖火和妻子儿女的欢颜笑容。然后焐在滚烫的被窝里，吃上三大碗洋芋面片子，驱掉饥渴和乏累，美美地睡去，一晚夕不翻一个身，直到第二天大天亮。这是一个猎手实实在在的生活。

老敏作为一个猎手的素质依然存在着。

家在村道边上，站在院子里的檐台子上平视着低矮的院墙就能望见原野上的一切。老敏往往就是这个原野的守望者。在农闲有太阳的时候，他就坐在院子里的台阶上微闭着眼睛晒着太阳，低头思索着什么。身旁是一汤瓶洗小净用的洁净的清水，就在这一汤瓶清水里，他倾注了他一生的念想和奢望，几滴清水撩上去或是淋下来，他的心灵深处就充溢着一种被彻底净化的感动。当一汤瓶清水撩起或是淋完的时候，他的一切念想和思索就停留在那最美好的一刻。

老敏真的出猎了。

他从寺里回来，就见一只脊梁土黄的野兔子在场里草垛子上吃了草径直朝原野里去了，蹦蹦跳跳的。兔子在雪地上蹦起来的时候，弹起片片雪花，抖成了雪雾。兔子落下去就栽到了雪里面，只露出半截屁股。雪太厚了，兔子跑一阵歇一会儿，由于要不断地弹跳，它跑得不是太快。老敏就拄了根棍子跟着撵了过去。他跟着兔踪在茫茫的原野上深一脚浅一脚地走着。雪气很重，三月里的风凛洌地往露在衣帽外面的肉里面剜，他一双耳朵好像肿大了许多，他想不到自己现在会是这个松劲道，不得济了。而那只兔子没有丝毫的怯意，蹦蹦跳跳的，像是在逗他追赶。但他还是看出来了，兔子的体力渐渐还是不济，他从蹄印上看出那是一只老兔。他撵着兔子，仿佛一下子就年轻了许多岁，他体态轻盈步子轻快地跑上追下。那只兔子知道遇上了劲敌，蹦蹦跳跳地乱跑一气，然后再歇息上那么一会儿，歇的同时，再回头望上那么几眼又向前蹦跳而去。

那只兔子是他在大湾山上开始撵上去的。狡猾的兔子一出村子就径直朝窝里奔去，但狡兔必有三窟。老敏撵到兔子窝边的时候，他也累得不行了。他守住兔子的窝门，却不见兔子的踪影，他低头看了一眼，却看到了兔洞里的光亮，原来这个兔洞是通的，兔子从这面进去就从那面出去了，兔子出了洞又进了另一个洞，但它觉得不安全又出来卧在一段断崖下的草窠子里睡去了。老敏找见它时，赶早的太阳光正抚着它光洁而灰色的绒毛。就在老敏准备举棍击落下去的时候，它突然警觉地醒了过来，蹦上断崖逃走了。老敏望着兔子蹦蹦跳跳地跑着开心地笑了。他要的也许就是这种效果。他年轻的时候，有一次把一只兔子追撵得差点断了气。那个时候他的体力是没有人能比的，可现在他要看看自己的体力到底能支撑多久。他从来就喜欢这种有刺激的猎法，从不喜欢那种唾手可得的毫无一点刺激的猎法，猎手和动物之间也得讲究公平，这也许就是作为一个猎人的骄傲吧。兔子转眼就不见了踪影，但它蹦跳着的蹄印却深深地印在快要化净的雪地里，既沉重又醒目。

　　老敏有点气喘，毕竟不像年轻时候了，他的气力和体力都跟不上以往了。他跟着兔踪连续翻过了两道山梁，仍未撵上兔子。他的体力看来真的是不行了。翻过了红山梁，他寻着兔踪进入了那片毛梢林子，这是一片永远也长不大的小灌木林子，那里面是野兔野鸡之类的天堂。

　　野兔在梢窠子里碰碰撞撞地逃遁。老敏知道兔子已经跑不动了。它拼命地扯展四蹄向下滑。老敏就跟着连跑带滑地追着往下溜。兔子已经是心力交瘁、没有一点气力了。他终于追上了兔子，他用棍子扒拉了几下，野兔似婴儿撒泼一样声嘶力竭地哭叫着弹挣着，从它那凄绝的叫声里，老敏听出了兔子的绝望和悲哀。他将弹挣不已的兔子提起来放倒，准备下刀，但兔子猛烈跳动着鼓胀的肚子却让老敏不忍心下刀。他明白这是一只怀崽的兔子。老敏开始犹豫，怪不得这只兔子体力不济。冬尽春来正是兔子怀崽的时候。他的眼前开始有无数的拇指大的血淋淋的东西在蠕动，他的心开始不停地颤抖，进而产生了一种难以名状的惆怅和难过，这是一次根本就不应该有的追猎。这也是一只不应该挨刀的兔子，为了一嘴肉而死去几只或是十几只正在孕育着的生命，那将是一种怎样的罪过呢？他不敢往下想，也不敢往那正在孕育的、被掏出撒了一地血淋淋的生命上想。这样的生命对他来说是有过刻骨铭心的记忆的。那年，他记不清是哪一年了，反正是某一年的冬天，他和村里的年轻人去南山老林里拾柴。小炮麻尔兰跌下山崖被山石划烂、浑身冒血的一幕又浮现在了眼前。他的心缩成了一团，举起的刀终究没有落下去。

　　他蹲下身放开兔子，兔子喘着气眯着眼停了片刻，像突然受惊似的跳跃着离开了老敏，又蹦蹦跳跳地钻进梢窠子里不见了。

　　凛冽的雪气袭裹着素净的黄昏世界，老敏拄着木棍歪歪斜斜地从日落的山沟里扯着一条细长细长的影子，踏上了归家的路。

　　这是一次不算太惆怅的出猎。

瞅媳妇

尔萨还务着瞌睡沉浸在睡梦里，突然被母亲从暖和的被窝里一把扯了起来。他懵懵懂懂地穿好衣服下了炕，心里很不痛快。碧黛却一点儿也不生气，手捏了一块湿毛巾，递给了尔萨，笑嘻嘻地说让他带上阿西和曼苏去趟阿西的娘家。

尔萨一听就不高兴了。阿西回娘家要他跟着去还要领上曼苏，那多难堪。回娘家是女人的事，与男人们无关，与他无关，更与曼苏无关，更何况他从来就没陪阿西回过娘家。母亲不与他说什么，只是说他非去不可。他从母亲的嘴里问不出个所以然来。父亲坐在炕上喝着早茶，也阴沉着脸不说话，父亲通常就是这个样子，喜事瞎事他都不显山露水。尔萨不明白媳妇回娘家要他和曼苏陪着去究竟是什么意思，他百思不得其解。

吃过早饭，三人打扮一番就出门了。

阿西的娘家比较远，离敏家咀村有三十多里路，是一个只有三十几户人的小村庄，叫沙河村。说句实在话，阿西一年里也回不上两趟娘家，尤其是近几年由于两个孩子的拖累，她基本上是一年回一趟娘家，孩子都还小，回娘家的时候不能带，所以到了娘家也不能真的安下心来正儿八经地住上几

089

天，但是看上娘老子一眼她也就心满意足了。而她突然获准回娘家，回到娘家还可小住一两天，这对她来说是件天大的喜事。可有小叔子跟着，她的心里就有那么一点不痛快。这样的时候要是她一个人去该有多好，她可以沿途看看正在出土的麦苗和她曾经看惯并劳作过的山峦沟壑，回想沙河村她童年那些有趣的记忆。

女人的一生虽然是这样过来的，到了一个地方就得适应一个地方的风土人情，慢慢把自己融入当地，十年、二十年过去了，你就成了地地道道的当地人。但只要你偶尔做梦了，梦见的就都是儿时的场景，儿时长大的那个家，还有好像永远也长不大的儿时的玩伴，就是当年放养的一头牛或一只羊都会在梦中出现。有这样的心境这样的梦，是一个人一生的幸福。

她不知道她这次回娘家的任务是什么，现在她也不急于知道回娘家的任务。她知道她出门的时候婆婆会告诉她的。不过，她也猜了个八九不离十。有可能是婆婆让她母亲给曼苏在她们村子里瞅个媳妇。

阿西证实了自己的猜测。曼苏穿得展板干净、整洁洋气，挺着胸脯很受活地在院子里走来走去，嘴里叽叽唔唔得像一只吃了大豆卡住喉咙的大公鸡，让人觉得难受又好笑得不行。

临出门时婆婆给阿西交代了，这次回去无论如何要让曼苏瞅上一个媳妇回来。阿西笑着说，只要曼苏眼光甭太高太细，粗略一点，瞅一个媳妇是不成问题的。

碧黛笑着给阿西叮嘱着说："瞅媳妇就要瞅头脑清亮、漂亮伶俐的，那种死眉瞪眼的可不要啊。丫头各方面好的，还要看丫头的娘，丫头的娘一权把挑不起来的也不要动心噢！你要把好这个关。曼苏这娃娃还是嫩豆子，豆包还没开，啥世面也没见过呢，不要叫他看走眼就成了。"

阿西看了一眼曼苏，笑着对婆婆说："年轻人啥世事没经过，你看他那样子，就知道不是个嫩豆子，展板得像根葱呢，我看这回瞅个媳妇没有问题。"

一路上阿西走在前面，尔萨跟在阿西的后面，曼苏走在最后面，像三个互不相识的人。阿西一路上没有言语，左顾右盼地看着路两边的河流、山场、田地。倒是曼苏嘴里叽叽唔唔地哼着小曲儿，像只待哺的小鸟，挺兴奋的样子。

阿西到娘家后就对母亲说了曼苏这次要在她们村子里瞅个媳妇的想法。阿西的母亲不同意亲家的想法，她说在一个村子里娶两个儿媳妇将来是有麻烦的，弄不好还会产生不必要的口舌和麻烦，伤了两亲家的感情。阿西母亲怎么说也不同意在这个村子里给曼苏找媳妇。阿西好歹说了半天才说动了母亲，母亲让阿西回去后给亲家母说以后出了啥矛盾不要找她的麻烦。阿西说以后不会有啥麻烦的。母亲叹息着说道："碗和勺子都有碰着伤碴的时候，何况人呢？反正我是不赞成在我们这里找媳妇的。我不赞成是对你好，给曼苏娶了媳妇，是要到一个锅里搅勺的，难免有一些磕磕碰碰的，你不知道，我经的事多了。"阿西笑着说："不会有事的。"

母亲嗔怪地瞪了一眼阿西说："我去给曼苏叫几个姑娘。张老三的姑娘个头高人也长得精干，人勤嘴也快，但是她娘老子人太歪，是个不好对付的硬茬子。马哈三家境单薄，两个姑娘至今没有婆家，大姑娘言语不多，人面面上也过得去，庄稼行里样样不差，但做细活恐怕不行。二姑娘不用说，双眼皮瓜子脸羊鼻梁，比大姑娘还攒劲，可是大姑娘不出门，二姑娘是不许人家的，不过可以试一试。再就是坡上老李家的小姑娘，那姑娘是老李家两口子从小惯大的，从小到大没有说过一句重话，因此上那姑娘性子野道，得理不饶人，不过那姑娘长得脸是脸、腰是腰，走有走样、坐有坐相，尤其是她的那双大眼睛顾盼自如，勾人魂儿，现在的年轻人爱的就是这样的姑娘。"阿西笑得眯住了眼睛，摇着手说道："您把说的这几个姑娘全都叫来，让曼苏挨个瞅上一遍，他说瞅上哪个就是哪个。"母亲说："人家的姑娘你说瞅就能瞅啊，得寻个由头找个借口叫来才行。"阿西说："您就说家里要来客人，请她们几个姑娘帮您到灶上操持一下，我想她们的娘老子不会不让她们来的。"母亲摇着头说道："也只能是这样了，我们也只有假戏真做，今晚我们就包饺子。你们准备一下，我去叫她们几个姑娘。"母亲说完便扭身出了大门。

只一会儿工夫，母亲就引来了那四个姑娘。曼苏躲在厢房炕上，伸长脖子把眼睛贴在窗玻璃上，目不转睛地向外瞅着，那几个姑娘都打扮得花枝招展的，一个比一个好看，几个姑娘叽叽喳喳的，你推我搡地拥着进了灶房。姑娘们进了灶房就吵吵嚷嚷地搔阿西的痒，像一群麻雀进了笼子。她们在和阿西推推搡搡的过程中眼睛却一刻也没有闲住，拿眼睛向灶房的旮旮旯旯瞅去，好像要从灶房里瞅出些什么来。阿西看出来了，姑娘们都是非常有心机的，她们已经长大了，还看不出这一点吗？她们猜都能猜到几分。阿西给她们分了工，她们就静下来做活儿。

曼苏躲在西厢房里坐得时间久了，心里就泛起了一股浪潮，也不免有了几分羞涩。在这之前，他可以在任何一个姑娘面前嬉皮笑脸地说上那么几句没高没低的话，可今天他却出不了这个厢房门，他的心脏像擂鼓一样跳动得厉害，他不知道该如何去面对这几个姑娘，尤其是在嫂子和她娘家人的面前，那将是多么难堪的事情啊。可他总不能躲在这厢房里不出来不吃饭吧，要是那样的话，姑娘们见不到他，他也见不到姑娘们。他没有勇气踏出这个厢房门一步。男人们怎么就这么个熊样呢？在平时嘴上的功夫谁也比不上他，谁也说不过他，可到了关键时刻，他却不行了，他平时的嘴上功夫到哪儿去了呢？他平时的那点勇气到哪儿去了呢？全没了，全淹没在了花枝招展的人影里。

他在厢房里如坐针毡，姑娘们在灶房里打骂嬉笑，无不快活。就在他手足无措的时候，嫂子阿西喊他吃饭了。他进灶房时，嫂子的娘家人和尔萨围坐在灶房炕上，几个姑娘围在地上的一张方桌上。见他进来，几个姑娘都站起身给他让道。他感到眼前晃动着几个花花绿绿的人影，没有看清任何一个姑娘的面容。同时，他也感到有好几双眼睛朝他直直地射了来，一下子就穿透了他的脊梁，他的冷汗在前胸和后背上唰地渗了出来。他感到自己呼吸有点困难。他坐到炕沿上才知道还没有到吃饭的时候，几个姑娘的手还没有停歇。他瞅了一眼地上的姑娘们，几双眼睛竟然也都在齐茬茬地瞅他，当他抬头的时候，目光又都唰地收了回去。他不知道这是他在瞅媳妇还是那几个姑娘瞅男人。这一想，他的心里就更没有底了，他的脑海中一片空白，额头上也有细密的汗水渗了出来。

也许嫂子发现了他的紧张和无措，招呼他坐下来帮姑娘们剥剥葱皮子，听嫂子这么一喊，他也就顺从地下了炕蹲在地上剥葱皮子。这时候，姑娘们的胆子也开始大了起来，不时地和阿西说上几句笑话。曼苏蹲在地上一声不吭，听几个姑娘说笑。那个把头梳得光光溜溜的姑娘手快话也多，说话的当儿还不时地瞅几眼曼苏，曼苏也瞅了她几眼，她的脸就红了，红得像一挂辣椒，她的脸一红就更添了几分可爱。曼苏想她可能就是张老三家的姑娘；另外坐在方桌边剁肉馅的两个姑娘话不多，听到别人说了笑话的时候才忍不住掩嘴笑一笑，不说笑的时候只是埋头干她们的活，也不多瞅人，显得很文静也很端庄。曼苏仔细看过了，那两个姑娘一个是单眼皮一个是双眼皮：单眼皮的姑娘小巧玲珑，一条独辫子长长地垂到了腰际；双眼皮姑娘瓜子脸羊鼻梁，扎条独角辫，直直地挺在后背上。两个姑娘穿一样的衣裳，这是马哈三的两个姑娘。在圆桌和案板上往来奔波的那个姑娘长着一对大眼睛，大眼睛里流光冒火，在曼苏的脸上扫来扫去。同时她的嘴也闲不住，很快她就和曼苏搭上了话，向曼苏问这儿问那儿。有那么一会儿，她从地上取葱的时候还趁机捏了一把曼苏的手，让曼苏多多少少有了那么点儿激动。

吃罢饭，阿西的母亲送走了姑娘们。嫂子问曼苏看上哪个姑娘了。曼苏笑着不回答。阿西说："可不能都看上，依我看来，坡上老李家的那个姑娘比较好点。"曼苏还是不置可否地笑了笑。阿西问不出个眉目来。只好让曼苏晚上再想一想。

尔萨看着曼苏的那个劲道，就来了气，眼望着窗外问道："看上看不上你都得言喘一声吧，你又不是哑巴。"

第二天吃早饭时，尔萨黑了脸问曼苏："你看上哪个姑娘了就言喘一声，看不上也言喘一声。看上了就给人家姑娘家送打门和落话礼。"经尔萨这一问，曼苏才慢腾腾地说："那个双眼皮瓜子脸羊鼻梁、扎条独角辫的姑娘好像稳重一点。"他这一说，大家都说他眼窝子里有油水，看上了村里最好的姑娘，那个姑娘是马哈三的二姑娘，名叫亥半，还有一个名叫"羊鼻梁"，当然那是人们对人家姑娘起的绰号，也就不能叫了。

尔萨是娶过媳妇的人，当然知道打门和落话礼的重要。他专程跑了一趟县城，买了四样双份大礼，并回家牵了一只大骟羊，央阿西的母亲当媒人送到了马哈三的家里。

马哈三留下了打门和落话礼，把大骟羊拴在了院里一棵杏树上，没有退回的意思。没有退礼，就说明这件事情已经成了五分。

当天，马哈三没有回话。其实，任何人都不会当天给媒人一个答复，这是这里的一个规矩，当天给了回话就显得自个儿姑娘嫁不出去似的，还有一点就是姑娘的家人要对说媒的那家进行一番考察。什么家道啦，人情世故啦，父母的为人啦，小伙子的人品所好啦，等等，这都是需要考察打听一番的。这种考察打听其实也是不用费大劲的，只要拉上那个村里的亲戚相好朋友就能打听个八九不离十。马哈三家只花了三天工夫就给了回话：成。显然，他们的打听是没有花太多的精力的。

　　马哈三回话的第二天，阿西的母亲就早早起身奔向亲家家里来了，给老敏家两口子回了话。

　　接下来，她就给老敏说了马哈三家要的干礼、首饰、衣裳和各种琐碎的事情。事情是成了，可新的愁肠又罩在了老敏的头上。马哈三干礼要了一万五千元，首饰要了十钱金子，衣裳没有说件数，说随心换上那么几件就成。不过这些都要老敏的命呢，说多也不多，说少也不少，可当下手中没现钱啊。既然动了这个干戈，人家也已经回了话，那就板上钉钉不能有任何的托词了，只有挺起腰杆支撑着走下去。

　　没有现钱，只有到各处的亲戚家去借了。一家人分成几路到亲戚家借钱。

　　曼苏的心里很不好受，为了给他娶媳妇，一家人不但愁得吃不下饭，而且还要求爷爷告奶奶地求情下话去借钱。可借了钱以后怎么办呢？那么多的钱什么时候才能还上呢？老敏说了，这不是你愁的事，也不关你的事，你只管到时候娶新媳妇就成了。但曼苏不能不愁，那么多的钱又不是几块钱的事情，怎么能不愁呢？曼苏还是很愁，愁得心扇子都抖呢。

　　那天吃了早饭，曼苏赶了羊到红雀河滩去放。他悠悠地赶着羊到了红雀河滩，那里的草已经长到两寸多长了，羊赶过去嚓嚓地啃着青草。曼苏望着弯弯曲曲流淌的红雀河，他心想这河也快要干了，他小的时候这河里的水大得他凫不过去，可短短的几年日子，这河就不行了，多么像一只割断了脖子的羊，奄奄一息的。他小时候还一直在这条河里捞狗鱼呢，那狗鱼炖的汤能香一巷子，可如今再也喝不上狗鱼汤了。曼苏想着眼前发生的这一切心里就悲戚戚的，说不定媳妇娶进门，这几只羊也就不在了。他的婚事令他愁得吃不下睡不着。他躺在河滩里干硬的砂石上，心里是乱花花的钱，媳妇是好媳妇，但钱就是个硬头子货，一时也拿不出掰不出更生不出，想办法生那就只有借了。可现在借了人家的钱，将来怎么还人家，怎么还得上。父亲说不让他们愁，可不愁是不行的，借那么多的钱人能不愁吗？可愁了又有什么用呢？还不是空愁。但不管你愁不愁，钱还是借来了，也一分不差地送到了马哈三家。这一样事情完了，再剩下的就只有定亲和娶亲了。

曼苏的心里空疼了好几天，为了给自己娶一房媳妇，家里费了多大的劲，劳了多大的神。这还不算完，定亲的时候还得给人家姑娘和家人送衣裳，这是规矩，送多了不行，送少了也不行，送多了你送不起，送少了你没脸面。幸好人家姑娘还没有要什么太多的东西，要是人家姑娘再要上一点儿东西那也是没有办法的事，你拿也得拿不拿也得拿。在这以前，曼苏从来就没有考虑过家里的任何事情，现在到了自己头上，他就不能不考虑了。他心里明白老父亲虽然嘴上说没有什么大不了的，可他心里的那个苦啊谁能知道呢？农村里一代又一代的农民就是像父亲这么过来的，也就是这么为自己的子女操心的。到这个时候曼苏才知道钱的金贵，才知道娘老子的一片苦心。太阳浓浓酽酽地照在地上，羊群在充满绿意的河滩上不紧不慢地啃着青草，曼苏躺在柔软的草滩上让太阳烘烤着他的胸膛。他知道以后再也不会有这么惬意的时候了，他需要马不停蹄地奔波，替老父亲分担忧愁和家务了。在这一刻他似乎突然成熟了许多，他成了一个顶天立地的男子汉，再也不是家中的一个白痴和饭桶了。

红雀河里的水缓缓地流着，涓涓细流在河滩里砾石间跳跳跃跃，像一匹调皮的马驹子向南奔去，又像一只欢快的小鸟轻轻地歌唱着飞过人的耳畔。曼苏看着这陪伴着他长大的红雀河，心想他自己也该有自己的行程了。他决定了要走出去，像这条欢快的小河一样走出去，走到远方的世界里。河是永远不回头的，而他是要回来的，还要像模像样地回来。

但不管怎么说，家里的愁肠暂时是不能解除的，曼苏看着父亲一天比一天苍老，心里就不是滋味。以前他从来没有想过娘老子的苦处，也没有想过家里的难处，甚至他是怎么长大的都没有想过，可今天当一家人东奔西走地为他娶媳妇而到处借钱，他的心里才生着了对娘老子和家人的痛肠。但有天大的困难，媳妇还得娶，亲还得定，定亲的手续并不繁杂，县城商场里有现成的成衣，只要有钱，买啥样的衣服都有，再买上些礼当送给那个叫"羊鼻梁"的姑娘就算完事了。最关键最麻烦的还是娶亲上门，这是一件万万不可大意、万万不可忽视的大事情。从定了亲到娶亲还不知要操多少心呢，没娶过媳妇的人家是不知道这里面的道道杠杠的，也不知道操办这件事情的寒苦的。老敏给尔萨娶阿西的时候还没有娶亲的经验，忽视了一些程式，因此得罪了不少人，对亲戚照看不周啦，对邻居们照顾不到啦。这都是让人头疼的事情。但愁归愁，亲你还得娶。本来马哈三家是到上冬才打算定亲的，但老敏怕夜长梦多，怕让人挑拨着黄了这门亲事，硬是逼着马哈三定亲，这亲事定得越紧，你思谋得越多，你操的心也就越多。

定亲也是一件泼烦事，定亲的那天曼苏也得去，去时就不能光着脊背空着双手去，新女婿头一遭见丈人丈母娘不能没有点表示，也不能空脚拉手地见他们，这是一个礼数问题，也是看你活人活得大小的一个看场，因此上老敏把这件事看得非常大，在定亲的头几天老敏领着曼苏到县城买穿戴的东西。他要曼苏光光鲜鲜地穿着打扮一番。

在回来的路上碰到王有才老汉从山里拾粪回来，看见曼苏穿得光光鲜鲜地就笑着问道："曼苏瞅上媳妇了？"老敏憨憨地笑着说道："媳妇是瞅下了，过两天就去定亲，现领着曼苏到县城里去打扮了一下。"王有才老汉说："人的衣裳马的鞍掌，打扮一下也是应该的，人一生就活这么一趟人，要弹挣一把，甭叫把娃娃们亏了。当年在那困难时期，我们过的啥日子，娶媳妇也就那么毛里毛糙的，驾上牛车把媳妇拉来就完事了。现在的声势大得很，弄小了人们要笑话，弄大了自己承受不起，但是过得去就行了，不要和别人攀比，也不要落在人后头，这样人就没有啥说头了。"老敏接着说："你说的和我想的一样，这件事情我想在人面子上过得去就成了，再说了像我这样的一个穷家务，想把规程弄大一点也没有那个能力，穷人有穷人的活法，甭叫人说啥闲话就成了。"王有才老汉一脸真诚地说："人的闲话也没有啥，再说了有啥闲话说的呢？就是这么一档子事，操操心也就顺下来了。你有啥难处了就说，我给你帮帮，常话说一个穷家三个帮。我先走了，有啥难处了你说一声，还有我这把老骨头呢。"老敏听着王有才这一番话就觉得自己心里的负担减轻了许多，压力似乎也没有那么大了。到底都是从困难当中过来的人，他一时有点儿感动。

从县城回来老敏就给亲家阿西娘捎了话，说近几日就落话定亲。过了两日亲家专程来了一趟，说马哈三家同意定亲，哪天定亲都可以。老敏决定第二天就去定亲，阿西娘开玩笑说："亲家也不叫我坐两天，抱抱外孙子，陪陪女儿。"老敏笑着说："以后有你坐的时候，你坐上两月半年也行，但现在不行，你的任务还没有完成。"阿西娘笑呵呵地说："不让我坐我也就不赖着坐，今晚夕准备准备，明早就起身。"

晚上碧黛把该拿的东西都叠得方方正正打了包，让亲家验收，阿西娘笑着说："亲家准备的没有啥看头，明早拿上就对了。"老敏说："剩下的都是你的事情，明天要是马哈三脸不展你就往平里抹，就不关我们的事了，我和曼苏只是跟上你去吃一顿，顺便尝尝曼苏媳妇的食水。"阿西娘笑着说："食水也没有啥尝的，媳妇是曼苏瞅的，媒是我当的。"碧黛说："亲家你不要和那个老东西胡搅蛮缠。"老敏嘿嘿地笑着，再没有说什么。

第二天早夕，曼苏喂饱了灵角，穿得光光鲜鲜地等着吃早饭起身。吃早饭的当儿，碧黛再细细地把各样事情都想了一遍，直到确定没落下啥时才放心，这是头一遭给亲家送东西，万一有个差错，那就是不可饶恕的过错了。

吃了早饭，曼苏把架子车上的尘土洗了一遍，铺了条破毡，驾上灵角，装上东西，拉上老敏和阿西娘去了马哈三家。

大老远他们就看到马哈三家的烟囱冒着烟，就知道马哈三家在准备着接待他们，头天下午阿西娘早给马哈三家捎了话。一行三人说说笑笑地到了马哈三家门口不远的路上，见马哈三在门口笑呵呵地迎着他们，看来他们也是不敢怠慢新亲家的，其实在任何时候，老敏都不会笑话人的，但人心都是这样，最怕的就是生人的笑话。不管亲做成做不成，不能落下永久的笑柄。这是活人的常识和礼数。

阿西娘给马哈三家两口子验看了所有的东西。马哈三家两口子没有说什么，老敏最急切的就是想见一见未来媳妇的面儿，可从进屋老敏就没有见到那个叫亥半的"羊鼻梁"丫头，曼苏也时不时地斜着眼瞅窗外。看马哈三一家人欢欢喜喜的，老敏就瞅准机会小心翼翼问马哈三："能不能把日子也定了？"马哈三皱着眉头说："日子不忙，到上冬前再说，现在定下了把人逼得慌，人心里也不好受，丫头长大成人了，突然要出嫁，我们的心里怪难受的。既然把话落了亲定了，我也是个干脆人，不做反悔的事，你们把心放到校场里去。"听亲家这么一说，老敏的心也就放下来了。

099

马哈三一家人没有嫌弹落话定亲的礼当，也没有提任何的条件。老敏一家是落话和定亲齐上了。他们对老敏和曼苏的待承很热情。从他畅笑着眉眼给曼苏不断搛菜的动作上就可以看出他对曼苏有多喜欢了。

这门亲事双方满意，皆大欢喜。

接下来再没有啥事情，只有挣钱准备着娶媳妇了。

曼苏也该出门去了。

挖虫草

门前百年老白杨树梢上的"红狗娃"穗子红红地落了一地，树梢就绿了，细小嫩黄的芽叶随风摇晃着。空气中飘荡着芽苞清新的味道，还弥漫着土腥的味道。春天的味道一天比一天浓，一会儿一个味道，一日一个成色。

地里黄嫩嫩的青稞苗顶破了地皮子，吮吸着大地和雨露的精华，迎着阳光苗壮地生长，只是透土的青稞苗还没有散开大叶，没有盖住裸露的地皮。

这个时候，村子里的年轻人们也就闲了下来，商量着去哪里拼光阴了。庄稼人务庄稼是一把好手，而出去拼光阴却有他们的难处。跟人去打工怕人家跑了挣不了钱，跑点小生意怕被人给骗了，真是不出门难、出了门还难。这几年庄稼人是连家门也不敢出了。去年村里一些年轻人去了青海格尔木和内蒙古，可格尔木和内蒙古人多手杂，要找上活儿还真不容易。瞎瞎、成福他们一伙去了大半年，回来时每人就带了那么几千块钱，你说那不是去浪费精力吗？一个大活人大半年去挣那么一点儿钱要养活一家大小，可不去又没有别的办法和出路。还是王有才老汉说得好，庄稼人不要光想城里人想的事儿，没钱花了你就在土地上谋划谋划，这土疙瘩土窝里虽然不出啥金银，但你务弄好了也不会亏待你。首先要种好庄稼，这是庄稼人的本分，庄稼人靠的就是一把粮食，你手里没有了粮食，那还叫啥庄稼人。但年轻人们还是憋不住，一个劲儿地往外跑，毕竟外面的世界很精彩也很光面。曼苏也想着到外面去挣上一大把钱回来娶媳妇，他不像别人，别人挣不了钱可以，但他不行，他得挣个万儿八千地回来解娘老子的愁肠。可去哪儿呢？他心里没有底，吃家里的饭容易挣外面的钱难，出门容易回家难，就是这个道理。就在曼苏愁着没去处时，成福、瞎瞎、舍巴、尕木沙、羝羊也古都来问他挖虫草去不去。曼苏没有跟人出去挖过虫草，也不知虫草咋挖，他心里没谱，这一年他是绝对不能挖虚的，一巴掌拍下去是要有响声的，要不然他拿啥娶媳妇呢？对于成福他们几个的商议曼苏不敢自己定夺，说让他先考虑考虑，他回家向老敏说了成福他们问他去挖虫草的事情，老敏说去不去自己定。但挖虫草也不是啥轻松活儿，曼苏说苦自己能吃，愁的就是怕挖不上虫草。老敏说只要真主襄助，任何人都会得到真主的慈悯的。曼苏听老敏这么一说，当下就决定了。

挖虫草是需要一番准备的。大到吃的白面、馍馍，铺的盖的，小到油盐、火柴、治头疼脑热的药片子，这些都是不能忘记的，最重要的是要准备一把灵巧便于携带的小钢镢，这是挖虫草的工具。虫草那东西，用大点儿的东西费人气力，太小了又使不上劲。曼苏没有挖过虫草，就去问成福。成福给他说了这些要准备的东西。别的东西好准备，唯有小钢镢不好准备，为此他专门跑了一趟县城上的铁匠铺，打了一把窄刃的小钢镢。曼苏刚拿上小钢镢的时候，手里好像拿着一把儿童玩具，心里觉得有点好笑。他从县城里回来后，发现成福他们就在十字路口的大石头上霍霍地磨着钢镢刃子，他看了看他的钢镢刃子也不是太利，随即拿上到十字路口跟大伙磨起来。他们正磨着，文肚子和大嘴过来了，他们刚从乡上开会回来，见大伙在磨钢镢，大嘴便嘿嘿地笑着说："乡上今儿个叫我们组织大家出去务工呢，我们还正愁没人出去，这不是已经有人组织上了吗？你们这是去挖虫草吧？今儿个乡上说了，新疆生产建设兵团农场需要大量的劳力，先是去整地放水，到了棉花熟了时候还可以摘棉花，要是有人愿意去，明早就到主任那里报名。"大伙儿听大嘴这么一说，兴趣起来了，七嘴八舌地问工资高不高。大嘴说工资到了那里看劳动量的大小定，现在谁也说不上。他这一说，大伙儿好像戳了一锥子，都泄了气。瞎瞎说："书记说的好像和那些个骗子说的一样，前年不是有人串通外面的人来说格尔木的金子多得挖不完，可到了那儿，我们全成了那些人的金奴，整天泡在冰水里把腰腿都泡出关节炎了，到最后人熬不住的时候，想走也走不了，跑也跑不成，在那戈壁沙滩上你能走到哪儿去、跑到哪儿去？一年下来把人都整病了。书记你是不是不知道？"大嘴笑着说："这次是政府行为，大家不必害怕，政府不会哄骗大家的，政府也是为大家好，大家在此打住，不要胡乱造谣，去的人明早到主任那里报名，不去的不强求。"

大嘴一走，大家又商量起挖虫草的事儿来。

曼苏他们是在一天早夕吃过饭动身的。那天早夕里，太阳还没有完全升起来，他们穿着破破烂烂的衣裳、背着大大的背囊、提着花花绿绿的提包出发了，活脱脱一群讨饭的叫花子，还好脸色还算光鲜，要不然真就是一群叫花子了，家家户户、老老小小的都站在门洞里望着自己的亲人和大家一道动身。有的人此刻无动于衷，有的人泪涕涟涟，有的人睡眼蒙眬，人们的心情都是不一样的。老敏一家人的心情特别不好，出门了就没有家里这么安然自在了，风餐露宿的，平时不出门闲着时，横看竖看都不顺眼，可一旦出了门家里人心里怪不好受的，平常的那点不顺眼也就不存在了。现在他们出去了是要遭罪的，家里人一天到晚坐暖房子睡热炕哪里遭过那么大的罪呢？曼苏他们一走，村子里就显得有点空荡荡的。

曼苏他们是坐了两辆蓝拖车去的，走到没有路时才自己背起东西上的山。

那个地方曼苏没有去过，一眼望去，山高得要钻到云眼里去了。

曼苏是走几步歇一会儿，山上得越高他就觉得呼吸越是困难，头也有点晕。成福说，这山里的烟瘴大得很，要注意歇缓。曼苏才知道，他头晕是烟瘴的缘故。

看着曼苏气喘吁吁的样子，舍巴说："现在要是能挖上虫草有多好，可以先让曼苏放嘴里含上一根。听说，虫草能扩张冠状动脉，有助于减缓心率，增加心血输出量和冠脉流量，降低心肌耗氧量，增强心肌耐缺氧。消除烟瘴带来的头晕症状。"

瞎瞎笑着说："舍巴正念的书念不成，不正念的书全背下了，知道的东西还真不少。"

舍巴微笑着说："我有个亲戚常年贩卖虫草，也常年进出高海拔地区。嘴里含着虫草上高原是他自己摸索出来的经验。"

羝羊也古也笑着说道："去年到夏河科才挖虫草的时候，我叫烟瘴打了，头差点疼破，就没人说要嘴里含一根虫草就能解决问题。要不是瞎瞎手里的止痛药片，我就把命放在科才草原上了。现在想起来还心有余悸。"

他们到一低洼处扎好帐篷，埋好锅灶。然后歇缓了两天。那山叫札嘎梁，山顶上还覆盖着厚厚的积雪，几只雪鸡在雪线之上飞来飞去的，偶尔也有羚羊、岩羊、狍鹿等飞快地跑过，羚羊会有些惊怕地望着他们的帐篷，他们也好奇地望着羚羊。曼苏头一遭见羚羊，那活泼可爱的样子着实叫曼苏想到了他读书时候操场上奔跑的那些个女生。

　　札嘎梁的虫草不算大也不算小，虽然卖不了大钱但还是能卖到十几块钱。每到青草出土、虫草透苗的时候，各乡四路的人们像蜂似的拥到那里去，期望着从那里挖回一年的开销，但事情往往是不如愿的，几多欢乐几多愁。曼苏他们到了的第二天，一群穿着破旧的人又陆陆续续地来到了札嘎梁，在那还没有融尽的斑驳的雪地上零零散散地搭起了一顶顶帐篷，丝丝缕缕的牛粪烟袅袅地单调地散在那空荡荡的山坡上，和缭绕在半山腰的雾霭交融着升腾而去。

　　曼苏他们坐在铺在帐篷外面的羊皮上，望着从山下像蚂蚁一样蠕动着爬上来的人，心里就隐隐地不安起来。瞎瞎像牙疼了似的捂着腮帮子说道："羊多没好草，人多没好饭。"

　　舍巴笑着说："甭愁，愁也是白愁。一只羊羔一把草，是你的谁也挖不去，不是你的你也挖不到。到这儿来了谁也亏不了。"

　　曼苏忧心忡忡地说道："毕竟多一个人就多一双手，多一双眼睛。山场就这么大，那么多人在这片山场上挖，还能挖多少虫草呢？一只羊羔一把草，话虽然这样说，但羊少了好草多，羊多了就得多跑路。"

　　舍巴仍然笑着说道："这片山场上哪年人少过？还不是你挖过来我挖过去。有时候虫草就在你的脚下，你寻死觅活看不到，你屁股一转脚一抬，别人就从你脚下挖出几根虫草来。属于你的永远是你的，不属于你的永远是别人的。甭愁，等雪融化了，我们就开挖。"

　　舍巴的宽心让大家暂时消除了心中涌起的那一丝愁肠。

　　那天夜里落了一场薄雪。清晨，草地上亮晶晶的，滑得走不成路。暂时挖不成虫草，吃了早饭就站在帐篷外面看雪，太阳烈烈地照着，山顶上明晃晃的，不知是从哪儿飞来的几只雪鸡，像射箭似的冲向那直插云霄的山顶，可山顶实在太高，它们冲不上去，一次又一次地冲，冲乏了就停在那雪地上静静地歇一会儿，然后又冲上去，再歇下来。他们看呆了。雪鸡与自然的拼搏使他们感到了自己的渺小和无力。羝羊也古看着那一幕说："等雪鸡乏晕了上去捉它们，一只雪鸡要值好几百块钱呢。"可有谁能上得去那高耸入云的山顶呢？还不是说笑话嘛！雪光很刺眼，曼苏望了一会儿，眼睛就刺痛得厉害，他进帐篷歇了一会儿，心却安静不下来，太阳那么一照，雪开始融化，在斑驳的阳坡上，枯草的茎直直地刺出了雪面，白白的，也有微红的草茎透出雪面，看上去嫩嫩的。曼苏走过去用小钢镢轻轻地刨它，当完全刨出来时曼苏才看清那是真正的虫草，曼苏欣喜若狂，他挖到了人生第一根虫草。

虫草在曼苏的手里捧着像一个睡着的婴儿，好多双眼睛都望着，满眼的羡慕和期望。成福说，今天就开始挖吧。大家就以曼苏挖到虫草的地方为中心，向四周散开去找着挖，但必须要对生人保密，绝对不能透露这里挖出了虫草。大家在曼苏挖的地方也都挖到了几根虫草，那地方也就那么几棵虫草，再寻也就没有了，大家向四下里寻去。

曼苏寻着一路走了去，他没有管天色的迟早，只是勾着头一路寻找着去了。

到后晌时分他终于又寻到了虫草，那是一个人迹罕至的地方，还从来没有人到过那儿。那里山顶上有一片毛梢林，半山腰上有一块洼地，洼地里的雪还没有完全化尽，向阳的地方枯草碎碎的、短短的，虫草淡黄的苗子直直地刺破碎草挺立着，一根挨一根，曼苏的心一下乱了，眼也瞬间花了，他心想襄助到了，他虔诚地跪在地上一根一根地挖起来。跪在地上的双腿麻木了，硬邦邦的，他站起身，抬起腿甩了几下，有点沉重。他揉着发麻的双腿，感觉到了一阵冰凉和钻心的疼痛。

天色渐渐暗了下去，他该回帐篷了。他数了数小布袋子里的虫草，有一百多根，这一百多根就好几千块钱。

他抬头看了一眼天色，黄昏的帷幕从山顶落下来了，晚夕就要来临了。他要赶快回去，在这荒山野地里碰上狼什么的就糟了。他急匆匆地往回赶。在路上他想要不要明天把大家都叫来挖呢，他想了很久，拿不定主意，也下不了决心。

曼苏的身影在空旷的山野扯着长长的影子，在昏黄的山野里移动着。

在人人都忙着寻觅虫草的时候，羝羊也古却也没闲着。但他没闲不是寻觅虫草，而是真把自己当成了一只羝羊。

羝羊永远是羝羊，从来就没有个正经样子，不管走到哪里都改不了他的老毛病，像成福说的，他的绰号简直就是神仙起的，要不然他始终像一只羝羊似的娶不上一房媳妇，眼睛贼溜溜地瞄着每一个他看到的丫头。那天刚到札嘎梁，就忍不住要到附近的帐篷去。四乡八路的人都认为他是一个二杆子不上路的人，但说不定这里的姑娘会看上他。大家警告他说，小心你小子的狗腿。经大家一说，他也就乖了几天。

大家都找虫草去了，而他的心却没在虫草上，嗓音尖尖地唱着花儿，眼睛却不时地向山下牧羊的姑娘们瞟过去，他的心管不住他的脚，最终他还是去了山下的牧羊姑娘那里。他平时虽然嘴上那么说着，可真的到了姑娘们的身边，他的胆子却小成了老鼠的胆子。大伙儿在一起常骂他是鸡的嗉子老鼠的眼——吃不多看不远。但他的确不需要看得那么远，他需要的是一个媳妇，他们有而他却没有。山里的牧羊姑娘常年在山上放羊，早就把心都放死了，将自己融成了大山的一部分、花草的一部分。而羝羊的到来，像是给牧羊姑娘们带来了春天般的阳光，她们的心境重新复活了。嘹亮的牧歌在山下唱起来了，和羝羊对唱了起来。

羝羊是远近有点名气的花儿把式，一曲曲的洮州花儿唱得出神入化，激情动人。

羝羊的洮州花儿一曲接着一曲，他唱道：

排子打在浪上了，
没约上着撞上了，
撞到我的相上了！

针插插儿上一根针，
你是哪里乡亲哪里人？
我要把你问一声，
问成呢吗问不成？

清水倒在缸里呢，
你是阿特（哪里）乡里的？
你是阿个（哪个）庄里的？

大角（gè）犏牛白尾巴，
你把朵脑（头）抬一挂（下），
我看我的人就啥？

一转山的莲花山，
今儿个见你是头一次（cǎn），
瞭着你的人干散！

斧头要剁黑刺呢，
人和人要相遇呢，
我没见人时听见声气呢，
高兴着给谁说去呢？

拔白菜擀菜汤，
我寻了三天两后晌，
没寻下个好对方，
今儿个才把你遇上！

蓝布做了洋伞了，
我把你一声喊喘了，
喊喘我的心软了！

园子里的水红花，
尕莲儿十七我十八，
多会儿两家成一家？

我家屋里我当家，
尕莲儿我把你留下，
油饼馍馍奶子茶。

枇杷长在山顶上，
走开我把你引上，
你看美当不美当？

一对喜鹊报喜呢，
墙上贴的双喜呢，
我和尕妹结喜呢！

拿的镢头挖草呢，
今儿个引上你了要走呢，
看你走嘛不走呢！

只是牧羊姑娘唱的歌大家完全听不懂，但世上最优美动听的歌儿只要那声调悠扬地飘荡进人的心田，清亮的歌声便像唱"西湖水镜"的红雀一样撩人动听。牧羊姑娘甩着响鞭，随着移动的羊群，唱着清悦的牧歌，天上的云倾听着不肯移动它轻巧的脚步。雪鸡停驻在雪线之上，久久不肯离去。太阳听着歌儿，艳艳地笑着，笑融了山顶上的一片积雪。

空旷寂寥的山野里，大家听着羝羊的花儿和牧羊姑娘的牧歌，如痴如醉。挖虫草的人们停止了寻挖虫草，思谋起了各自伤情的往事和恋情。

大山苏醒了，激动着。万物苏醒了，激动着，挖虫草的人们也激动着。

牧羊姑娘激动得快要变成一只快乐的雪鸡或钻天雀了。

羝羊的心境此刻纯洁得像宽广的蓝天，那些不纯洁的相思随着清风淡然化去了。

羝羊找到了心灵的慰藉和永远的希望。

当曼苏回到帐篷里时大家已经吃过了晚饭，给他的饭煨在红红的牛粪火堆旁。大家说说笑笑地开着玩笑，闹哄哄的。他进帐篷时大家都开心地望着他笑，他的心里有点毛。成福用树枝拨着火苗，羝羊吹着口哨，他们都好像遇到了莫大的喜事。"来了？"成福盯着他的眼睛问道。他答应着坐在火堆旁烤火，他是累坏了。"饭在锅里。"成福说。他默默地端起铝锅挖着就吃，大家仍在谝闲传。

曼苏一直听着大家谝闲传没有插话，直到临睡觉前他才拿起装虫草的那个布袋看着大家说道："我挖着了，我挖着虫草了！"大家接过他的小布袋子一看，果然是虫草。裹着一层黢亮亮黑土的虫草整齐在码放在布袋里，数量还不少。他清了清嗓子问大家："明早大家一起去挖吧？"成福笑了一下，说："那不行，你的情大家领了，一行有一行的规矩，那是你发现的就应该属于你。"曼苏急得脸有点发红,说:"这山场又不是我家的,虫草也不是我家种的。大家一起来的伴儿,何必分你我呢?"瞎瞎扫了一眼大家说:"既然曼苏说了让大家一道去挖,大家就去吧!"大家也都默认了瞎瞎的说法,再没有说什么。羝羊嘿嘿地笑了两声,说:"本来我明天还有明天的事,但有了虫草,我也就不去了,等挖了虫草再去会她,这次说不定既挖了虫草还要领上一个媳妇回去。"成福听着笑了,看着大家说道:"羝羊让媳妇想疯了。"又转身对羝羊说道:"你挖了虫草买上只母羊回去得了!"羝羊嘿嘿地笑着不作声。

大伙哄笑了一阵,笑得羝羊都不好意思了。

第二天东方才有红气的时候,大家都起来开始做早饭了。男人们的饭做起来简单,洋芋切成疙瘩,放锅里滴上几滴清油一炒,倒上水烧开,再揪上一锅面片子。一人几铁碗,吃到肚子瓷实得很。

大家吃了早饭跟曼苏出发直奔有虫草的那地方去了。大家急匆匆奔到那儿时太阳还没有出来。由于走得急,身上都冒着热汗,到那儿站了会儿,身上就冰凉冰凉得像浇了凉水,成福抱着膀子说道:"大家都甭死站,动弹着,不是把人冻麻达呢。"一群人原地笑着转起了圈儿,像招了脑后风似的,有点儿好笑。

不过,那地方真是个好地方,既背风又挡寒,暖暖的,雪已化尽,虫草像是谁撒了种子似的一棵挨一棵地长着。这可就把大家的心乐颤了。瞎瞎和成福他们挖了好几年的虫草,哪里见过有这么稠密地长着虫草的地方。瞎瞎眼忙手也忙,但嘴却没有闲住:"曼苏是一个好命人,以后我们不管做啥事情都要跟上曼苏,跟上他准不吃亏。"大家一听都笑了,说瞎瞎还挺迷信的。要是以后曼苏去杀人放火、贩毒偷猎,你跟他也不吃亏?瞎瞎憨憨地笑着说:"我说的是走正道挣正当的钱,你们听歪了。"

大家的嘴没闲，手更没闲。虫草像一个又一个的胖娃娃蹦出地面又装进每个人挂在胸口的小布袋子里。大家嘴上虽然那样说着，但眼里看到的只有虫草，心里想的也只有哗啦啦数着的红红绿绿的票子。

这一天下来大家多的挖了两百多棵，少的也挖了一百多棵。羝羊仍然吹着口哨，一脸的喜气洋洋，他还从来没挖过这么多的虫草，瞎瞎也兴奋得睡不着觉。

舍巴兴奋地说："这山上有一大群狍鹿，每天清晨在山湾里的那个泉眼上喝泉水呢。"

羝羊眼睛里放着喜悦的光芒，环视着人家说道："狍鹿就在那山顶上的毛梢林子里藏身呢，要是有架把的话那有多好，既挖了虫草还可以吃到狍鹿肉。"

成福一本正经地看着大家说："狍鹿是国家保护动物，你们可不要打狍鹿的主意，狍鹿是打不得的。谁要是打狍鹿的主意，谁就马上滚蛋。不要一颗老鼠屎坏了一锅汤，连累大家。"

羝羊低声说："在这荒山野地里谁还管国家保护动物呢。"

曼苏说："要是老炮爸在，那肯定有狍鹿肉吃。"

羝羊接着说："等挖了虫草回去后就找老炮爸来这里打狍鹿。"

瞎瞎斜着眼睛，望着帐篷外面幽暗的天空，头也不抬地说道："老炮爸也不是你说让来就来的人，他不喜欢做的事情就是前面有座金山喊他也不去。不要说打狍鹿，就是打金鹿，老炮爸也不会来的。违法的事情他是不会干的。"

成福有点生气地大声说道："先好好地静下心挖虫草，挖虫草是我们大家当下最要紧的事，再等上几天人们都上来了，发现了你挖的地方，那就啥都没有了。早点睡，明早天麻麻亮吃饭转移帐篷。谁再说打狍鹿，我揣几拳头呢。"听成福这么一说，大家像哑巴似的全沉默着睡去了。

第二天，大家精疲力竭地把帐篷搬到了有虫草的那个地方。当成福招呼大家去挖虫草时却发现羝羊不见了。

羝羊实在是太思念那个牧羊姑娘了。本来他和人家约定第二天要见面的。第二天他挖了虫草，再不去人家恐怕要生气了。他想，不挖虫草也罢，虫草年年有的挖，可晃了这个时候，人家姑娘不是年年有的，他又唱着花儿去了。

他去之后再没有唱花儿。牧羊姑娘告诉了他实情。她十一岁时在一次暴风雪中失去了所有的亲人，现在她是受雇于人给人牧羊，她多么想自己的亲人啊，可有什么法子呢？她现在既没有自己的牲口，也没有自己的家，只有到了这旷野里，她的心境才会好一些，她只有唱着歌儿才能打发无聊的时光。羝羊听了牧羊姑娘的诉说，心里怪难受的。一长串泪水哗啦啦地淌了下来。

牧羊姑娘双目含泪，轻轻地问羝羊："你领上我走吧？"

羝羊盯着牧羊姑娘的眼睛坚定地说："成。"

牧羊姑娘搓着衣襟说："今晚夕把羊拦回羊场后我就跟你走。"

羝羊回想起他读书的时候看上的一个姑娘，那个姑娘是她的同学，那年他读初二，那个姑娘是从外地转学转到了他们班上的。他在心里一直暗恋她，但从来没有对她说过或是有所表示。后来她又转学走了。从那以后他再也没有见过她，十多年过去了，他的心里一直对她有着那么一丝恋恋不舍。这个牧羊姑娘多么像他的那个同学啊，那天见着她的时候心里怔怔的有了一丝隐痛。他坐在牧羊姑娘的身边为她唱了一首又一首花儿，她都听得流泪了。她从小到大还没有哪个人专为她唱过花儿。他们忘记了饥饿，忘记了寒冷，忘记了太阳的走动，直到太阳落了山，晚霞像巨大的红被披满了山场，他们才知道羊该归场了。羝羊帮牧羊姑娘把羊拦回了羊场，才领着她往帐篷里走去。

那个牧羊姑娘叫卓玛。

羝羊领着牧羊姑娘回到帐篷里时，把大家吓了一大跳。曼苏他们吃惊地望着羝羊和卓玛姑娘不知如何是好。

过了好一会儿，成福才如梦初醒，悄悄问羝羊："这是怎么一回事？"

羝羊也没有遮掩，看着大家一本正经地说："卓玛姑娘在这里牧羊，没有亲人，愿意跟上我走。"

成福一脸吃惊地问道："你领定了吗？"

羝羊拍着胸膛说："我领定了。儿子娃娃，敢做敢当。"

成福急切地说："大家赶紧做饭，吃了饭拆了帐篷连夜回家。"

大家吃惊地望着成福不知发生了什么事。

成福见大家没有动静，跺了一下脚说道："羝羊领了人家姑娘，要是有人找上来寻麻烦，那你就无口说了。"成福这样一说，大家才有所明白，赶紧生火做饭。

当晚，他们摸黑回家了。

他们回到家里时已到了第二天的中午。

曼苏后悔跟他们一起回来。要不是羝羊偷偷领了人家卓玛姑娘，他还能再挖到一些虫草的。挖虫草一来靠的是运气，二来靠的是眼力。只要能碰上一个虫草带或是生茬，就能挖上几十或是几百根。虫草像蘑菇一样，蘑菇有蘑菇圈，虫草有虫草带和生茬窝。只要挖过虫草的人都知道。

可这能有什么办法呢？

吃中午饭时，曼苏心想，羝羊也古虫草挖了，一分钱不花费把人家卓玛姑娘领了来，可谓是一箭双雕的好事情。可跟自己定亲的"羊鼻梁"啥会儿才能娶回家呢？曼苏想着想着，竟然嘿嘿地笑出了声。

碧黛看了一眼曼苏，也被他莫名其妙的笑给惹笑了："这娃娃挖了几天虫草，把自己给挖傻了！"

跟着母亲的笑声，曼苏哈哈大笑了起来……

羊
祸

　　山上的青草长到两寸多长了，绿油油地吸引着圈在羊圈里的羊儿和拴在槽上的牛儿。这时候正是牛和羊特别想青的时候，牛和羊一想青，人也就坐不住了。人坐在院子里，山坡上牧童"叭叭"的甩鞭声清脆地响着钻进院子里来，不时地震荡着人的耳膜。

　　孙子伊迪和孙女冬月一个劲儿地往外跑，他们也像那想青的羊儿不恋家了，光着脚丫子笑呵呵地疯跑在那扬尘的村道上和田野里。

　　牛儿和羊儿不恋家想青了就应该让它们到山坡上去散散心，填饱吃了一冬天黄麦草和黄青稞草的肚子。

　　那天日光明丽，和风轻轻地梳理着牛儿和羊儿干瘪的身子骨，老敏开心地看着自己的牛儿和羊儿在山坡上吃草。他想这一春得把牛和羊养得膘肥体壮，等给曼苏过事时就没有大的愁肠了。太阳暖暖地照着大地，老敏想着曼苏的事一完就只剩下小儿子尔力和小女儿曼茹叶了。尔力还在上学，但不知今年能不能考上大学。曼茹叶读了个小学就再没上学，再过一两年也该有婆家了，这一两年也有不少人前来给曼茹叶说媒，但老敏都没有答应，因为曼茹叶还小，现在不像他们当年了。那个时候，人们都把丫头早早地打发给婆家。只是前几年亏了大丫

115

头阿依舍，找的婆家穷，家穷也就罢了，女婿也不攒劲儿，光知道顾自己，从来不管家里人的死活。要不是老敏这几年拉拔，那个家早就不成家了。有时候他真想把阿依舍领回来，可一想自己也是从穷处过来的，阿依舍还有两个娃娃连绊着，他也就不忍心了。老敏想着又想到了家里，想到了为曼苏过事，心里就来了劲儿。他起身看了一眼山坡上正在吃草的牛和羊，它们都在山坡上不抬头地啃着青草。太阳照得久了，他渐渐地有了一丝睡意，竟然在山坡上热烘烘地睡着了。

他是被一阵叫骂声惊醒的。

他隐隐约约听到有个女人在声嘶力竭地大喊大叫、大骂大吼。他忽然感到事情有点不妙，一骨碌爬起来朝山坡上看了一眼，哪里还有牛儿和羊儿的踪影，它们早跑到别处去了。是不是它们跑到人家的青稞或是小豆地里去了呢？他的心蓦地颤抖了起来，这可是了不得的事情。活了一把子年龄，他身上还从来没有出过这样的事情，这可怎么办呢？他自言自语着。怎么办呢？赶紧找牛和羊。

他开始在山坡上疯跑起来，活像一条发疯的老狗，一会儿上一会儿下，跑了一处又一处。现在他已顾不得那么多了。他现在急需要找到他的牛和羊。现在正是庄稼抓青的时候，要是牛和羊跑到人家的地里那就麻烦了，老敏的心里像钻进了若干只蚂蚁，沟子里也像塞进了独独蒜，让他想也不是坐也不是。他的牛和羊到底跑哪儿去了呢？怪就怪这暖烘烘的太阳，这样的日子正是春乏的时候，人的精神就提不起来。这种时候，很多的老人都聚集在一起，膝下攒着孙子孙女晒阳婆，把日子当年过，而他老敏却要出来放牛放羊，结果呢，把牛和羊放丢了。

老敏跑遍了方圆几里的沟沟岔岔、湾湾壕壕，就是找不见牛和羊。这就怪了，他就眯盹了那么一会儿，牛和羊就不见

116

了，是不是有人赶走了他的牛和羊？他站在山坡上望着山下的村子，村子里乱哄哄的，好像是有人在吵架。头顶的太阳仍然暖暖地照着，丝毫不减它炽热的威风。风轻轻地拂着，拂不透老敏身上的汗液。回家让尔萨和曼苏去找吧。他腿脚沉重地朝山下走去。

他走到半路上时，曼苏上气不接下气地跑了来，望着他半天说不出一句话。等了半天他才紧张地说："大哥和全福媳妇干上仗了。"

"真是祸不单行，我还指望你和尔萨去找牛和羊呢，现在倒好，尔萨和别人干上仗了，早些时候我就说过，给自己留点儿后路，他偏不听，这不是有人找他的茬了吗。你去找牛和羊，我去看一下。"老敏还没有迈开步，就被曼苏给拉住了："不是你说的那么回事，你今日把牛羊放到了啥地方？放到人家的地里去了，把人家的庄稼地踏翻了，人家要找你算账呢。现在你赶紧回去解释一下。要不然人家要大动干戈呢。"老敏一听是这么一回事，心里也就有了几分胆怯。全福媳妇是女人里面的刺，哪里疼就专刺哪里，是不好惹的货色。就连文肚子和大嘴都不敢惹她。她的厉害是出了名的。那年，还在生产队的时候，有天她去地里起身迟了，驻队干部批评了她几句，她就把那股子怨气积在了心里，当场没有发作，人们就知道她把狠劲儿藏在了心底里，就劝驻队干部不要和她一个妇道人家计较，驻队干部听了大家的劝说，当下也就罢了。可她没有罢休，她一直在寻找一个恰当的机会报复回去。这件事情过去了两个多月，人们已经忘记了这件小得不能再小的事情。可她偏偏记着。有天驻队干部的饭派到了她家里，她愉快地接受了任务。驻队干部坐在她家炕上喝足了茶水，等他吃了一碗长面后再吃第二碗长面的时候，全福媳妇就把一碗带汤的长面扣在了驻队干部的头上，把驻队干部烫了个大花脸，而她呢，则跑出去在村街上大喊大叫，说驻队干部占她一个妇道人家的便宜，耍流氓摸她的手。她好心好意给驻队干部擀了长面，而他却耍心眼使坏。她这一手把驻队干部的名声给搞臭了，驻队干部也因此而受了组织上的处分。从那以后，这个村里再也没有人敢惹全福媳妇。老敏后来还见过那个驻队干部，他的头发稀稀的，脸上花花的，那是当年全福媳妇那一碗带汤的长面烫的。他谈起当年那件事时还心有余悸。他说，他怎么就没想到那个泼妇有那么大的狠劲儿，如此有心计，他批评了几句就牢牢地记在了心上，还想出了那么个法子报复整治他，了不得。他连连摇着头。可见全福媳妇对他的伤害让他已经终身难以忘记了。这多少年过去了，全福媳妇虽然再没有伤害过任何人，但人们的心理上还是对她有着一种畏怯，人人都害怕和她接触，见了面只是匆匆忙忙打个招呼而已。后来土地下放包产到户，人们就更不和她说话了，怕她给自己惹上一些麻烦。自从出了她用饭碗扣了驻队干部的头这事后，老敏就很少和她主动打过招呼。但只要是人都会在不走的路上走三回，不熟识的人家交三回呢。老敏这回偏偏碰上了这个硬茬。现在怎么办，没有别的办法，只有挺起腰、昂起头去面对她了。

曼苏搀着老敏的胳膊往回走。离村越近，全福媳妇的骂声就越显。老敏边走边想，全福媳妇这回是要彻底地发泄一通了，自己的这张老脸算是完了。全福媳妇歇斯底里又不堪入耳的骂声渐渐地传到了他的耳朵里，他的脸暗暗地发烫了起来。他将如何面对那么多的乡邻及儿子儿媳，他的脚步越来越沉重，心也咚咚地跳了起来，他无法控制自己的心跳。他活了这大半辈子经了那么多的大风大浪，还从来没有这么心跳过。这是怎么了？羞耻啊，羞耻。这就叫活剥人皮，人活脸树活皮，土墙全靠一把泥，他老敏的脸面这次算是被活剥了。

远远地看到村街上围了一圈人，男男女女、老老小小的都出来，抱着膀子看热闹。他们见老敏到了跟前就迅速地闪开了一条道，让老敏和曼苏插进人群里去，而老敏挡住了欲往人群里插的曼苏，他想他这一进去就不顾脸皮了，而曼苏还年轻，他往后还要活人呢。他进了人群，见全福媳妇双手叉腰站着，嘴斜眼歪地骂着尔萨。老敏没有多说什么，就把尔萨推出了人群。他才抬头向周围看了一眼，见大嘴书记和文肚子主任都在。

老敏对全福媳妇怯怯地说："有啥话你说吧，你也是活了大半辈子的人了，嘴上该封上封条，你那样不干不净地骂，也不怕伤了你自个儿。"

老敏的话还没有说完，全福媳妇就又骂开了："你的牛羊是牲畜，可人家的庄稼就不是庄稼了，一年庄稼二年苦，流血淌汗皮蒙鼓，二月青苗月子里的娃，庄稼汉心疼娘老子拉。你老暮沉沉地放牛放羊啃青苗，就像儿女疼先人，吃不上一顿心里憋得你难受。谁家没有种庄稼？谁家没有养牲口？要是旁人家的牲畜踏了啃了你家的青苗，你咋样？"

老敏这一阵子简直是无话可说了。

文肚子问老敏："你的牛羊果真啃了人家的青苗？"

老敏沮丧地说："我也不知道是我家的牛羊啃了全福家的青苗，今个儿太阳一照热得很，我看牛和羊也乖着，眼睛一迷糊就睡着了，醒来后就不见了牛和羊。曼苏不说我还不知道。既然牛和羊吃了她家的青苗，现在大家都在，书记和主任也都在，就做个主给她家这块地赔产就是了。"

"你说得倒轻松，赔产就完事了？你家的牛还踩死了我家的一只大公鸡。"全福媳妇不依不饶。

大家一听全福媳妇的话就觉得不对劲，他的牛和羊啃了你家的青苗，你说啃了就啃了，可偏偏怎么又说他家的牛踏死了你家的鸡，这就有点扯远了。大家开始对全福媳妇的胡搅蛮缠有点气愤，开始小声地骂全福媳妇不是个人养的东西，就那么点事找碴也就算了，还节外生枝，简直不像话。

大嘴和文肚子实在是忍不住了。大嘴指着全福媳妇说："就说他家的牛和羊吃了你家的青苗谁看见了？他家的牛踏死了你家的鸡又有谁看见了？你不要没事生茬。"

全福媳妇嘿地打了声失笑，说："书记、主任你们到地里去数一数牛羊的蹄印不就明确了吗？"

大嘴和文肚子听全福媳妇这么一说就更来气了。文肚子用眼角向周围扫了一圈，问道："你们谁看见老敏家的牛羊啃了全福家的青苗？"

人们都说没有看见。

大嘴生气地对全福媳妇说："你老嘴老脸地在人前再要献丑了，回家去吧。"

全福媳妇盯着大嘴的脸说："回家可以，各管各，他管他的牛和羊，我管我的青苗。"她这样一说，人们觉得这场戏算是演完了，再看下去就没有啥意思了，便哗地一声散开各自回家了。

老敏也领着两个儿子回家去了。可刚到家门口，老敏却停住了脚步，突然给尔萨和曼苏说："我得问问那娼妇去，我的牛和羊呢。"

老敏径直朝全福家走去。

全福家的门虚掩着，院子里圈了一大群牛和羊。老敏从门缝里仔细地瞅了一会儿，才看清是他家的牛和羊。他推开门看了一眼拿着一根棍子站在院子中央的全福媳妇，看着自己家的牛羊说道："我的牛和羊我赶走了。"

老敏打开了大门，牛和羊纷纷拥挤着往外跑，他一只一只地数着羊数，牛是不用数的，就那么两头，不用数也看得清。他数来数去，单差了两只羊。他有点小心地问全福媳妇："还差我两只羊，你知道在哪儿吗？"全福媳妇说："在菜园子里。"老敏顺着全福媳妇手指的方向望去，见两只羊直挺挺地躺在她家的菜园子里，赶忙过去看了一眼，见羊头上冒着血，羊已死了很大一会儿了。他看见死羊的旁边还立着一把锋利的镢头，羊是用镢头挖死的。

老敏望了一会儿，对全福媳妇说："你挖死了我的羊，你得赔我。"全福媳妇嘿地笑了一声说："我陪是陪，就怕你婆娘儿子的不同意。"老敏终于忍不住胸腔里的那股子火气，火山般爆发了。

曼苏在村街上等着老敏不见回来，就怕他又要挨全福媳妇的骂随后跟了来。

曼苏听全福媳妇在她家的院子里口里不三不四地骂父亲，火气就上来了。他进门一看，自家的两只羊也倒在地上，就气不打一处来，顺手操起顶门杠向全福媳妇抡去。只听全福媳妇哎哟一声就躺在地上打起滚来，她的一条腿让曼苏齐茬茬地敲坏了。这阵势连老敏都吓着了："我的先人呀，骂人又骂不死人，她骂了人你还她两句不就成了，也用不着操起顶门杠敲人家的腿，现在这样了你说咋办呢？"怔了一会儿，老敏好像才记起该往医院里去了。指着曼苏狠狠地说："去驾牛车送全福媳妇去医院。"曼苏望了一眼父亲，一溜烟地跑了。

这回曼苏的祸是闯大了。

全福媳妇在院子里躺着声嘶力竭地呻唤着，像是快要死了……

老敏回头看了一眼，就出门喊大嘴和文肚子去了。

大嘴和文肚子听了老敏说的情况觉得很难处理。现在全福不在家，两个儿子又都出门在外，不管怎样处理都没法交代，也没处交代。大嘴和文肚子的意见是先让全福媳妇住进医院治疗，让碧黛和尔萨媳妇阿西陪床服侍。

药费一下子就成了老敏一家人的负担。那么多的药费从哪儿来呢？这就不能不叫老敏和曼苏尔萨他们发愁了。现在正是一分钱当两分钱花的时候，偏偏惹下了这么个祸事。这是叫一家人为难的事情。

尔萨和曼苏为钱的事四处奔波，而曼茹叶却要整天奔波在家和医院之间，送饭、送东西，有时还要替换一下娘和嫂子。

全福和他的两个宝贝儿子幸好还不在，要是有的话那将是一场怎样的纠缠呢？谁也说不上。可在这个时候，全福和他的两个宝贝儿子全来了。

这下要大动干戈了。

人们都拭目以待事情的发展。

村子里一下子变得热闹了起来，在这个从来就没有经过什么大事情的村子里，人们开始关注每天的风吹草动，就是一条狗的吠叫也要引起人们的注意。人们也开始关注起旁人的事情来了，好像旁人的事情就那么值得自己去关注、去操心。人们一下子成了吃自己的饭操旁人闲心的人。每个人的脸上都带着一种幸灾乐祸的神态和气色，连那傍晚的狗叫声里都是这种幸灾乐祸的愉悦和兴奋。

全福的两个儿子碌碡和门杠是出了名的滚刀肉，从小就在全福媳妇的呵护下在学校里欺负小同学，不好好念书，长大了又偷东摸西令人生畏。叫村里人防不胜防，这几年好了，他们都出了门，那里的鬼还算不害那里的人了，现在他们回来了，是回来报他娘的那一门杠之仇还是挣足了钱回家，不得而知。

事情的发生往往就在不经意间。那天早夕尔萨起来，眼皮跳个不停，本来头天后响里他的帽子挂在院子里的晒衣绳上被风吹下来让媳妇阿西踩了，他的心里就很不快活，早夕起来眼皮又跳得厉害，他思谋着是不是要发生什么事情。吃了早饭，羊还圈在圈里没有放，可能是饿了的缘故，几只羊不停地用前蹄踢圈门。尔萨怀着忧忡的心情把羊赶出了圈门。

　　羊像是一群饿疯的野狼，低头向山上跑去。尔萨紧紧地跟在羊群后面，几只馋羊跑得最快，他知道跑在羊头里的是馋羊，而跑在最后的是弱羊，后面的羊跟不上前面的羊群。他不忍心挥动手里的鞭子，弱羊是经不起他手里的鞭子的。他望着前面疯跑的馋羊和后面蠕动的弱羊，就不由自主想起了已经年迈的父母，由于和全福媳妇的争仗，曼苏一时冲动闯下了那么大的祸，把父母的头发都愁白了。现在曼苏把肠子都悔青了。今日的眼皮跳却让他有点心悸和不安，他预感要发生什么事情。他这样想着的时候，事情已经悄悄地向他奔袭而来。

　　山坡上青草嫩嫩的，透着一股撩人的清香，矮小的鸡眼花开着粉红和洁白的碎花，像栽在地毯上的图案，羊儿的蹄印浅浅地踩上去踩碎了花的图案。尔萨看着一朵又一朵的碎花被羊蹄印踩碎揉入松软的泥土中，他的心里悲悲的。他的眼皮跳得更厉害了。

　　好像是一只鹰旋过了天空，又是一阵风吹了来。他实实在在地看见了全福家的碌碡和门杠咧着嘴朝他冷笑着，笑得很阴险，也很气壮。尔萨预感的事情终究是来了。

　　尔萨的腿被碌碡和门杠用一根柳棍敲伤了。尔萨的腿伤了，但事情好像还没有完。

　　事情就像一阵风一样片刻就刮遍了整个村子。老敏家守在医院里的人丢下全福媳妇不管回来了，老敏提了斧头要去拼命，可碌碡和门杠早已远走高飞，屋里就剩那懦弱了一辈子的老实人全福。他面对老敏的斧头不反抗也不争辩，完全是一副等着挨打的架势，也像一只任人宰割的羔羊，耷拉着脑袋，半睁半闭着眼睛，坐在院子里的台阶上不说一句话，好像今天的事情与他无关或是关系不大。老敏抢着斧头看到全福这个软骨头的样子心里的火气顿然消了大半，遇上这么个蔫人你也没有别的办法。他扛着斧头悻悻地回了家。人们期待的又一场争斗就这样偃旗息鼓了。

就这样尔萨和全福媳妇双双住进了医院，可这全问不着全福那个蔫人，麻烦还是老敏一家人的。

医院里躺着两个病人，钱像纸一样往医院的那个收费室里流，开始是流进了曼苏挖来的那点虫草钱，还有柜子里的那点粮食粜来的钱，再后来就流进了几只羊钱。

几天日子就花尽了老敏口袋里所有的钱，医院里停了药，全福媳妇叫喊着吵闹着，可吵也白吵，老敏的口袋里确实是没有一分钱了。她忍不住那份寂寞和白眼，终于答应出院了。经乡政府派人，会同人嘴、义肚子和医院调解同意，全福媳妇和尔萨出院后各自养伤互不找麻烦。

这件事就算是这样解决了，但两家却从此结下了仇，遇事就不相互来往了。

尔萨躺在炕上好多天不能动弹，老敏的心里就沉重得像坠了一块石头，时时放不下心来，另外他还愁上冬时曼苏的媳妇拿啥娶呢，他的心里乱透了，头发胡子好像一下子就白了。

老敏佝偻着腰失去了往日的精神和风采。

这一重连一重的祸事把老敏彻底放翻了。

老炮爸看着尔萨躺在炕上不能动弹，就专门去了趟南山林，捉了十几条娃娃鱼让尔萨吃。娃娃鱼又叫接骨丹，是专门接骨的民间偏方。老炮爸让尔萨早晚饭后各吃一条娃娃鱼，等那些娃娃鱼吃完，他的腿肿也就消了，骨也就接得差不多了。

吃了娃娃鱼的第二天早上，尔萨就觉得肿胀着的接骨的伤口那儿痒酥酥的，像蚂蚁跑过似的。老炮爸吃过早饭过去看尔萨。尔萨看着老炮爸说："伤口上痒得很！"

老炮爸笑着说："那就对了，痒是好事情，证明你的骨缝正在接茬呢，年轻人长得快，半个月就接上茬了，一个月左右就能下地了。"

　　尔萨咬牙切齿地说："一个月？那还不把人急死在炕上。等腿好了，我非整死全福家那两个滚刀肉不可。"

　　老炮爸笑着说："尔萨，大人不计人小过。你跟小人过不去，那就是跟自己过不去。吃亏是福，我们活人要叫亏人，这是我们活人的底线。人的一生哪有不吃亏的事情呢？这篇翻过去也就过去了。你是家里的老大，有些事情还得你拿捏掌舵呢。"老炮爸轻轻拍了拍尔萨的肩膀，又狠狠地握了一下尔萨的胳膊，头也不回地走了。

　　尔萨陷入了深深的沉思当中。

偷猎

　　家里的日子是越来越紧，用钱的地方都是把钱掰成了两半来花，可家里和老敏的手头上还是拮据。羊圈里的几只瘦羊是再困难也不能卖了，那可是生钱的口袋，再说了，今年上冬给曼苏娶媳妇时还得需要它们的骨肉皮肠。生活这样一拮据，人人都在想生钱的法子，可坐在家里是生不出钱的。这时，曼苏就想到了老炮爸，何不叫上老炮爸上札嘎梁打回狍鹿呢？曼苏一想到打狍鹿，眼前面即刻就涌现出毛梢林子里成群结队奔跑的狍鹿了，曼苏越想越兴奋，当晚就到老炮爸屋里商量去了。老炮爸打了一辈子的猎，对打猎还是非常感兴趣，当曼苏说札嘎梁有狍鹿时他的眼睛就放出了两道锐利的光芒，直穿曼苏的胸膛。但那种光芒只闪耀了一下就熄灭了，他忧心忡忡地问曼苏："狍鹿是国家保护动物吧？这种动物是打不得的。"曼苏笑着说："就算是打了狍鹿，在那野山里能有谁知道呢？"老炮爸听曼苏这么一说，心里也就有了几分宽慰。老炮爸老成持重地对曼苏说："你先准备准备，我也得准备一些铅弹和火药。这件事不能声张，也不能对家里人说，只有你知我知，天知地知。"曼苏答应着出了老炮爸家径直朝家里摸去。

　　曼苏和老炮爸出门是在一天漆黑的晚上。晚上出门夜不观色，旁人也就不知道你出了门没有，等过几天，你打了狍鹿回来后再站在村街上的时候，人们也意识不到你是出了一次远门，只是认为你在家里躺了几天。庄稼人常这样，农闲的季节有时好几天躺在家里不出门，因此，几天不见也不足为怪，没有啥值得怀疑的地方。曼苏和老炮爸就是在寻找这个人为的错觉。他们牵着老炮爸家的驴子，驮着被褥干粮和锅碗像两只幽灵悄悄地出了村子，踏上了去札嘎梁的道路。老炮爸年轻时去过很多回札嘎梁，像新媳妇回娘家一样熟悉道路，但那时候老炮爸不是为了打猎而走这条道，那个时候日子紧，政策也紧，不是你想做什么就想做什么的。那个时候，他们整个小队才有三头牛，这三头牛除了要耕队里那两百多亩地，还要给他们那十几户人家拉够一年的烧柴，拉烧柴是农闲时候的事，但农闲了牛往往也就争不上了，牛争不上而人是能争上的，那就几家人联合用人去拉烧柴。刚一踏上这条道，老炮爸就给曼苏讲他们那个时候的生活，听起来像曼苏奶奶在世时讲的古今一样，虚恍恍的，很遥远。现在又踏上了这条道，不能不叫老炮爸想起他们那个年代的光阴来，但想起以往那是很犯心病的，曼苏懵懵懂懂地听着，并不那么在意也不是那么认真，这些事情听起来似乎很熟悉但也很陌生。

一路上他们话说得不是很多，曼苏心里想的是札嘎梁毛梢林子里的狍鹿，而老炮爸想得更多的是犯心病的往事。

响午时分，他们到了札嘎梁，老炮爸已经有好几年没有来这里了，札嘎梁主峰上的白石山白得似银，在强烈太阳的照耀下反射着耀人眼目的光芒。望见那种白石的时候，人的心境不由自主会在刹那变得坦荡宽广，纯洁无比，什么世事纷扰统统在瞬间涤荡殆尽，像个初生婴儿一样。半山腰的油松林像油画上抹上去的重重一笔浓彩，显得墨黑浓重。

一声驴叫打破了瞬间的寂静和空寥。曼苏和老炮爸回到了现实。卸了驮着的东西，赶紧埋锅做饭，走了半晚夕半天的路，已经饿得抠心挖嗓的了。曼苏没有在野外做过饭，也不知如何做，虽然上次挖虫草时，他跟着成福几人一起待了几天，但做饭都是成福他们的事情，他从来没有帮过手。他像一只呆傻的大公鸡看老炮爸在背风的地方先选择了三块石头支起锅生起火。老炮爸看了一眼曼苏笑了："出了门就呆了，快去提水。"曼苏经老炮爸这么一点，急忙端起锅找水去了。

等曼苏端来水的时候，老炮爸已经生着了火，坐在地上用一个皮筒子一开一合哧哧地吹着火，火苗旺旺的。曼苏把锅端放在支锅的石头上。火苗立刻像老牛的舌头舔着锅底。老炮爸说："这叫三石一顶锅。人活在这个世界上就像三石一顶锅，但偏偏有人要单干，往往成不了大事。人离开了人不行，人离开了人的帮助更不行。"只一会儿工夫，一大锅水就烧开了。

两人吃到晌午，惬意地躺在草坡上晒太阳，驴在他们身边的草地上尽情香甜地吃着青草。吃饱了肚子又那样晒着太阳，渐渐地来了瞌睡，不想起来再走路了。

两人都好像是打了个盹，等睁开眼睛时已到了后晌时分。老炮爸说往油松林子里边再移一移，离毛梢林子近一点，今晚夕就在油松林子里睡，明早去寻狍鹿。

晚上老炮爸给曼苏讲了一件他年轻时干的傻事。那个时候，野生动物特别多，什么狍鹿、麝香、大鹿、四不像，还有豹子、狼、野狐啦都在附近的林子里和草场上活动，尤其是野狐时不时地钻门子叼鸡。猎手们出去打猎也从来没有空手回来过。有一年末伏里，他进林子打猎，碰上了一群狍鹿，朝领头的一只公狍鹿抬手就放了一枪，狍鹿跳跃着倒在了草地上。那是他第一次打狍鹿，听人说狍鹿的鹿茸是大补，等狍鹿气断的空子里他想起了人们说的话，就在狍鹿气断后迅速割开鹿茸用嘴咂起来。刚开始咂的时候不知道那有多厉害，当那热烫烫的血浆灌下肚子的时候，才知道什么叫厉害了。鹿茸灌到肚子里不久，心里的那个烧、那个焦渴无法言说，浑身热得像是进到了火炉里一样，热得承受不了。多么想找一块冰往身上擦一擦。鼻血流个不停，怎么也止不住。那个时候正是鹿茸饱胀充溢的时候，也正是劲力大的时候，你一下子咂尽了一只鹿的鹿茸，你能不烧不热吗？当时的那种措手不及堪比刀子扎在身上。人也是傻，遇事不先考虑一番，听说那是大补的东西便张口就咂，都不知道鹿茸只能是咂一点的，结果呢，烧得差点把自己的下身胀坏，下身那东西硬邦邦的，好几天缩不下去，把人愁得差点生了病，后来连眉毛都烧得脱光了，成了现在这个嘴脸。别人看来，老炮爸的眉毛好像天生就没有长出来，光秃秃的，难看极了。可没咂鹿茸前，他两道眉毛浓得能遮太阳，人见人夸。曼苏听老炮爸这么一说，他就产生了一种强烈的想咂一口鹿茸的欲望。

翌日清晨，曼苏和老炮爸踩露沐雾摸向那毛梢林子。老炮爸提醒曼苏说："狍鹿的嗅觉相当灵敏，不能顺风走，顺风它们能闻到人的气味，也不能有任何响动，它们还非常机灵，只要稍有响动，它们会蹦跳着离去。"曼苏拿布条试了试风向，风是逆风，对老炮爸摇了摇头。随即小心翼翼地跟在老炮爸的身后向那片大得无边的毛梢林子摸去。

清晨的毛梢林子被蒸蒸腾起的薄雾笼罩着，时而浓绿如墨泼染，时而浮出一抹淡绿，林鸟的清脆啼鸣在那蒸腾浮升的薄雾中颤荡着钻入人的耳朵。空气是那样的湿润，草地是那样的柔软，晨阳透过雾霭射出了几道温柔的淡红的光，在雾中迅速地扩散开来，这时松林翠绿如滴，毛梢林嫩黄似鸭，人进入其中犹如进入了一个如梦如幻的仙境，顷刻间令人心旷神怡，诗意连绵，忘其所在。

狍鹿像藏獒一样在山湾里汪汪汪地叫唤着，顷刻打破了山林的空寂和静谧。

　　狍鹿的叫唤已经打动了他俩的心，他们从恍惚的梦中回到了现实。老炮爸检查了一遍他操练了几十年的那杆长土炮，火药、铅弹已装入枪膛，现在就专等狍鹿出现了。这是一个多么紧张的时刻啊，曼苏的心快跳出胸膛了。

　　鸟叫是那样清脆悦耳，鹿鸣是那样扣人心弦。

　　老炮爸的脸上洋溢着难以自抑的神色和无可名状的喜悦。曼苏的脸上则充溢着兴奋过后而又抑制不住心跳的紧张和无可奈何。

　　又是一声鹿鸣，他们循着鹿鸣声向鹿群摸去。

　　毛梢林子里有一片空地，狍鹿群正在阜地上舐晨露食嫩草，有几只狍鹿驻足昂首，机灵地环视四周，那可爱的样子让老炮爸不忍心扳枪射击。又一声鹿鸣，所有的狍鹿都昂首张望着前方并不宽展的一条狭窄的走道，鹿群觉察到危险正在向它们袭来，它们该转移地方了。老炮爸终于下定了决心瞄准领头的一只开了一枪，随着叭的一声枪响，那只鹿高高地蹦了起来，但奔不了几步就倒在了地上，又弹挣着起来却终于支撑不住又倒了下去，扬开四蹄喘着气用最后一点力量努力弹挣着试图站起来，可那被土炮轰透的肚子上冒着血，连肠子都出来了。它是站不起来了。

　　鹿鸣声凄绝而又悲惨地在那遥远的地方声声传荡开去。

　　老炮爸和曼苏跑到那只被击倒的狍鹿跟前时，看到鹿头上已经冒出了稚嫩的鹿茸，像一只刚开始长大的羊羔头上顶出了皮毛，露出了两只稚嫩的小角，可爱极了。曼苏想着那里面是不是有像血一样的鹿茸。可他不敢问老炮爸，老炮爸也没有给他说什么，只是让他干净利落地拾掇狍鹿的肉。刚才他还看到狍鹿蹦跳时后胯上有两道白线和几圈白点。现在什么也没有了，只剩下了一堆被剔光了肉的骨架和一堆黑红色的肉。一只活蹦乱跳的狍鹿一会儿就被他们给肢解了。

幽幽地传来几声鹿鸣，很遥远也很悲绝。

他们在那片毛梢林子里转了一天再也没有见到第二只狍鹿，他们有点失望。老炮爸说："鹿挪窝了，一时半会儿找不上，回家吧。"曼苏也感到再找着打下去没有啥意思了。内心忧虑地说："回家也好，这东西打不得。"老炮爸听曼苏这么一说竟嘿嘿地笑了。

老炮爸和曼苏打狍鹿回来了，村子里像扬起了一阵风，谁都知道他俩打了只狍鹿。听着旁人的羡慕他们的心里就有一丝自豪。可这种自豪并没有持续多久，县森林公安局的人来了，铐走了老炮爸和曼苏，还拿走了老炮爸的那杆土炮。这下整个村子里像炸了窝，乱成了一片，都猜测着县森林公安局对老炮爸和曼苏打狍鹿的处理结果。前几年县公安局的干警下来收了几次枪，单就漏了老炮爸的那杆土炮，旁人的枪一收，打猎的人就少了，老炮爸打的东西也就多了，可这次老炮爸怎么也没有想到他打了一辈子的猎，却打出了麻烦。老炮爸和曼苏坐在车里不说一句话，他们知道说话是无聊的，也是没有作用的，他们这次进去不是判刑就是罚款，不管是判刑还是罚款他们都认了，要不然就没有他们的好果子吃。去年村里有人在公路边上砍了一棵自家的白杨树，结果被森林公安局罚了一千多元，可今年这倒灶的事偏偏又让他和曼苏碰上了，这叫摊的啥事啊。在当年那么紧张的时候，老炮爸都没有如此惊恐过，那年月叫啥年月，可他还不是挺过来了吗？如今呢，他算是倒了大霉了，要不是鬼迷心窍去打狍鹿，他还不是天天有兔肉吃吗！毕竟是有肉吃，但他还不满足，这就叫人心不足蛇吞象，到头来招来祸患没有个好下场。

车进了县森林公安局大院，铐他们的干警让他们下了车蹲在地上，一动不动地蹲着，也不问他们为什么。太阳毒毒地晒着，晒得他们脑子里像是开锅了似的，简直有点受不了，他们还从来没有遭受过这样的罪，这就叫硬不治软拿。那样蹲上一会儿腿脚就麻木了。当局长模样的一个人出来喊他们的时候，他俩"啪嗒"一声坐在地上再也起不来了。那个局长模样的人说话还算不太凶，背着手弯腰对他俩说你们知道不知道打狍鹿是犯法的，犯了法是要判刑的。他俩赶紧说"知道"。那个人突然提高了嗓门大声说："知道了还犯法。今天就治一治你们的手，也治一治你们的心，看你们心疼不心疼。每人罚款两千元，杀一杀你们的心劲，也让你们的家人心疼一疼你们，明天就叫家里人交罚款。"老炮爸和曼苏一听每人要罚两千元，立时就傻眼了，两千元对他们米说可是一个天文数字，就是卖了老婆也值不了那么多钱。就在他俩呆若木鸡时，尔萨和老炮爸的儿子孬炮弹送来了被褥。尔萨的伤腿还没有好利索，走起路来一瘸一拐的。他们听说要罚两千元即刻就傻眼了，庄稼人是没有闲钱的，也根本没有余钱，现在到哪儿去弄那么多钱呢？尔萨和孬炮弹在回去的路上商量着，心底没有着落。回到家里时，老敏正站在巷道口等他们，听他们说了要罚两千元的事后说："这是我早已预料到的，你说你打啥不成，偏偏要去打啥狍鹿，那东西是打不得的，再说了打猎也不是啥营生，我不是打了多半辈子的猎，到头来还不是砸了那杆破枪，生灵多的时候，你打一两只解一解馋是可以的，但不可贪，像公家人说的，这几年生态环境恢复得快，各种生灵也就多了起来，尤其是兔子特别多，你打兔子人不拦着挡着，也没有人来罚你的款。你说现在弄得叫人连瞌睡都睡不着了，心窄得没有了缝缝，把人的心油愁干呢，你说这不是给家里带来灾难了吗？唉！今晚夕把灵角好好喂一喂，明早夕牵到市场上卖了，看能不能卖个两千元，今晚夕再跑几家借一借，看能不能错上几百块钱。孬炮弹你也今晚夕把那头花秃子好好喂一喂，明早夕牵到市场上去卖了，人活老了怎么也犯浑呢？这一

132

辈子他也就犯了这一回浑，教训、教训，这可是一生的教训。"
孕炮弹和尔萨各自找人借钱去了。老敏一个人迈着沉重的步子
回到了家里，进了家门，碧黛哭丧着脸不说话，儿媳阿西和小
女儿曼茹叶坐在炕边上没有挪身，大女儿阿依舍听说了这件事
也从香泉村一路跑了来。老敏见一家大小都哭丧着脸心里也就
来了气，挥手让她们去做她们该干的事。他独自一个人躺在堂
屋炕上想着一年来出的这些个事情，不觉流下了一长串无可奈
何的泪水。

　　尔萨在村子里跑了一大圈，只借到了三百多块钱。说是要
卖灵角，他的心里就一阵难过，毕竟给他家干了好几年活的
一头牛啊，庄稼人的牲口就是家里的一口子，要是突然卖出
去，家里会空半划。尔萨想着要卖灵角眼里就涌溢出了悔恨的
泪水，任何人活到这种地步、这种境况是何等无能啊。在农村
里最没本事的人不到关键时刻是不会卖家里的牲口的，庄稼人
把牲口看得比什么都重要，没有住的也成，没有吃的也行，但
就是不能没有牲口。没有了牲口，你就成了一个闲人。别人务
忙的时候，你却不能务忙，只能看着别人务忙而心急如焚地在
村巷里走来走去，望这个的脸，看那个的眼色，这种时候就是
最难堪的时候，这也是一个顶没有价值的庄稼人的表现。尔萨
没有想到的是父亲这次让他去卖牛，说真的，这几年他还没有
真正到市场上去卖过什么大的东西。尔萨想着父亲的决定，猜
测这是父亲对他的一次考验，可父亲对他的考验也不能是现在
啊，现在正是需要钱的时候，他想不明白父亲的决定。当再转
下去借不到一分钱时，他才悻悻地回了家。他推开大门后却见
父亲怔怔地坐在堂屋门槛上，思谋着什么，一声不语。尔萨
是知道父亲此时的心情的，在很多时候，父亲从来不把愁肠
挂在脸上。尔萨悄悄地进了门，父亲像一尊石雕立在傍晚的
暮色里，皱纹深深地刻在脑门上。尔萨突然发现父亲老得不行

了，鬓角的白发稀稀地飘逸在他的白帽下面，像雪也像盐。在这之前，尔萨还没有仔细地瞅过父亲，此刻他瞅着父亲，心里就怦怦地跳了起来，这几年把父亲累成了这样，他不觉流下了悔恨的泪水，他是这个家里的长子啊，这个家现在该由他来顾攀了。母亲倚在灶房门上看着他没有吭声。尔萨站得有些时候了，才轻轻地咳嗽了一声，父亲好像从另外一个世界回到了现实，像是记起了什么似的抬起了头缓缓地问他："钱借到了？"尔萨有点心虚地回答道："借是借到了，跑完了全庄才借了三百多块钱。"父亲点着头说："能借到三百多也就不错了，尤其在这种时候，人家借你是人情不借是本分，不要怨不借钱的人，这时候人们是没有余钱的，钱是硬头子东西，不是什么物件人家有而不借你，要理解人家。现在是我们去求人家，而不是人家来求我们，反过来说，人家跑到你门上来借钱，从你手里借不出钱，人家的心里咋想。"老敏说着拍了拍身上的土进了屋，尔萨也跟着父亲进了屋。进了屋他才感到饥肠辘辘，连着吃了三大碗疙瘩子饭。父亲看着他的吃相，嘿嘿地笑了。

尔萨对第二天卖牛的事想了半晚夕，他是既心疼曼苏又心疼灵角。到了后半夜，他下炕给灵角拌了一大槽麸草，牵出灵角让它美美地吃上一顿。灵角乖乖被尔萨牵到了槽边，不知是喜是忧地摸黑吃着，尔萨在槽边蹲下听着灵角沙沙地吃着，心中悲戚戚的，灵角这一卖不知是它的祸还是它的福。要是庄稼人买了它那就是它的福，要是屠家买了它那就是它的祸，明日就看它的运气了。

尔萨似乎是刚闭上眼睛，就被媳妇阿西叫醒了，该吃早饭了。他心里还想着灵角，又下炕去看，却见父亲握着毛刷在给灵角刷锈毛，它舒畅地站着，睁着大大的眼睛看着父亲的动作，向往着蓝天、白云、太阳、青草和河流之类的自然之物。

尔萨吃过早饭就牵着灵角上路了。

尔萨牵着灵角到敏家咀河滩的泉眼上让它喝了清水。清晨的敏家咀，水清亮亮地从河底的石子上光滑地淌过，灵角望了一会儿潺潺流淌的河水，心情舒畅地长哞了一声，惊飞了河滩深处几只夜憩的野鸭，灵角找回了往日的一点记忆，它该上路了。

尔萨松松垮垮地牵着拴灵角的缰绳向县城走去。

灵角今天走的是一条与众不同的道路，这条路它以前虽然走过几回，那不过是驾着车去的，没有今天这么自在、悠闲，今天它虽然被尔萨牵着，但它可以伸脖向四周望一望，也可以偶尔停下来看一看路边的白杨树，啃上一两嘴路边的青草，悠闲地看上一眼蓝天上飘逸的白云。尔萨牵着灵角随意走着，他既不呵斥也不鞭打，今天他不忍心呵斥灵角，他不是手里牵着牛，而是扶着一位步履蹒跚的老人，他的心里蓦地产生了一种发自内心的悲痛，令人黯然伤神，此时的灵角何尝不像年迈的老父亲呢？让农活苦败了的老父亲就是这样走路的，他时常把他生活过的日子和经历过的一切都要仔细地过滤上一遍，再叹息上一阵。现在父亲让农活苦败了也累倒了，他没有了年轻时的那种豪气了，今天让尔萨牵着牛去卖就是最明显不过的证明。尔萨的心情无比沉重。灵角活了一把子年纪，还从来没有这么被人优待过，以前每次出行它不是架车就是套犁，累死累活地往前死拽，可今天就不一样了，它悠闲地跟着主人走在光洁的柏油马路上，还很舒畅地撒了一泡尿，那尿水像一条铺展在路上的皮绳，很长。父亲是农民，他从来就没有把牛当牲畜，而是把牛当作自己的子女。尔萨想到这一层就明白了父亲让他去卖牛的用意。

尔萨牵着灵角走在县城的大街上，穿着光鲜的行人躲避着牛的到来，有的人走了很远还要转过身来深深地剜上一眼尔萨和他牵着的灵角，尔萨也就装作没看见。你走你的路我卖我的牛，互不相干，我不招惹你，你也不能把我咋样。尔萨心里想着就有了一股子莫名的怨气。灵角紧跟着尔萨，显得有点紧张，汽车的喇叭声、菜贩子的叫卖声、行人的嘈杂声，让灵角的心里着实安静不下来，它是不习惯这样的环境的。

市场上有牛也有羊，还有少量的驴骡。尔萨一进市场立即就有人围上来问牛的价钱，尔萨昨晚夕已经想好了，开口要价要高，他一口要价两千元，经牙行左右评价几番争价下来，灵角终于以一千八百元成交。临了买主让尔萨牵着灵角跟他去。尔萨心情沉重地跟着那个人进了一个大场地，他闻到了一股血腥和膻气味，他的心里突地跳了起来，他把灵角卖给了屠宰场。他的心里空了半划。到了屠宰房前，他把牵灵角的缰绳递给了那个人，并接过了那人递过来的带有血腥味的牛钱。他转身走了几步，他才想到应该把拴灵角的缰绳拿走，他喊住了那个人，说要牛缰绳。那人说等一会儿。他就在屠宰房外面的空地上坐着等着。等了二十多分钟，那人叫他去取牛缰绳。他跟着那个人进了屠宰房间，那个房间很大，房顶挂满了钩子和绳子之类的东西。拴灵角的缰绳就撇在一摊污血里，他没有看到灵角，而是看到了一堆骨架，一张牛皮，一颗硕大的牛头，他仔细地看了一眼那颗硕大的牛头，那正是灵角的牛头。它的眼睛睁得圆圆的，尔萨从那双已经死亡的眼眸里看到了它的安详和坦然，还从来没有看到过这样安详和坦然的死。这就是为他家辛辛苦苦劳累了大半生的牛，这就是和他们一家人相伴了十来年的牛的结局，他怎么也没想到灵角的死会是这样一种结局。他揣着钱悻悻地向县森林公安局走去。

在去县森林公安局的路上他才想起尕炮弹没有来。他的脑子里一片空白，木愣愣地朝前走着，此刻他的心里想的就是尽快把钱交上去换出曼苏那个贼骨头。他的心里很烦躁也很迷茫，他似乎看不到生活的前景。县森林公安局大门口，尕炮弹蔫蔫地望着他，迎上来问他钱凑齐了没有。他木然地点了点头。他转身木然地问孕炮弹钱凑得如何了，孕炮弹说他跑了几家亲戚借齐了钱。孕炮弹拉着他进了县森林公安局的大门去交罚款。

交了钱，老炮爸和曼苏被放了出来。尔萨一看到他们就又想起了灵角的死，他的泪水就唰唰地下来了。

这次对他们来说是人生的一次警诫，曼苏的这次警诫是用灵角的死换来的，这会使他铭记一生。

尔萨将会记住灵角的死。

他们回到家里屁股还没有坐热，父亲就对他们说："你们歇一两天就出门去，家里有我和老婆子、曼茹叶还有阿西就够了，你们再不出门，家里的困难就大了，尔力今年也要考大学了，假如考上大学还得你们供他，上冬曼苏的媳妇也得娶回家，今年是个多事之年，你们就出点力吃点苦拼点劲挣几个钱，要不然，今年把一家人的口粮卖光也支撑不下去，你们老窝在家里也不是个办法，出一两回门，你们也就灵性了，不至于再闹活这样出钱的事了。"尔萨和曼苏说："明早夕我们就出门。"

第二天傍亮，尔萨和曼苏吃了点东西就出门走了，走得悄无声息，好像是去放牛或是去牧羊似的，说走就走了。

尔萨和曼苏能不能挣上外面的钱，这谁也说不准，现在只是一种指望罢了。

阿依舍

　　那天清晨，老敏刚从清真寺里礼完晨礼回来，还没在炕上坐稳屁股，就听到巷道里有一个女人哭哭啼啼着由远及近向他家走来。

　　老敏一听这哭声，心里就怦怦地跳起来，这是大女儿阿依舍的声音，对，是她的声音。他急急忙忙地下炕套上鞋朝门外蹦去。

　　阿依舍领着两个娃娃哭天扯地的，老敏一听那哭声就知道那不吃劲儿的女婿又惹她了。当初阿依舍出嫁的时候，女婿是一个麻麻利利的人，没想到一结婚他就变了个样，几天不打媳妇他就手痒，为这事，老敏老两口没少讨过女婿的气，阿依舍来了就不愿回去，他老两口很多时候都是磨破了嘴皮才说动阿依舍回去的。其实，他们老两口也知道，阿依舍不是被他们说动的，而是怕他们伤心难过才回去的。而且很多时候她挨了打也是把眼泪往肚子里咽，不往外说，不给娘家说，她知道娘老子的心，世界上没有娘老子不疼儿女的。

　　老敏算着阿依舍上次回去的时间，差不多快有半年多了，这么长时候没有回来，证明她是平安了半年多。但这次就与往常不一样，在往常，阿依舍都是悄然回来的，可这次，她

138

却是哭声喊嗓地回来，老敏的那个心疼啊。这样哭着回来准不是啥好事。

他迎着阿依舍，两个小外孙一看到外爷也就扯直嗓子哭开了。他一时乱了阵脚，不知如何安慰阿依舍和她的两个孩子。

老敏搀着阿依舍进了大门，碧黛和阿西、曼茹叶还有冬月、伊迪也都迎了上来，老敏挥了挥手，让大家都不要作声。

进了屋阿依舍才哭哭泣泣地说："克里木叫公安局的人抓走了。"

老敏吃惊地问："他犯了啥法？"

阿依舍说："听说是跟人合伙贩卖假化肥叫人举报了，听人说要判刑呢，你说这贼骨头一判刑，两个娃娃谁拉扯？"

老敏气愤地说："狗改不了吃屎，脑子里整天想的是怎么日弄人，从来不想凭本事凭良心挣钱的办法，到头来还不是把自个儿栽进去了，不上路的人就是这么个样儿，脑子里整天想的都是歪门邪道，想不到正道上来，跟这种人生活一辈子是活受罪，现在你说他栽进去了，怎么办？吃过早饭我去趟县城看看动向听听风声，看局里咋处理，处理得轻了就让他享几天福，处理得重了，那谁也没办法，让他自个儿受去。两个娃娃顾不过来就放在这里，你过去守住那个破家甭让房漏雨就成了。"

碧黛听着老敏这么一说，也就气呼呼地说："让丫头去守他那个破家？那本来就是个破狗洞子有啥好守的？你不心疼丫头我还心疼呢，让它漏水漏塌去，漏塌了看那个贼骨头来了往哪儿去，本事没学下，毛病倒是学了一身。在那个屋里还不把丫头孽障死。算了，你吃了早饭也不要看去，让公家好好收拾收拾那个贼骨头，好好育一育他，看能不能把他育端正。"

听两位老的这么一说，阿依舍哭得更厉害了，想当初她不愿嫁给克里木，是父母求情下话让她嫁过去的，不过当初父母也不知道克里木的本性，克里木的本性是在阿依舍生了孩子之后才一点一点露出来的，毛病也像踢骡子似地显现了出来。人是肉识不透，老敏一家人当初就没有识透克里木的真面目，稀里糊涂地把阿依舍给嫁了过去。这一嫁过去就成了他们终生的遗憾和不安，天天让他们牵肠挂肚放心不下，尤其是那两个小东西，更让他们放心不下。克里木从来就没有管过两个孩子，两个孩子一生下来他就好像完成了重大的历史任务，再也不管不问，不管两个孩子的穿着吃喝，只管自己穿暖吃饱就行了，在外面实在混不下去了就回家让阿依舍伺候着住上那么一段时间，然后在某一日的早上撇下空被窝，走得无影无踪，把痛苦和两个孩子留给阿依舍，又务忙他的事情去了。

他一年就这么来来去去往返跑几趟，人们也不知道他究竟在干些什么，这个家似乎是他的避难所或是避风港。前年，他出去整整一年没有音讯，老敏一家人还以为他是死在了外头，当大家正在忘记他的时候，他又突然出现在了老敏们的视线中，像从地缝里冒出的一个人，显得有点陌生。孩子们见了他犹如见了陌路人一样没有一丝亲近的感觉，他回来了也就回来了，他走了也就走了，丝毫引不起孩子们的注意，孩子们对他的亲近倒不如对一只羊一只鸡一头牛的亲近，他的出现或消失好像一个路人的出现或消失，毫不奇怪，也极其平常。但在阿依舍看来，克里木是她的丈夫，是两个孩子的父亲，她和两个孩子的生活中不能没有克里木，她既然嫁给了克里木就是他的人了，嫁鸡随鸡嫁狗随狗，现在就不能有任何的想法，孩子不能没有父亲。

老敏和碧黛见阿依舍哭得伤心就又对女婿恨不起来了。导致今日这个结局全是他们一手造成的，这怪不得谁，现在既然出了这号事，他们还得问一问、管一管、看一看，不看老脸要看小脸，克里木毕竟是两个外孙子的父亲。为了阿依舍和两个孩子的脸面，老敏不得不放下心里的那点怨恨和气愤，到县城里去一趟探个虚实，看他犯的事是不是太大，要是罚款或是拘留的话他也就放心了，阿依舍和两个孩子也就不会遭太多的罪。

吃了早饭，老敏就匆匆地进城。现在，他真没脸面去县城里，前几天，他为了曼苏的事跑县城，被人议论、挖苦、嘲笑，要不是这些个贼骨头惹下麻烦他还不想进县城呢，县城不是他待的地方，人乏了在那些公司台阶上歇息一会儿也被人像赶牛羊似的恶狠狠地驱赶开。但现在他还得去，得硬着头皮去，他不能不去，他没有办法回避。一种无可言喻的耻辱感袭上了心头，他的脸火辣辣地烧了起来。好像犯事的不是女婿而是他自己。

在进县城的路上，老敏就想，自己活了多大半辈子还从来没有进过局子，也没有受过任何人的数落，可现在他为了这几个活宝受了不少人的议论、挖苦和嘲笑。他想到这里心里就凉了不少，看来子女真不是人养的，要是养下了就得下大茬往正路上引，从小教育他们不走弯路，不走歪门邪道，像爱护一棵小树一样让它向上长，往端正里长，长成有用的材料。但这都是迟悟的道理，现在似乎是没有用了。只有让公家用法律去育他们了，法律是公正平等的。

老敏是被县公安局一位副局长在接待室里接待的。那位副局长告诉老敏，克里木搞这样的假东西不是一两次的事了，公安局监视他一两年了，他这次是自己把自己送进局子来，贩卖次货还嫌不够，竟然贩卖起假化肥坑害起农民来了，这不是胆子大得有点过分了吗？有些人借上他三个胆子也不敢贩卖假化肥。肯定要拘留几个月，但判刑还不够。老敏听不判刑就急匆匆地回家给大家回话。

听说克里木不用被判刑，阿依舍寡白的脸色稍微有了些血色，把心放下来了。要是克里木被判了刑，她可怎么办呢？他虽然一年四季晃荡着不进家门，但有那么个人对她来说也是个念想。

阿依舍觉得应该回去了，那个破土窝还真不能丢下，金窝银窝不如自家的土窝。还是回去好，阿依舍心里这样一想，就想回去了。她急匆匆地吃了几口馍，给父母说了一声就起身走了。父母望着她又领着两个孩子费力地往回走，心里难过得很，人人都养丫头，但人家的丫头都没有自家的丫头遭受的罪大。以前他们也都多多少少听说过别人的丫头与婆婆小姑子合不来，因此他们选择了没有婆婆和小姑子的克里木，但结果倒比有婆婆小姑子的人家遭的罪大。前几年，老敏想把阿依舍领回来，可一看到两个娃娃他的心又软了，他是不忍心阿依舍丢下两个孩子不管的。克里木是十足的狗东西，人活到那个份上就没有任何活下去的意义了。他回来了，引不起人们的注意，他走了，人们也无任何的依恋，更何况是家里人呢。他还时不时地给家里人出损招。那年，他家里的口粮不够吃，他到丈人家里借粮食，结果被尔萨骂了一顿，他回去后就领着阿依舍和两个孩子来到了丈人家里，不说是住也不说是借，就那样死皮赖脸地坐着，他心不急神不乱，也不管你一家人黑脸，他只管住着，阿依舍坐了几天坐不住了，给他使了几次眼色，他装作没看见，整天一个闲人什么也不做，直到他坐得没有了那个心趣，才领着阿依舍和两个孩子离开了老敏家。一家人那样坐着，邻居婶子们问起的时候，阿依舍觉得很丢人，抬不起头来，恨不得抓起啥东西往克里木的脸上抓几下，撕破他那张不要脸的皮子。从那以后老敏家里再也没有人敢惹那活宝了。

克里木是老敏家里的负担。阿依舍一走，老敏家里就罩上了一层担心和忧愁。现在老敏家里是没有能力帮衬一把阿依舍了，家里的窟窿大得没底子，尔萨和曼苏出去还不知道寻上活路挣上钱了没有，坐在家里是不知道外面人的苦的，出门人在家里的时候人模人样，出了门有时候就活得不像人了，话说重了有时候像一条乞食的狗，看着人们的脸色行事，要是你不会看脸色，可有你吃的亏。

老敏一家人现在真是愁不过来了，到底是要先愁哪一个，手心手背都是肉，哪个都是自己的骨肉，没有哪个心不疼的，也没有哪个不愁的。

老敏和碧黛的头发白得很快，突然像霜染了似的白完了鬓角。原来人是那么的不经老，人说老就老了，就那么一年或是几年的时间，一个人说老就老了，一个人说不在就不在了。老敏做啥事情都力不从心了，但他还不能歇下来，曼苏的媳妇还没有娶回来，尔力和曼茹叶还没有成事，等把这几样事情办成了，他才有机会歇下来，但到那时候还真说不上他还在不在，那就只有调养人类的真主知道了，人是无法预测的。这几样事情就那样拼着命挣扎着也只能一样一样地去干了，但阿依舍是他心灵深处最放心不下的，就是无常马上来临了，他们也放心不下阿依舍的事。那有什么办法呢？这个家太穷了，要不然把阿依舍接过来不就完事了吗？他克里木在这里吃也好住也罢，来也好走也罢，大家就当没看见他那个人。然而现在他们看见他那个人心里就来气，恨不得把他好好地修理一顿，让他知道怎么顾家，知道怎么疼爱自己的媳妇和子女。但他在外面逛荡惯了，嘴头子上的功夫了得，几个人加在一起也说不过他，你听着他说反倒觉得他不顾家不顾子女有道理了，等你醒悟过来再想训斥他一顿时他早已走了，然后又是好多时候不照面，让你摸不着他的帽盖子，也寻不着他的踪迹，更闻不着他的味儿。

克里木拘留多少天已经不是老敏一家人想的事情了，所有的事情都想不过来，谁还有心情想他的事呢？他的事只有让阿依舍偶尔去想一想了。

这次落在公家手里，不知道克里木有没有记性，还能不能走上正道，有个正经事干。俗话说"吃屎的狗顺墙根跑"，克里木也许永远也改不掉他的坏毛病。那种病是根子里的，除非别人下硬手，让克里木一下子碰得头破血流、嘴斜眼歪，不然他就是吃屎也改不掉那些坏毛病。

克里木有一点是让人放心的。那就是他"兔子不吃窝边草"，不害身旁的人。这是克里木唯一令人放心的地方。

不过老敏就是想不通，克里木从哪儿来的假化肥呢？那些做假化肥的厂子又在哪儿呢？一方面，老敏想一定要让公家狠狠地治一治克里木，另一方面，老敏又想尽快让克里木出来，家里的媳妇和娃娃还等着他呢。

老敏一想克里木的事儿，胸口就堵得慌。

里里外外事情上的操心真的让老敏精疲力竭了。

他想，我该歇缓一下了。

可是他能歇下来吗？

阿西放羊

阿西突然把老敏放羊的任务接了过来。

那天早上老敏从晨礼上回来又回屋眯盹了一会儿，他醒来等阿西喊他吃早饭，可等过了早饭时候还不见阿西来喊他，他就觉得有点不对劲，阿西是从来不睡懒觉的，可今早她怎么就没有喊他吃早饭呢？他的肚子里咕咕地叫，早上的那一顿茶水他是从来丢不下的。

老敏下了炕朝屋外喊了声："阿西！"却不见阿西回他的话。

他悻悻地出了屋门，院子里没有人，阿西不在，老伴儿碧黛、女儿曼茹叶和孙子孙女也不在。

他在院子里站了会儿才发现羊圈门大开着，羊圈里的羊早放走了，太阳早照到了屁股上了，羊圈在圈里还不闹人吗？羊上膘就靠早夕的那一嘴带露水的青草。他看着大开着的羊圈门，心想放羊也不可能大家都去，几只羊有一个人去放就行了，也用不上一家人去放。这样一想，他思谋着去礼晨礼时是不是关了大门，是不是羊丢了？他的脑子里忽然有了这么个想法，再也顾不上肚子饿了，匆匆地关了大门去找他的羊了，可等他跑到村口时才发现老伴儿和曼茹叶在村外的大豆地里锄

145

草，锄得一本正经的。伊迪和冬月在田埂上玩耍，阿西却没有，看来阿西是去放羊了。怪，也就怪自己，晨礼上回来还睡什么觉，这不是把时间耽搁下了吗？让儿媳去放羊还不让人们笑话吗？放羊的活儿从来都是无事可干的老人或是娃娃们去干，媳妇丫头是不去放羊的。老敏来到大豆地里问老伴儿放羊怎么让阿西去了，老伴儿笑着对老敏说："今早吃早饭时阿西见你睡得死沉，还以为你哪儿不舒坦，也就没有喊你，吃了早饭她就去放羊了。"老敏听老伴儿这么一说心里就来了气："我哪里舒坦不舒坦，你不知道吗？让媳妇去放羊还不被邻里笑话吗？我不舒坦，你舒坦着你咋不去？"老伴儿看了一眼曼茹叶，嘿嘿地笑了。这一笑，老敏就黑下脸不说话了，他明白这婆婆媳丫头肯定瞒着自己什么，他知道从老伴儿和曼茹叶的嘴里问不出什么，就坐在塄坎上吃她们带来的馍馍。老伴儿和曼茹叶默默地锄着大豆。太阳毒辣辣地烤着大地，大豆耷拉着蔫蔫的秧子。从锄头上下翻动的湿土那儿被风拂过来一阵阵泥土的馨香，润泽着老敏的鼻喉，让他有点陶醉，也有点兴奋。在这博大雄浑的自然界，人源源不断地吮吸着大地的气息，让大地的精气帮扶着人的一生。人的精气来自大地，这是他这几年才悟出来的，这几年他早起晚睡，雨里来风里去，身体硬朗得很。他不去放羊而突然歇下来，心里就空荡荡的，无事可干，这样可不好，媳妇一放羊，他从晨礼上回来还是要睡觉的，不行，放羊的任务不能丢给阿西，阿西不能放羊。

　　阿西放羊不是突然心血来潮，她小时候就给家里放羊，那时候她们村里没有羊倌，羊是大家轮着放的，轮到她家放羊的时候总是阿西去放。别人放羊单纯是放羊，而她放羊的时候则顺便挖点柴胡、蒲公英、秦艽之类的草药换成钱，再去县城里买点针头线脑，余下的钱她还买点盐醋补贴一下家里。她嫁到老敏家里后就再也没有出去挖过草药。现在家里的境况跟以前

146

不一样了，她再也不能死待在家里受穷了，尔萨和曼苏出门揽活挣钱去了，挣得上挣不上还说不定，家里再也没有别的经济来源，把两位老人都愁蔫了，整天像霜打了似的，她是看在眼里记在心上，但她也没有什么办法来消除两位老人的忧愁，更没有办法挣来一分钱。那天晚夕，她想着家里的困境就思谋到她小时候一边放羊一边挖草药的事，那个时候她多多少少替父母担负过一点家用。现在公婆年龄都大了，公公的体力也跟不上趟儿了，放羊也跟不上羊群了。羊不像牛，走走吃吃，整天都在走动，放羊人累得很。阿西想着公公的辛劳心中就产生了一种深深的愧疚，她刚出嫁的时候，母亲就对她说过，到了老敏家后要时时刻刻体谅两位老人的难处，就像在家体谅孝顺自己的父母一样，前檐的水不往后檐淌，只要你孝顺了老人，将来你的子女不会不孝顺你的，这是一个由来已久的传统。她牢记着母亲说过的这些话，兢兢业业地服侍着两位老人，不敢有丝毫懈怠。现在家里出现了这种情况，她就不能无动于衷了。公公去礼晨礼，她早早地起来做好了早饭，给婆婆说了她要放羊的事，婆婆二话没说就同意了。其实碧黛心里还是不痛快，在她们这个村子里从来还没有哪个女人主动要求去放羊，因为都知道放羊是一件苦差事，谁都不愿意去放羊，再说了，女人家去放羊会招致村里人笑话的，放羊不是女人的事。但媳妇说了放羊连带着挖点儿草药补贴家用。媳妇其实也是好心，碧黛也就没有不同意的理由了。

　　阿西赶着那几只羊，在村里人惊羡的目光里走出了村巷，到泉眼处让羊喝了水，就径直赶着羊上了山。山里的狗蹄子花摇曳着，散发着浓烈的香气，浸透了阿西的肺腑，微微的清风轻轻地拂着她的脸面，她吮吸着这浓烈的香气，享受着清风纤手的拂面，感到浑身的筋骨都酥软了，这几年她是忙了家里忙地里，从来就没有想到山上去浪一浪，今天她在放羊的空儿爽快、愉悦地享受着。

她陶醉了。在满目青翠的山坡上羊儿咩咩地叫着，轻轻地走着，啃着它们喜爱的花草。万里晴空，有几朵白云飘忽不定地随风移动着，像几只在草地上走走停停吃草的羊儿，又像是草地上扎定的几座帐篷。村子里的土屋在高高的白杨树中间则显得那么渺小低矮，像敏家咀河滩里的泥疙瘩静卧在那里，显不出有多少生机，家家户户屋顶上萦绕着一股忽悠不定的青烟，浓浓地上升着又淡淡地散开去化作了云彩，只有偶尔的几声狗叫才打破了村子的静寂，显出了几分生机。阿西看着炊烟萦绕的村了心里有种异样的感觉，这就是她要生活一辈子的地方，也是她的子女们要生活一辈子的地方。就在那渺小低矮的土屋里生就了那么多的生命，高贵的、低贱的，男的、女的，一样的土屋、一样的生活。阿西恍恍惚惚地想着这些，刚才的那点儿好心情像被风扇走了似的，消失得无影无踪。她想起了放的那几只羊。现在她是几只羊的羊倌，她得跟着羊群。羊儿已经走出了很远，在花草中间移动着，不在乎她的存在与否，只顾埋头啃自己的草。羊群里只要没有馋羊，你就不怕羊儿偷吃别人家的庄稼，也不怕羊儿钻别人家的园子，更不怕羊儿被人混去。嘴馋的羊群都是被馋羊引导坏的。阿西不喜欢馋羊，馋羊是养不上膘的。

稠密的草丛里狗蹄子花底下生长着小小的柴胡。柴胡这种药材个头儿不高，叶子细细的，狗蹄子花开的时候正是药气最饱满的时候，到了柴胡开花的时候，它的药气全涌到了花上，药性就不是太足，这时候它最不值钱。现在是柴胡最值钱的时候。

这天阿西没有挖到多少药，她把挖药的时间用来想闲事儿了。这天她仔细地看了云彩看了她住了好几年的屋子，听了风声，听了虫鸣鸟叫，吮吸了花香，她经历了她这若干年不曾仔细想过的一切，她从这天变得更加成熟了。她总觉得以前的她是个未成熟的少女，不能算作是真正意义上的女人。

这天放羊回来她就成了一个真实的女人。生活本身就是一张网，一张无形的大网，网在里面的人是不知道外面的世界有多苦，更不知道外面的世界有多精彩。而钻出这张大网闯荡世界的人是知道生活的寒苦的。阿西就是在放羊时思谋着才顿悟了一切的。

头天她挖的药不多，她羞涩地拎着装药的塑料袋，扛着她使了好几年的镢头明晃晃地回了家，到家里时，婆婆已经做好了晚饭。婆婆给她端来了热烫烫的汤饭，她心里觉得对不住家里的两位老人，她在山里看云看花的，没有好好挖药，而两位老人却顶着毒太阳在地里拔草，还有两个孩子也由他们领着，这不是给他们找麻烦吗？她内疚地问自己，但两位老人却问她累着了没有、饿着了没有、渴着了没有，让她有点感动。老了手脚不灵便，干不动活儿了，对干活儿的人也就生出了一分怜悯和同情，这一怜悯、一同情倒让阿西坐卧不安，理应由媳妇伺候公公婆婆才对，今天反过来由公公婆婆伺候儿媳妇，这成啥样子了，要是让人知道还不把她的脊梁骨戳断。她端着碗微微地颤抖，掉下了一长串泪水。碧黛看出了她的难为情，笑着说："今儿个从地里回来得早，你公公喊饿，我就给你们露一手，我的手还没有生疏，做做饭是不成问题的，但长时间不做饭了，饭的味道肯定不好，你们就提提意见，我以后做的时候改一改。"阿西听着婆婆开玩笑似的说着，她终于忍不住放下了饭碗："以后你就不要做饭了，等我放羊回来再做，你只管好两个孩子就成了，甭让他们跑到村街上耍，村街上牲口多。你们闲着没事了多歇歇手脚，缓缓身子、散散心，甭叫累着。"老两口听媳妇这么一说，心里就暖烫烫的、甜蜜蜜的，笑着点了点头，一下子觉得心劲儿比以往大了许多。

　　第二天吃过早饭，阿西夺下老敏欲出去放羊的羊鞭，从圈里放出羊赶着羊走了。天还没有大亮，早夕的一道霞光已从东方升了上来，明晃晃地洒在了朦胧的田野里、屋顶上和山坡上，麻乎乎的村道上人影在晃动，河沟边、土壕里已经能听到早起的牧童甩鞭吆喝的声音了。这说明阿西还不是最早的放羊人。她赶着羊儿过红雀河时，河边的水鸟高一声、低一声地叫着，野鸡、野狐子也怪声怪气地叫着，尤其是那凫在水里的青蛙，叫得最欢，此起彼伏的呱呱的叫声，惊破了早夕的那种安谧和静寂，让人觉得有种吵吵闹闹、欲争高下的气氛。阿西好久没有听到这些生灵的声音了，今早夕她还看到了被羊儿惊飞的卧在河边的野鸭，红雀河的水这两年是越来越少了，早几年常见的这些个水鸟、野鸭之类的生灵都快不见了，河里的狗鱼现在也变得像是换了种类，她刚嫁过来那阵儿还炖过香喷喷的狗鱼汤呢，那会儿的狗鱼有大拇指那么大，拿只背篓往河深处逆水一放，再拿上根树枝顺水往下赶，鱼儿就会钻进背篓里。捞起背篓，往复几次，她就能捞一脸盆狗鱼。端回去小心地将狗鱼肚子刺劐开，掏出内脏洗干净炖成汤，再香不过了。阿西看着河里游动的小鱼心里就悲戚戚的。以往常见的生灵是越来越少了，连红雀河都快干了，她家里养的羊儿也快完了。这几年越弹挣越没有个眉眼了，真不知道这个日子该怎么过才好，她的心里很愁，人人心里都有愁肠。

　　她赶着羊儿喝了水上了山，今天她决定不再想什么了，她要多费点儿劲儿挖药。羊儿一到山里就心情畅快地吃起了草，吃得一本正经，可她的心就是静不下来，她的脑子里还是想得很多，人一到这草青花香的山里心情就不一样。冬尽时产的那只小羊羔紧紧地跟着母羊不离左右，她看着那毛茸茸的样子就思谋起了她的伊迪和冬月，两个娃娃从小就由奶奶带着、护着，她觉得自己好像从来就没顾过他们，但两个娃娃也还爱她，爱她胜过爱奶奶，她这一想就有点想不通了。毕竟是奶奶把他们拉扯大的。那只母羊不时回头往后看着咩咩地叫着喊着小羊，目光中流露出的那种亲切叫阿西有点心疼。不想，不想，阿西对自己说着，埋头开始找药。

到了晌午时分，羊儿攒在一起扎圈，阿西也歇了下来。她看着塑料袋子里的药心里美滋滋的，照这样挖下去，家里的油盐酱醋也就不用愁了，也就不指望出门了的尔萨和曼苏了，以前家里就根本没有指望过他们，现在他们出了门还是对他们有点指望的，但这种指望是不实在的，他们出门有些日子了却也听不上个音讯，也不见他们捎个话、打个电话啥的来，这就说明他们在外面的日子也不是怎么好过的。他们两个是张狂汉，狗肚子里存不住酥油，要是有挣的钱或是有活揽，他们不会不捎个话、打个电话啥的。他们指望不上，那就只有指望阿西挖草药了。阿西这一歇下来，心里还怪想尔萨那贼骨头的，那贼骨头走的时候就那样走了，走时也不像别人那样留下几句话来，而他像个泥墩一样走时不说一句话，只听到他的吧嗒吧嗒的脚步声由近及远地去了，至今那脚步声还回响在她的耳畔，他就是那么个蔫东西，平时嘴多话多，到关键时刻他的嘴好像泥堵了似的再也掏不出一句话来。她不知道他走的时候是怎样一种心情，而她的心情就不是那么好受的，她是强憋着，不让泪水淌出来，她怕公婆笑话，怕自己惹哭大家。现在她想也白想、空想。只是希望他们平安就行了。但愿他们是平安的。

阿西放羊挖药也不是一帆风顺的。她就碰到了一件令她难堪的事。女人放羊，臊狐子上墙，都不是好事情。羊儿扎了圈，她也歇着，村里那光棍汉放着羊就寻了来，他是寻着女人的味道来了，他歪着嘴笑着，眼睛像两把刀子使劲地剜着阿西的眼，好像要剜透她似的。她心里有了几分恐惧和胆怯，人说打拳处甭看、划柴处甭站、光棍汉处甭恋，可今天光棍汉却自个儿找寻上来了，嬉皮笑脸的，没有个正经样子，阿西心里毛得很，不过她想看他咋说。光棍汉就是光棍汉，说话不着边际，问尔萨去了多长时间了、啥时候回来、公公怎么没来放羊，阿西爱理不理地问一句说一句。光棍汉寻找着一切机会远远地与阿西搭话。阿西手里握着挖药的镢头，一晃一晃的，多少让光棍汉有点胆怯，不敢靠上前。男人就是这德行，是给不得脸色的，稍微给点红色他就染大红。阿西没有给光棍汉脸色，脸色黑沉得像肿大的一只气球，让光棍汉心里也怯怯的。阿西狠了狠心说："你有啥话就说，要是没说的你放你的羊去，甭纠缠，小心有人敲坏你的腿，砸烂你的脚，拧断你的脖子。"不过光棍汉知道了阿西天天放羊，会天天赶着羊来纠缠她的，光棍汉的纠缠将会成为阿西的一种负担。

村里人看着阿西放着羊还挖回了药，那些放羊的人心里有了几分羡慕，也让媳妇丫头去放羊，去挖些药回来补贴补贴家务，可很多人家的媳妇和丫头都不乐意出门去放羊挖药。县城的药市上那些药材二道贩子从乡下来的女人手里买下药材再集中起来交到县医药公司，赚中间的差价，有些人收不上药材就骑上摩托跑到附近的山里去收，阿西的现药换成了现钱，人们的眼睛红了，那些个羞于出门的媳妇丫头们再也顾不上啥叫羞了，纷纷出门上山去放羊挖药。一天下来，每个人手里都或多或少握着一点钱，放羊回来时的那个兴奋那个有劲儿，把一身的乏气忘得一干二净，脸上都挂着一份胜利者的喜悦和欢欣。只有阿西没有多大的兴奋，她知道她挖药换来的这点钱不够做什么，家大泼烦多，不像那些个家小没事的人家，一块钱就是一块钱，能用到刀刃上。在她们这个家里，一元半块的不济事，你说那么多事情等着用钱，没有大钱是不行的。但阿西还是每天都照常挖药，一点一点地积累，她想用这点钱买几双塑料鞋底，公婆和两个孩子的几双鞋她都绱好纳成了，现在就差绱鞋了，她每天算计着挖一双鞋底钱，等买到鞋底，她就给家里人每人做一双新鞋，让他们穿上鲜鲜亮亮地走在村街上。然而挖药是有季节的，过了农历四月蒲公英、马叶菜根子就挖不成了，过了农历六月，蓁芫长了花秆开了花失去了面气也就挖不成了。只有柴胡一直可以挖，也一直有人收，只是价钱太低，挖了也卖不了几个钱。阿西是出门放羊挖药的那些个媳妇丫头里面最攒劲的。挖了没有几天日子，家里的老老小小脚上都穿上了她做的新鞋，光光鲜鲜、亮亮堂堂地走在了村街上，让那些没有新鞋穿的男人们婆娘们脸发热得不得了。他们心里就暗暗生自己的气，谁也不怪，就是因为他们的家里太穷了，人穷志短，走不到人前头，所以媳妇也就没有生活的兴趣，而是过一天算一天，过了今天不想明天。但阿西从小就替家里想这儿帮那儿的，担上了家务的担子，到了老敏家里，她牢记娘的话，认认真真地活。

　　挖药的媳妇丫头一多，光棍汉也就不敢接近阿西了，他要是再嬉皮笑脸地接触下去，村里人就会修理他了，他这心里一怯，阿西的心里也就放宽了许多，她可以放心地放她的羊了，心情舒畅地挖她的药了，羊扎圈了她还可以在那嫩嫩的鲜花绽放的草坡上躺着歇上那么一会儿，思谋一会儿出门在外的尔萨，也可以想一想她小时候的一些事情，有时候她思谋得连自己都笑出了声，羊儿都惊得扭转头看她的笑，对着羊儿，她笑得很放肆，也很张狂，像一个爷们放开了嗓门笑，这一笑，她的心里的一切忧愁和不快都在顷刻间化作了云烟，由空气带着飘向了四周空旷的山野里，蓦地无影无踪了。在这以前，她在家里的时候从来就没有时间去思谋尔萨，只有到了晚夕的时候，她才在蒙眬的睡意里思谋上一会儿。而现在她就可以在大天白日里思谋她的尔萨，她觉得脸有些烫，原本在

晚夕里的事情怎么就跑到了大天白日里呢？简直让她有点想
不通，不想父母也不想自己的娃娃，而是费劲地去想那贼骨
头。这些日子她听不到院子里那熟悉的欻欻的脚步声，心里就
空荡荡的，难受得不得了，原来以前那熟悉的脚步声竟是那么
可亲可爱，让她在晚夕里守着一盏孤灯睡不着觉，尔萨在家里
的时候她嫌尔萨在家里窝囊不干散，当了小社里的社长就不知
道天高地厚了。他不知道那社长根本就不是官，而是大嘴和文
肚子发号施令的一个很听话的工具罢了，他还蒙在鼓里，不
知道自己扮演的啥角色，得罪人不说，还要耽误自己家的活
儿，是个出力不讨好的差事。现在的村里这种差事是没有人干
的，干好了没有啥说的，干坏了还要挨批评，让你流血淌脓
的，这是事实，阿西不让尔萨干，可老敏怕第二年讨不到那点
儿退耕还林的粮款，他们也就这么点儿眼光。要不是她在两位
老人面前点他们一炮，他们是出不了这个大门的。虽说他们
是被逼了出去，但就是挣不到钱也没有啥，他们毕竟是出了
门，看了外面的世界，知道了外面的事。只要他们不忘这个
家，不忘家里的老小就行了。阿西很理解他们，男人们在人前
要活得有点自尊，就必须接受生活的熬煎，从生活中学会历练
自己，懂得生活的哲理。阿西在绵软的草坡上躺着思谋着，把
自己的遐思放飞在山坡上田野里。躺的时间长了，也就歇去了
乏气，等她站起来的时候，羊也扎罢了圈，一只跟着一只向草
长的地方走去，她再也躺不住了，跟着羊又挖她的药。等羊走
到一定远的时候，她喝住羊又往回走，羊往回走走得快，她有
点跟不上，早上和晌午时分挖的药沉甸甸的，她满意地提着袋
子赶着羊儿往回走。太阳快下去了，晚霞染红了山染红了树林
染红了大地。阿西这时候再没有什么心情去想别的事情了，她
急急忙忙地往回走，一家人的晚饭还搁在面柜子里，专等她做
饭呢。

那天阿西回去时晚饭已经做好了，是阿依舍做好的。阿依舍又回娘家来了。几个孩子在院子里耍得正欢，她的归来丝毫没有引起孩子们的注意，孩子们长得多快啊，看到他们玩耍得那么专心，她笑了，他们还不知道生活的艰辛和困苦，更不知活人的难处和无奈。阿依舍的男人从拘留所里出来了，出来后偷偷窠光了家里的那点存粮又屁股一扭走了，不知是走哪儿去了。孩子们没有意识到大人的困难，他们正是吃饱喝足不愁的时候。老敏两口子黑着脸不说话，脸拉得长长的，此刻他们的心里的那个愁肠啊，现在他们是愁了家里愁外面，这叫他们怎么过日子，到了这一把子年纪还要愁这儿愁那儿的，真是要人的命，遇上这个女婿就算是倒了八辈子霉，要不是已经生了两个孩子了，他们早就把阿依舍领回来了，真不希望她再受这份罪了，当下最重要的是给她要送点粮食过去，那个烂摊子还不能丢，还得硬着头皮活下去。阿西劝阿依舍想开点儿，咬咬牙就过去了，老敏和老伴儿默不作声，他们知道他们已经这样劝说了很多次了，连自己都听得有点耳背了，再不要说阿依舍了。阿西很大方地说："明早我帮你先从这里背点粮食过去，糊一糊肚子，甭让娃娃们挨饿。"又掏出她这几天挖药的钱给了阿依舍。老敏看阿依舍接过了钱，就说："那钱是你嫂子挖药挣的钱，你回去后也不要死蹴着，也挖药挣点儿钱，你看两个娃娃穿的衣裳破破旧旧的，大人穿破了没有人笑话，娃娃们穿破穿烂了人们会笑话的，挖点药换点儿钱扯几尺布给娃娃们缝身衣裳。甭让娃娃们受罪，大人受点儿罪不算啥，娃娃们受罪就孽障了。"听老敏这么一说阿依舍就哭了，她能不哭吗？她没有公公婆婆，还遇上个男人不吃劲，命苦了连个撑腰的人都没有。娘家的尔萨和曼苏虽然说有点儿不吃劲儿，但有父母撑着，还有小妹帮衬着，嫂子又那样能干，就说生活苦点儿，大家的心里还是乐的。不像她，把啥苦都往肚子里咽，咽在肚子里还没有个诉说的地方，娘老子不能说，有时候只能给嫂子诉说一番，可嫂子的心里也不是太宽敞的，说了还不是给她增加负担吗？很多时候她都把事儿深深地埋在心底，烂在肚子里，可人是个感情动物，总得有点倾诉吧，常年那样憋着还不把人憋死。阿西知道，也懂得她心里的苦，安慰她劝解她，让她放松自己，但家家都有一本难念的经，阿西的劝说有时候也不能奏效，她的心里太苦了，苦得好像吃了黄连。

阿依舍领着孩子们回去了。

阿西还天天替老敏放羊，也天天在挖草药。日子看来还是顺当的，但天有不测风云，有天早上起来阿西去放羊却发现一只大骟羊被眼箍胀死了，四蹄扬展着直挺挺地躺在圈里，肚子胀得像一面鼓，不知是羊吃了什么毒草或是得了什么病，好大的一只羊就这样在晚夕里不知不觉中死去了，这是一件令人伤心的事。家里出事情怎么就连着出呢？这是一个不好的先兆，肥肉上贴膘的事老敏家沾不上，可刀刮瘦骨的事总是一件接一件地降临到他们家头上。阿西挖了好多天药也没有攒上多少钱，但羊这一死损失就不是一般大，这羊是有指望的，上冬曼苏娶媳妇要用钱和羊，这羊一死他们的一点指望又落空了，阿西的心里很内疚，她管顾了挖药没有放好羊，老敏说这不是人的过错，折财是不可避免的，该去的你留不住，该留的跑不脱。老敏安慰着阿西说："羊还是我放，你就忙碌家务吧，我这个人闲下来心里不安，做点活舒坦。"阿西还想说什么，被老敏挥手止住了。阿西放羊的事就这样随着那只大骟羊的死而结束了。

后来阿西还真怀念那放羊的日子。

念
苏
勒

　　家里接二连三地发生一些预料不到的事情，老敏心里很是难过，人倒霉了放屁也砸脚后跟。唉！念个苏勒待个客吧，好长时间没有倒过清油炸过油香念过苏勒了，该倒几滴清油请个阿訇念个苏勒，这么长时间了，他忙来忙去的，也长时间没有诵经了。是人就应有个念想，明明白白地活，绝不能把人活得连自己也不认识了。一个家庭里没有一个支撑大柱的人，那这个家里人的生活就乱了套，没有了章法。老敏悔恨起自己的懒来，他差点把这个家变成没有任何声响的黑洞，多可怕啊，自己的心里黑透了自己还不知道，上梁不正下梁歪，自己懒惰，子女也就跟着他习惯了。引导是多么重要啊，他感慨自己的糊涂和无知，一天到晚尽想着那些愁肠了，没有想到身后的事。老伴儿也是，也跟着他懒惰了，这个死老婆子，他在心里暗暗骂老伴儿。老伴儿从他的脸上看出了一点眉眼，知道他有点怪自己了，她就佯装什么也不知道，依然我行我素地做她的事情。阿西看着老两口嘿嘿地笑了，笑得他们莫名其妙，但又不好意思问阿西。两个孙子只顾着玩耍了。老敏心里思谋着念苏勒的事，可就是决定不下来。

　　念苏勒是要准备点东西的，尤其是要准备点像样的东西，可宰只羊舍不得，宰那只母鸡又觉得母鸡还下着蛋，宰了可惜。到底决定不了要用羊还是用鸡。但是老敏也知道，富有富的讲究，穷有穷的心愿，富人用一座金山得来的回赐有时不及穷人用一把麦粒得来的回赐。老敏也知道施舍给穷人一点东西的时候，穷人为你祈祷若干遍，既祈祷你福分的宽裕，也祈祷你家里的平安。他自己是穷苦人出身，也就对穷人多了几分同情。凡是在他家门上讨一口饭吃的人都没有落空过，他常教育家里人要对出门人同情一点儿，哪怕他是一个骗子也不要放过施舍的机会，更何况你也不知道他是骗子。老敏想着念苏勒的事，但心里就是定不下来，他不敢举念任何东西，羊不行鸡也不行，他家里就没有任何念苏勒时举念的东西了。他已经在心里举念了，却举念不出念苏勒时用的一样东西来。这样的举念心不诚，他向真主忏悔着自己的不诚，但到底就是举念不出一样东西来。他整天沉湎在无奈的思谋中。

苏勒还是要念的。

又是一个主麻日，老敏才想起很长时间没有给亡人娘上坟了，他早早起身洗了个大净，晨礼的时候还早，他就默默地在炕上黑灯瞎火地坐着，又思谋起了往事，感叹人生的复杂和务忙，人怎么就活得这么难肠呢？天天被一些不可预测的小事纠缠得头昏脑涨，简直让人有点喘不过气来，可人活着还得活出点人样来，还要人模狗样地弹挣着四个爪子不停地刨，可刨来刨去又能怎样呢？还不是刨到了土里，人就是这么个命，尤其是庄稼人的命就是在土里刨食的命，但是土里却刨不出人的尊严来，刨不出庄稼人的高贵来，刨出的只有是无法与人沟通的低贱。大清早在县城的十字大街上务工的那些人像牛马一样待着，任凭来人挑选，他们好像已经麻木了，对此没有一点儿反应，那些被选上了的人像被一条无形的缰绳牵引着跟着走了，没有选上的人则仍然那样站着，等候下一轮的挑选。这样往往复复，他们被一个个地牵走，这是老敏看到的一幕，从那以后他就不太相信城里人。现在两个儿子出去了，不知是不是也这样站在大街上被人挑来挑去的，毫无选择。人要是一辈子不出门该有多好，那样就可以不受人的气了，可人为了生计就不能不出门。他那样思谋着坐了一会儿，窗棂上就有了一丝白气，院子里麻乎乎的，晨礼的时候到了，他赶紧下了炕穿上鞋到寺里去了。进了寺院他才看到大殿里灯火通明，礼拜的人们陆陆续续进了大殿，虔诚地举意入拜，老敏知道，凡是礼拜的人一旦进入了那种状态，一切尘世的纷扰就会烟消云散，身心顷刻间纯洁得像新生的婴儿一样，没有了任何的想法和污染，可是礼拜的人一旦出了寺门，心里的那些想法又会不期而至，让人烦恼得不行。

近来他的心里蕴藏的那些陈芝麻烂谷子的事都一股脑儿地出来找他的麻烦，他想是不是自己老了的缘故，脑子时常没有闲过，简直让他有点忍受不了。唉！等曼苏的媳妇一娶回来他就彻底地歇下来，再也不问家里的事，只要有一碗饭吃就行了，看他们把家务顾得好也行差也罢，他都不插手了，他实在是插不动了。秋后的蚂蚱还能再蹦跶几天呢，他是蹦跶不动了。晨礼散了，他步出了寺门，人们都不约而同地去坟地里给自己的亲人上坟搭救一番，然而儿女的搭救有时候是得不上大济的，因为儿女们有儿女的务忙，务忙的时候就不会虔诚地敬主拜主，也就得不上大的益济了。

坟院里有的人已经诵完了几章经文，静静地跪着听别人诵读，有的人诵完接了都阿（穆斯林祈祷手势）走了。老敏诵读完了自己熟悉的几章经文后没有回家，而是望着那个似乎还没有长出草的坟茔想起了老娘的一生。父亲去世得早，是母亲一人拉扯他成人的，现在她躺在了这个坟院里，虽然她没有孤独，但她的一生是坎坷的，是务忙的，她没有时间完成她的干办，啥事情都是年轻的时候干的，老了就干不动了，现在他也干不动了，一天的五番拜就不能好好地坚守，他的心里愧疚得很，他算不上一个好儿子，可他还是在每日的五番拜里替全世界的亡人和亡人娘祈祷真主的饶恕。他看着坟院深处的坟茔，那里已经没有了坟堆，辨认不出是谁的坟茔了，有的坟茔连坟主都认不出了，只有马莲草或冰草长在那里，静静地诉说着以往的岁月。一茬又一茬的人倒了下去，躺在了这坟院里，一茬又一茬的人出生了，但他们最终又要回到这里的。人们都已经诵读完了经文，他的思维才回到了念苏勒上。人们都起身默默地走了，而他却没有走的意思，他看着那一片空坟地，思谋着自己大概的坟茔之地，他看清了，这个坟院也快送满了，再有几年时间这个坟院将会没有一处空地了，他庆幸自己有可能被送在这个坟院里，而不被送在新辟的坟院里。老坟院有老坟院的好处，老坟院里来念苏勒的人多，上坟的人一多，全坟院的亡人都能沾上活人诵读经文的回赐。力不从心了，人就有了一种想用无常寻求解脱的念头，而这种念头是不被容许的，但人老了就往往产生这种可怕的念头，老敏也不例外，他的这种念头是这个早上在坟院里出现的，他恐惧无常，但又不能不想无常，这就使他很矛盾。他在坟院里待得久了，太阳已经出来，照在他的后背上暖烘烘的。他听到了几声羊的叫声，该放羊了，他有点悔恨，上坟却想起了那么多的事情，他狠狠地拍了拍自己的大腿，迈着生硬的步履回家了。刚到家门口就挨了老伴儿的榰头，老伴儿骂他不早点回家，主麻的日子也不知道了，家里还等着他回来念个苏勒呢。他说他到坟上念了。老伴儿说坟上念了家里念个就不成了，这多少日子也不见你念个苏勒，把家里空成洋芋窖了，只知道吃了喝喝了睡，这样下去，真主的慈悯哪会来呢？再这样下去连人的心都撤黑呢。老敏没有说什么，进屋又念了几章经文，草草吃了早饭就赶着羊上山去了。

老敏这几天很孤独，今天他要找上老炮爸好好地谝一谝，他们两个好像已经很长时间没有在一起说过话了，等羊扎了圈，他就找那老东西好好谝上一阵子。他等着羊儿扎圈，可等羊儿扎了圈，他却没有了与老炮爸谝的心劲儿了，他躺在软绵绵的山坡上身心舒畅地歇着，他想着尔萨和曼苏也该给他来信或是捎句话来了，一想到尔萨和曼苏，他的心里就又堆起了阴影，这阴影一堆起来他又想起了克里木。这几年老敏让家里的事情把心操老了。他那样躺着太阳继续西斜，羊儿也散开吃草了，他还真不想起来了。就在这天，他有了一个重大的决定，那就是他操持着念完这个他举念的苏勒，再操办完曼苏的婚事后他就不管任何事情了。家里的一切以后都由尔萨操持着去办。羊儿静静地吃着草，他的心里很不宁静。他感到要发生什么事情。

老敏看着自己的羊群，其实他的羊群已算不上羊群，只剩几只羊了还能算是羊群吗？想着羊的一生，羊一只一只在他的眼前走过，高的、矮的、大的、小的，他已算不清他到底养过多少只羊，有多少只羊倒在他的刀子下，现在他看着吃草的羊儿，肉鼓鼓的，都是那么可爱，至今他还定不下念苏勒时宰只羊或是一只鸡呢，自己养的东西自己宰不了，还是买只小点儿的羊吧，他就这样举意上了，他这一举意新的麻烦就又来了，买羊的钱哪儿来呢？车到山前必有路，天无绝人之路，到时候再说，他决定不再想这些要人命的事情。

以前老炮爸的羊群跟不上他的多，这几年人家没有太大的事情就把羊发展起来了，你看人家的羊群，那才叫羊群呢，羊一只跟一只地撒了半山坡，白了半山坡，而自己的羊则像晚夕里夜空里的几只星星，撒在山坡上可有可无，少得可怜。老炮爸啥时候都是口敞人，心里存不住话，他的心里好像就从来没有过什么泼烦和麻达，羊扎了圈，他寻着老敏谝来了，在山上整天看着羊吃草有时候也会把人看成呆子，有时候和自己谝得来的人谝上一阵对自己来说也是心理放松，人老了不像年轻时那样有什么理想或是抱负了，很多时候他们都是对自己的人生总结而已，但也往往得不出什么结论，当他们总结出一些小成就时准会眉开眼笑，但人生愁苦总比欢乐多，有时他们会长吁短叹上一阵，缄默上一会儿，然后再说上些子女的事情，把自己又套在世俗之中，谝来谝去，总结来总结去，也就把一天日子说完了。回去思谋着再想时却什么也想不起来了。

老敏看着老炮爸的羊说："再发展几年你就是羊老大了，羊多了不好操心也吃力，你趁早卖掉些，免得上冬喂起来缺草少料的。"老炮爸看着老敏嘿嘿地笑了："现在还不是卖羊的时候，春天不缺草料，山上多的是，赶上羊吃就是了，到了上冬我搭一个塑料大棚，把能卖的羊养到宰牲节再卖就能卖上大价钱，那时候正是缺羊的时候，那些有钱人那时候买羊就不再压价了。这时候一只羊最多能卖几百来块钱，到那时就能卖上千块。"老敏瞅着老炮爸的眼睛说："看把你精的，一帮老家伙里面就你精，但要精过线，那么一帮羊你能喂得过来？儿子媳妇都不在，整天喂羊那可是大苦，农民一辈子头上套着个套笼，永远也摆脱不了，今天钻进了这个套笼，明日又钻进了那个套笼，有的人一辈子下来都套成洋昏子了，你年龄也不算轻了，再不必拼上命干了，把精力省下来享享清福，准备一下自己的后事。我的这几只羊再也发展不起来了，到了明年我就不养羊了。"老炮爸仍然嘿嘿地笑着说："人能动弹还得弹挣着干些活，你说你不干活，站着坐着躺着有啥意思？人老了嫌弹的人就多了，儿子媳妇你都保不住嫌弹，要自个儿自觉点，免得人嫌弹时就迟了。你说呢？"老敏听着老炮爸说的这些道理，就觉得心里有一股子酸水要往外溢，自己像头快要被挤干奶的奶牛，身心都乏透了。老炮爸看着老敏不说话，就揣测着说："我知道你现在有困难，但你也不要过分愁肠，到时候大家帮一把就过去了，没有啥大不了的。事情到头上了就轻了，你放宽心，现在离曼苏娶媳妇的日子还长着呢。不过我也帮不上大忙，帮上忙的唯独只有这些羊了，你卖它宰它几只都成。"老敏说："到那时候我的羊就够了，现在我想念个苏勒缺一只半拉子羊，你就暂时卖我一只吧？"老炮爸哈哈大笑起来，说："我当是啥大不了的事，今晚夕你牵上只去，羊对我来说多一只少一只都一样。"老敏一听老炮爸说要他牵上只去，他却又不好意思了，怎么就能随便牵人家的羊呢？老炮爸看老敏脸上有为难，就又嘿嘿地笑着说："这没有啥，你念苏勒有念苏勒的回赐，但我也有养羊的回赐，假如我收了羊钱，我就没有那份回赐了。你要是看上哪只你就牵上去，不用问我了。"听老炮爸这么一说，老敏的心里有点难过，也有点激动，更有点兴奋。老炮爸跟他从小一起长大并活到老，他就是那个秉性，没少帮过老敏家的忙。老敏热泪盈眶好半天说不出话来。人世间最珍贵不过的就是深沉的交情。

老敏牵回了老炮爸家的一只半拉子骟羊。

老敏把念苏勒的日子定在了下一个主麻日。

有了羊，念苏勒就比较隆重一点，他提前叫了阿西的娘老子，尔萨的大舅，还有阿依舍和两个外孙子。还有老炮爸，这个和他过命的老搭档，也得提前言喘一声。他已经给老炮爸说过了要他主麻日早早过来。老敏打揣着主麻头里念苏勒，早上宰羊。

到了主麻日，老敏早早起来院里院外打扫了一番，生着了炉子，做完了这一切，才到傍亮时候，他洗了小净，才去寺里礼晨礼。晨礼散后他和阿訇一起来了，他早上请阿訇来是宰羊的。可当他磨好刀子请阿訇下刀宰羊时，羊却不见了。找了好一阵他才想起昨日傍晚他把羊拴在了大门外的大树上，晚夕里没有牵回院子里。他跑到大门外一看，哪里还有羊的影儿，连拴羊的绳子都不见了，羊被过路的人顺手牵上走了。该怎么办呢？他的举念是不是要落空了？他的心里很矛盾。阿訇的手里握着一把锋利的刀子无处下刀，站在院子里的空地上显得有点尴尬，他握着的那把刀子不知是该放下还是该握着，就那样呆呆地站着看老敏满院子找那只已经不存在的羊。

羊是找不到了，还是宰两只鸡吧，老敏从鸡窝里抓出了两只大公鸡，老敏抓鸡的样子很凶，把那些母鸡吓得呱呱乱叫，好像宰掉的是它们而不是那两只公鸡。阿訇宰公鸡时有点迟疑。

大苏勒念成了小苏勒，这就叫老敏的心里很不受活，也很不舒坦。自己举念着念个大点的苏勒待个客，却想不到念成了小苏勒，事情往往有时候是不遂人愿的。

老敏的心里很苦闷，他想要是活到曼苏娶媳妇，他就好好举念着再念个苏勒。他这样想着其实已经是举念上了。

往后还不知有什么事情要发生呢，这谁也说不上，老敏的心里苦凄凄的。

金耳环

农历五月的一天，也就是在尔萨和曼苏出门之后的一日，天空蓝得像荡漾的海面，没有一丝风，太阳高悬着，烈烈地烧烤着大地，几个光屁股的男孩在大白杨树底下的土堆上玩耍，一只母鸡在草丛里寻着虫子吃，还有偶尔蹿出大门的流浪狗在村街上跑过，惹着那几个光屁股男孩追打。

这时候村里来了卖瓷碗瓷碟的，花花绿绿地拉了一大拖拉机，在村街上叫卖着，围观的人很多。车厢里光洁的瓷器在太阳底下泛着白生生的光，耀人眼目，那些眼馋的媳妇和丫头们都扯直了脖子看着，问着价钱。老人们拿起那些瓷碟用手指边敲边听着瓷器的脆响，评论着瓷器的好坏，眼馋的媳妇们手里握住瓷碟瓷碗既不松手也不还价，其实她们是舍不得口袋里的钱，这些东西本该由男人们来买，但现在男人们都出门挣钱去了，她们就暂时成了家里的当家人，照看着家里老老小小的生活，她们的手里是没有余钱的，然而她们却十分喜爱这些送上门来的东西。阿西站在人群里看着那些平常多不出门的女人们挑来挑去的，心里也就有了几分羡慕，竟也有了几分手痒，卖瓷器的那两个人看着阿西的眼睛说："你也过来挑几件吧？都便宜着呢。"阿西看了一眼那两个人没有说话，而又往前挤了挤，在她的心里确实放不下这些个花花绿绿的瓷器，这些东西好极了。阿西想要是买上那么几扎，曼苏娶媳妇的时候就不用借那么多的碟子和碗了。她决定回家去征求一下大家的意见，其实她不用回家征求意见，曼茹叶看她的那眼神就鼓励她掏钱买了。但她没有多余的钱，只有挖药攒的那点钱，她心里还有点舍不得，但她转念一想，还是买了东西最实用。她让曼茹叶去问母亲。不一会儿，曼茹叶一阵风似的跑来笑着说："娘同意买。"阿西就蹿到车跟前仔细地挑了起来。在她挑的当儿就听卖瓷器的人说，现在最赚钱的就是瓷器了。因为这东西不好带也不好拿，所以人们不敢卖，他们的瓷器都是从景德镇包装好专车拉来的，所以价格一般比别人低，要是都留下的话，这一车瓷器更便宜呢。听卖瓷器的这么一说，阿西的心就动了，她想这一车瓷器若买下的话，曼苏娶媳妇的时候能用好几天呢，事情办完了还可以去租去卖，是折不了本钱的。卖瓷器的人看着每个围观的人的表情，从人们的表情里猜测和揣摩人们的心理，寻找着真正想要这一车瓷器的人，生意人的精明是善于察言观色、掌握人的心理，最后当他们的目光落到阿西脸上的时候，就知道她是一个有心劲儿的大买主，他们知道她没有钱，却故意不提钱的事，把话题尽量往阿西的金耳环上引，并且一口说出了阿西金耳环的价钱，给金耳环估价其实也不难，农村妇女戴的金耳环大多是二至三钱的，明眼人一眼就能看出你戴的金耳环有多大，因此也就能估出价钱来，这不足为奇。此时的阿西目光直愣愣地瞅着拖拉机上的碟碟碗碗，心里盘算着价钱。人们围着拖拉机七嘴八舌地争着吵着，也听不清到底争吵些什么，那些眼馋的女人开始掏出钱买上一两个碟子或碗兴高采烈地抱回家去了。还有那些掏不出钱也买不起的女人围着拖拉机，看着别人一件或是几件地往家里抱，眼里的那个羡慕一下达到了极致，干搓着手不知如何是好。这就是生活，人与人不同的生活，但是人与人也不能比，人比人没活头，会把人比死的。人人都知道这个道理，但人还是喜欢比一比，比着从那一星半点的差别中寻找一点自我安慰，然而很多时候人们还是喜欢比，比上那就不足，可也不知道比下有余。掏不出钱的女人们看着那些有钱的女人简直羡慕得要死。但这种羡慕会很快消失的，生活会逼得这些羡慕从人们的记忆中迅速地消失。阿西既羡慕那些有钱的女人，也同情那些买不起碟碟碗碗的女人。

太阳越来越热，拖拉机手把拖拉机径直开到了阿西家门前的大树下乘起了凉，人们又潮水般涌向了那里，阿西也跟着到了那儿。她从人缝里拉出曼茹叶用商量的口气问："把这些东西买下有多好。"曼茹叶有点吃惊地说："嫂子，你哪里有那么多的钱来买这些碟碟碗碗呢？"阿西笑着对曼茹叶说："你门缝里瞅人把嫂子看扁了，我手上还是有几块钱的，不过全部买这些东西不够。"曼茹叶宽心地说："那就少买点？"阿西说："我全部要。"曼茹叶惊得瞪大眼睛不说话了。那个卖瓷器的人笑着对阿西说："我看你要得多，我就便宜一点儿卖给你。"阿西笑着没有说话，她掏出钱数了数只有五十多块钱，要买那一拖拉机碟碟碗碗还差好多。那人就指着阿西的金耳环说："把你的金耳环作个价，剩余的我给你钱。"阿西一想到曼苏上冬要娶媳妇用这些东西。就让在场的老人和那两个人共同作了价。这样一来，阿西不仅买回了所有的碟碟碗碗，还挣上了几百块钱，只不过她暂时没有了金耳环戴，但这也不妨碍什么，不戴就不戴了，没有啥丢人的。阿西搬回了所有的碟碟碗碗，拖拉机上空了，那两个人临走时把苫拖拉机的油布暂时寄放在了阿西家，说是第二天还要来。

卖瓷器的人开着拖拉机走了。

大树底下有几个老人说着最近发生的一个占小便宜被骗

167

子骗了的事。他们说邻村一个人去田里拔草，在路边发现有两个打土坯的人，像是从土里钻出来似的躺在路旁的沙石堆上，身边用上衣覆盖着一个全是土的东西。那个人好奇地问那两个人，那两个人支支吾吾地说不出个所以然来，他就越发好奇。趁那两个人不注意，猛地掀开了苫着的上衣，一看是一个被土裹着的罐子。他的心里就想这一定是当年哪个老财主藏的元宝或是银元什么的。他要求看一看，可那两个人不让看。最终拗不过他的要求，那两个人才打开了那个罐子。打开一看全是银元。他的心就咚咚地跳了起来。那两个人捂住罐子要走。他心想应该把这些银元换过来。他问卖不卖，那两个人说他们不知道价钱，听说现价一个银元值二百多元，他们争来争去最终以每个银元换一百元人民币成交了。他拿出了家里仅有的两千多元换了那些银元。几天后他兴奋地揣上几块银元去县城的古董铺换人民币，差点被古董商把腿打折，因为他要换的全是假银元。

阿西听人们说那假银元的事，自己的心也就咚咚地跳了起来。但她一想也不可能，那两个人不是把苦拖拉机的油布寄放在了她家里吗？要是他们骗人的话，他们不会把油布寄放在她家里。

当晚她心里就有点不安，拿着一张百元大票子去文肚子家的小卖部买东西。文肚子刚接过钱看了一眼就黑着脸给她递过来了，说："你也有假票子？"阿西不相信是假的，就全部掏出来让文肚子看。文肚子一看就说："全是假的。你哪儿来的？"阿西就说了她拿金耳环换瓷器的事。文肚子连呼上当，上大当了。阿西说："他们还在我家里寄放着苦拖拉机的油布呢。"文肚子一听就笑了："一块油布能值几块钱，去不了十块钱。骗子就是抓住了你们婆娘娃娃的这点心理。"阿西一听文肚子这么一说就知道自己上了骗子的大当了。现在的人真是越来越不敢叫

168

人相信了。

　　这种羞人的事怎么给家里说呢？她的心里乱成了一团麻，感到天旋地转的。

　　阿西病了，她是被气病的。村里人对阿西的病有种幸灾乐祸的味道。

　　阿西不知道以后该如何向尔萨交代。

出门人

　　这里的春天虽然来得迟缓，但今年田里的庄稼已遮住了地皮子。落了几场透雨，大地再也闲不下来了，庄稼疯长着，田野里的草也疯长着，只有人的心劲没有疯长。尔萨和曼苏闲着，整天在田里转着也没有活可干，决定到省城去打工挣钱补贴一下这个穷家，帮衬老父亲操持家务。

　　尔萨和曼苏背着铺盖一搭上去省城的汽车，就感到天都变成了蓝的，连人心也变成了蓝的，心灵深处洋溢着一种激悦的旋律，一切烦恼和不愉快顷刻间抛在了九霄云外，车窗外迷人的景致移步换景，路沟外面的河流泛着耀人眼目的浪花，路边觅食的野鸡望着过往的汽车不惊不咤。一年四季圈在家里，不知外面的世界有多精彩。虽然外面的世界精彩无比，但尔萨和曼苏的心里的那种愁肠还是放不下，出门前他们没学过一门手艺，连垒砖铺浆都不会，听车上的人说，进了大城市人像出巢的蜂，又像打破了的蛋，忙忙碌碌、你拥我挤的，让人看着都喘不过气来，而且人多活路就很难找，要是会垒砖会铺浆还可以，找不上活路了就上建筑工地去。大城市里现在要的就是这样的人，让这些希望淘些金的人为他们流血淌汗，增砖添瓦。尔萨和曼苏原想他们有的是力气，可一听车上人一

170

说，他们的心里像被泼了一盆凉水，瞬间把燃烧起来的心火浇灭了。他们不知道到了省城里他们还能干些什么，两个大男人总不能让尿憋死吧。让尿憋不死但让尿憋急这是有的，进了城市可不像你家的田间地头，想随便哪儿尿就尿了，但城市里你急了有时连尿尿的地方都找不着，让你急得满街乱转，找不着门道。车一路高速行进，车厢里热得让人有点窒息。去省城的路只要坐半天车的时间就到了。一车的人昏昏欲睡，车到站时天还早着，司机帮他们卸下了铺盖就锁上了车门，把他们像一群羊似的扔在了车站院子里。到哪儿去呢？他们只好背了铺盖出了站门寻找可以落脚的旅店。同他们一起来的还有另外几个村子的年轻人，虽然有些人出过门，但到了这儿，好像都成了打蒙了的鸡，在人群里碰碰撞撞的，遭到了许多人的白眼，遭白眼也不怕，你不怕脏就来，我身上有汗臭味和脚臭味，那些个出过门的人都是一副死驴不怕狼拖的样子。尔萨和曼苏想立刻找上点活儿干，在这没亲没故的地方，待一天就有一天的损失，他们是出来挣钱来的，不是享福来的，可活儿是寻不上门来的。尔萨和曼苏就撇下其他人独自背着铺盖寻活儿去了。

他们只要看见用人的地方就进去问，可那些地方不是工资太低就是不需要人。天黑了，尔萨和曼苏找了一处偏僻的小饭馆吃了面，可住处就成了问题，晚夕里他们到哪儿去睡一宿呢？他们确实掏不出住店的钱，问了几处，住一宿的钱比打一天工挣的还多。他们还没有揽到活儿，更没有挣上一分钱，他们心疼啊，钱现在对他们来说那就是心上的油，挖一点心疼，再挖一点全身疼。是钱把他们逼出了家门，也是钱让他们落得这么低三下四的，满大街找门子钻，有几回在那饭馆门前就被那堂倌真当成了乞丐拦在了门外。

农历五月的夜晚也不是太冷，他们就决定在大街上待一晚夕。夜深了，大街上仍然是人来人往车来车去的，只是少了一点喧嚣和紧张的气氛，让人暂时有了一丝头清脑明。他们不知道村里那些个年轻人出了门是怎样一副嘴脸，回到村里的那个张狂劲儿，真不知道挣了多少钱，也不知道从此天有多高地有多厚人有多能，谁知道他们出去了现在还不如那些年轻人呢。碌碡和门杠回到村里穿金戴银的，好像天是王大他就是王二，满村子都摆不下他。其实他们回来只不过是村里的一个摆设罢了，人人只是看看他们染成各种颜色的头发，再看看他们穿得花花绿绿的衣服，心里也就暗笑他们的烧燎子劲道，他们烧上那么几天，摆上几天谱，把辛辛苦苦挣来的钱大把大把地花光，然后屁股一扭又搭上远去的客车走了，走得远远的，没有人知道他们是去了哪儿，只知道他们又出门去了。尔萨和曼苏现在终于尝到了出门在外的难肠，他们睡在大街上，偶尔有人踩到了他们裹着身子的被子上，耳朵里一直有一种嗡嗡的蜂鸣般的吵声。这就是城市，这就是城市的晚夕里。他们刚眯上眼睛，大街上又喧嚣起来了，人声嘈杂，车流滚滚。他们竟无声地思念起乡村那寂静无声的夜晚来了。

天亮后他们该到哪儿去揽活去呢？省城这么大，饭馆不要他们，扫街不需要他们，那只有碰碰勇气到建筑工地上去了。干重活他们不怕，他们有的是力气。到中午时分他们找到了一建筑工地，干小工，一天工资六十块。这比县城里揽活儿少二十块钱，不过这已经很不错了，他们算是有了立足之地，只要能持久地干下去，一个月下来两个人能挣三千块钱呢。

在工地干活虽然是累点，但人还是比较爽快的，毕竟能站在高处可以望一望省城的景致，这已经让尔萨和曼苏很是满足了。他们天天干下去，月月就有个指望了，到八月里收庄稼的时候，回去时就能带上一大笔钱。

活儿是累死累活地干着，但尔萨的肚子里却出现了一点小毛病，吃点生冷他的肚子就痛，痛了的时候他就出去买点阿莫西林之类的药吃上几片止痛。后来痛得不行，曼苏陪他到小诊所检查了一下，大夫说是胰腺炎，得打几天吊针。尔萨舍不得钱，只打了三天吊针就再也不打了。胰腺炎没有治好，这就为他后来的病症埋下了祸根。

尔萨和曼苏在工地上干活不算累，这样的活儿哪能比得上他们进林或是挖药遭罪呢。楼一层又一层地高了上去，脚手架也攀架了上去，他们望着城市的景致一天比一天美丽，眼界一天比一天宽广。他们望着美丽的城市心里就泛起了浪花，怪不得有那么多的人拼上命往城市里钻，还有那么多的学子苦苦学习考大学，还不是为了跳出农门进入到城市里。外面的世界真精彩。尔萨对曼苏说："在城市里走上一趟就不想回去了，怪不得有那么多的人即使挣不上钱也要到城市里来打工。"曼苏笑着说："哥，农村有农村的好处，城市有城市的好处，穷人在农村就是好，光阴过得快，可穷人到了城市里光阴就不是那么容易了，烧的喝的吃的哪一样不要钱？但在农村里挑一担水拿一把草就能烧上凑合着过上一天，城市里就不行，你一天不奔忙就要断顿的。"

他们在高高的脚手架上望着城市灰暗的天空，看着穿梭在大街上的汽车，蠕动的人群，还有那穿城而过的黄河。汽车像屎壳郎在土坷垃缝里穿行，各走各的路；黑压压的人群像搬家的蚂蚁，你来我往的，在城市的隙缝里匆匆忙忙地奔忙着各自的生计；只有黄河静静地流淌着，一声不响的，对城市的变幻熟视无睹，千百年来就那样流着，只是夜晚的黄河多了几多流淌的流莹和辉煌的灯影，把宁静的黄河搅得有点混沌不安。但只有这时候才是尔萨和曼苏最快乐的时候，他们可以漫步在黄河长堤上，聆听着夜晚黄河的歌唱，把一腔思念和无尽的幽怨撒向浩渺的夜空，对着拂面的黄河长风，或唱一曲思乡的花儿，或哼一段有头无尾的歌，发泄内心的苦衷。夜深人静时，城市的居民都沉浸在了梦乡里，而他们却在黄河的长堤上思谋着家乡的一切。他们的劳动日复一日、生活日复一日，天天一个样，只有一个，就是每天他们的眼界都在变宽，他们都在攀升，他们就想他们那里的山有时也许没有城市里的楼高，有时候他们从一座大楼的底下向上望去，好像刮起一阵大风那楼就会被刮翻似的，有了一丝摇摆的感觉，可不管怎么说，城市的大楼还是那样稳稳当当地立着，有的大楼一座比一座高，高得有点让人受不了。他们不知道生活在那里面的人将是一副怎样的心态。但他们不管那么多，他们需要挣钱，挣很多的钱，这是他们的目标。他们急切地想着头一个月工资拿在手里的那种热乎劲。在工地的日子过得很快，一个月的时间很快就到了，他们想领点儿钱，可工头就是不给发钱，说干够三个月才能领。尔萨给曼苏说馍馍不吃盆里面呢，也不急，就存放在那儿吧。但曼苏的心里还是不踏实。见不着钱他的心里不自在，钱是贴心的砖，在那里他们人生地不熟的，要是被骗了那就连眼泪都没处流，可尔萨还是不信曼苏说的话，说曼苏是拿小人之心度大人之量，对人太缺乏信任了。可不管尔萨怎么说，曼苏的心里就是不自在，见不着钱他干活没有劲儿，蔫头耷脑的，好像他不是一个庄稼人似的。尔萨说不管怎么说，那么大的公司那么大的老板能骗下苦人的一点钱吗？不管尔萨怎么说，曼苏的心里还是不自在不放心，心里总牵挂着干了一个月的工资。

　　钱暂时是拿不到手上，只有埋头忍气吞声地再干下去，除此之外没有别的办法和出路。

旱了

苍穹像抽光了血的病汉，白光光的，太阳从东边升起又从西边落下，天天往来循环把这里晒成了火坑，开始是山上的碎草一点一点被太阳抽去了汁液，枯黄了，再接着就是田里的庄稼了，油菜已到了开花的时候，干巴巴地渴望着天上能下一点救命的雨水来，雨水缺着了就贵成了油，有些人不甘心庄稼就这样叫太阳晒成一把灰，组织家里的劳力挑水浇田，可一桶水泼进田里滋呖一声就没了影子，已经晒成了烫烫灰，浇水已起不到任何作用了。其他的庄稼还能指望上，油菜可就指望不上了。

这二三十年从来没有这么旱过，往年油菜生长开花的时候都能多多少少下点雨。油菜的收成还算好点，可如今天道如此不顺，老敏站在地边上看着被太阳晒得蔫叽叽、干巴巴的油菜，心想今年的油菜算是完了，连一把草都收不上了，得赶紧弄点钱买点儿油籽，不然到了上冬油价就要上涨了，到那时候就是紧上加紧了。可买油籽不是说买就买的事，钱是硬头子货，他哪儿有那么多的钱呢？他从哪儿弄那么多的钱呢？尔萨和曼苏出去也有些时日了，不见写个信捎个话报个平安再捎点钱回来，年轻人都这么个德行，出了门就忘记娘老子，也记不得家里的难辛和一家大小的愁肠了。都把心屙到

175

茅坑里去了，就算记不着两个老骨头，但也该记着他们的婆娘娃娃吧，这两个贼骨头。老敏一天到晚嘴里絮絮叨叨的，好像两个儿子欠着他什么似的。其实他心里是放心不下那两个贼骨头的，他们从小到大没有出过远门，他们出远门也无非是到几十里外的山林里拾烧柴，到林里拾烧柴有同村的年轻人相互照看，不会出啥问题，但现在他们到省城里打工，却不见寄封信捎个话什么的，真叫人放心不下。老敏把那几只羊放到山上啃着枯黄的青草，山上的草让牛羊你啃过来我啃过去，差不多已经啃光了，往年雨水广的时候，草还来得及长，现在加上天旱，草就来不及长了，其实根本就没有长，老敏的羊啃着枯黄的青草塌膘了，原本滚圆得像碾场的碌碡的羊，现在瘦得连走路都摇摇晃晃的，像久病初愈似的，让人看着心疼。它们可是老敏心上的油，没有了它们，今年上冬曼苏娶媳妇摆宴席就成大问题了。

　　旱情得不到缓解，乡上的干部都下来帮群众进行抗旱自救，可怎么抗旱呢？这地方山高坡陡，河里水引不到田里，一年四季全靠天，天道好了就有个好收成，天道不好也只能听天由命。这地方水土贫瘠，庄稼种下去打不了多少籽，水土不养活人，天这么旱还能有什么抗旱自救的办法呢？一点儿都没有，多少辈子人都这么活过来了、经历过来了，从来没听说过要开展什么抗旱自救。乡上的干部到田间地头来来往往转了一圈回来也说没有一点办法了，说了一大堆好听安慰的话就回去交差了。天上不下雨，乡上来多少干部也是白来，他们毕竟没有翻云覆雨的本领，只能眼睁睁地望着天上的太阳像火球似的烘烤大地，总不能把天上的云一竿子捣下来吧？实在不下雨，民间就开始组织起来求雨，上下庄的人组织男人到庙里烧香叩头、敲锣打鼓地晒佛，女人从河里挑水泼街洒路，把好些过路人洒得浑身湿淋淋的，好不热闹；他们庄的人组织老老小小的到清真寺里礼拜诵经祈祷。可天还是旱着，太阳像悬着的火球，烤得人汗流浃背，田里的地皮似饥饿的婴儿张着大大的口子，急切地等待着雨水的降临。天上的飞鸟嘶哑着嗓子唱不出一句悦耳的歌来。

那天中午，老敏实在没有兴致去放羊，他铡了一背篼黄草，让阿西拌成麸草把羊喂在圈里，自己则坐在院子里的杏树下眯着眼睛打盹。地上烫得像着了火，眼睛里干巴巴的，没有一丝湿润的感觉，这就令老敏的情绪很烦躁。就在这时来了一个要饭的，操着一口外地口音，进了门就给眯眼打盹的老敏致安问好。老敏慢腾腾地起身仔细看了一眼那个人。那人大概有六十岁，佝偻着腰，身上穿着一件越冬的棉衣，但不见得有多保暖，灰头土脸的，显然他是走了一些路的。天这么旱，路上纤细的尘埃随着蒸腾的热浪腾飞着形成呛人的尘雾。那人右手提着一只脏脏的面袋子，里面装着一些要来的馍馍或是什么东西，疙疙瘩瘩的，左手拄一根疙疙瘩瘩的棍子，就那样眼巴巴地站在老敏的面前，老敏感到站在他面前的不是一个要饭的，而是一个要他命的，让他的心里悲戚戚地突突地跳着，他赶紧招呼阿西端碗面出来给老人。阿西端了面出来，倒进那人手里提着的袋子里装的一个小面袋子里。面散（方言：施舍）了，那人还是不走，他又要水喝，阿西又进去舀了一碗水出来，送到了那人的手里，那人端起碗，头一仰就一口灌了下去，脸上冒出细密的汗来。老敏让他也过来到这树底下歇一会儿。那人也不推辞，就过去和老敏坐在树底下歇着凉。他扫了一眼屋内，说你家的男人们都出门去了？老敏说两个儿子出门挣钱去了，一个儿子还在县城里读高三呢。老敏看着那人身上的棉衣心里就产生了一种深深的怜悯和同情之感，心里思谋自己的那几条新一点的单衣是不是干净着。前年老伴儿给自己缝的那件单衣自己只穿了两三水，还新呢，去年阿西缁的那双鞋也还不算太旧。那人脚上穿的鞋也太烂了，脚趾头不知羞涩地露在了鞋外面。他想，人应多些慈悲之心，同情之心，千万别沦落到这种悲惨地步，六十岁的人了，还要低三下四地到人家门口要饭，可怜啊。他难道没有儿女、老伴儿？老敏想问可又没敢问。他想自己倘若落到那个地步是一副怎样的模样呢？他不敢想。他喊老伴儿拿出他的那件单衣和鞋。但那人并没有就他的好心产生一丝欣喜，也没有说一句答谢的话。他们高一句低一句地说了一会儿话，晌礼的时候到了，清真寺里诵扬着召唤辞，老敏欲起来洗小净礼晌礼，那人也跟了起来，说我就在你这儿洗个小净礼个晌礼吧。老敏点了点头，给自己和那人灌水去了。洗了小净，那人让老敏给他领拜。老敏还从来没有给人领过拜，今天他第一次给人领拜。礼了晌礼，老敏有点饿了，叫阿西给他倒水端馍馍，那人要走了，老敏给他指着鞋和单衣说，这些都给你。那人慢慢地卷起单衣、包上鞋，动作不紧不慢，好像在完成一项细致的工作。就在那人准备离走时，老敏才想起应该让那人吃个晌午才对，这样把一个要饭的人放走，真主会降罪的。于是老敏留那人吃晌午。

其间，他们就聊起了出门人，那人问起了尔萨和曼苏的情况。可老敏哪儿知道两个儿子的情况呢？他连他们去哪儿都不知道。那人却不合时宜地给老敏说起了不久前一个出门人被人杀死的事。他说邻近县里一家兄弟两人出门去打工，挣了几千块钱，回来的路上怕钱被丢了，把钱缝在内衣上，还不时地伸手摸着，结果被人盯上了。有天晚上兄弟两人住在一家私人旅店里，有个住店的人和兄弟两人谈了半晚夕，兄弟两人瞌睡了那人就回自个儿的房间睡觉去了。晚夕里兄弟两人就被人给杀了，打工挣来的几千块钱也就被人劫走了。那人说着就显得有点悲戚戚的。他说那兄弟两人多可怜，多孽障，你说这个世界要是都这样了，那弱人还敢出门去吗？那人好像对他自己的出门存在着那么一丝自怜，也好像对所有的人都失去了信任，对所有的人都有那么一点儿怀疑。听那人这么一说，老敏就想起了尔萨和曼苏，他们兄弟两人从来没有出过远门，现在也不知道去了哪儿，总是听不上音讯，也不知道他们挣上钱了没有，着实让家里人担心和愁肠。可不管挣上挣不上钱总得寄封信捎个话什么的，好让家里人放心，让家里人时常有个念想，可儿子们的心死在胸腔里了，把一家大小忘了个一干二净。今天那人一说又让老敏的心里急躁起来了。好像被人谋财害命的不是别人，而是自己的尔萨和曼苏。老敏想到这里，就对这个人产生了一股莫名的怨气。这也叫人话吗？人家的儿子们出门去了，这人家给你是说过了的，可你偏说这些叫人伤心的事。蓦地，老敏的心里对这个人有了那么一丝讨厌，老敏的心里有了这么点儿想法的时候，他的脸上就流露出些许不快。他是从来不善于掩饰自己感情的人，现在他更不会掩饰自己的情绪，控制不住对这个人的讨厌。现在他希望那人快快走掉，越快越好。可那人却说得上瘾了，不管老敏的表情如何，他还真说着不走了。那人要是年轻一点的话，老敏就可以使唤他该走人了，可那人那么老了，老敏有点不忍心使唤他。老敏这辈子还从来没有厉声地使唤过任何一个出门人，也没有斥责过任何一个出门人，现在他开不了口。那个人就那样絮絮叨叨地说个不停，好似要把话说完似的，好像他从来没有找人倾诉过似的，恰好这时找到了一个倾诉的对象把该说的一股脑儿往完里说。这时候门外有人扯长了声音喊："修雨伞——磨剪刀——"老敏才像解脱似的让老伴儿拿了剪刀出去磨。那人才知趣地起身告辞走了。那人一走，老敏的心里就又不由自主地想起了出门在外的两个儿子。

"修雨伞——磨剪刀——"那人喊着声音也旱涩涩的，没有往日的那种润滑感，好像连喉咙都旱透了似的，让人不忍心听下去，其实听着这样的叫喊声倒让人更加烦躁和不安。

天是越来越旱，油菜只扬了些花便定在地里不动弹了。油菜完了。其他的庄稼还算有点眉眼，麦子已扬穗了，但个头短短的，穗秆上只挑了几粒麦子，看来口粮要发生问题了。一年的庄稼两年苦，苦来苦去的却是这个样子，叫庄稼人心里悲痛啊。雨好像在前春下完了似的，这时候竟吝啬地不落一滴雨了。八月里又将是一个烂天气，这地方就这样，需要雨水的时候不落一滴，而到了八月里就往死里下，下得人出不了屋门。

天不下雨人是没有任何办法的，只能这样旱着、受着、忍着，只等落下一场透雨来。

发
洪
水

　　这天一旱，泉里的水却一天比一天地少了起来，流得细细的，那咕咚咕咚往外冒的大泉快要干了，平日里碗口粗的水现在只剩下一股涓涓的细流，人们看着这大泉变成了涓涓细流，心里的那种担心就随之而生，要是大泉干了，人们连喝的泥汤也就没有了。据老年人说这大泉还从来没有干过，这是一个不好的兆头，既然不好的预兆来了人们就应该做最坏的打算。但在此居住了若干辈子总不能抛下房舍一走了之，只有让大家行动起来重新寻找一眼泉，以往大泉所在的河道里到处都有小冒泉，可大泉一干这些小冒泉相继干了，像一夜之间突然被抽去了血脉似的。以前在哪儿随便铲几铁锨泉水就会从地下冒出来，可现在随便铲几铁锨只会冒出一摊酸臭的烂泥，到哪儿能找到泉水呢？大概只有问一问那些快要入土的老人了。可问了几个老人都说现在找水也是白找，当年他们就找过。很早以前，泉水也干成了一股细流，但却没有干涸，吃的水还是有的。现在看着大泉一天比一天流得细，人们的心里就很不是滋味。大嘴和文肚子召集人们去河滩里找泉，可人们对找泉没有太大的兴趣，认为找泉没有多少戏，现在连庄稼都快烤干了，哪有兴趣找泉。人们现在愁肠的是一家大小的肚子以后怎

181

么办，以后庄稼不成断了顿怎么办。太阳像生气人的脸庞，肿大着红彤彤地挂在天空里，火热火热的，没有一点收敛的意思，让人无可奈何。庄稼像被定在地面上一般不动弹，垂头蔫脑的，油绿变成了枯黄。人们望眼欲穿地望着，但就是望不来一滴雨水，面对大自然，人们是多么渺小无力，多么束手无策啊。

老敏等着两个儿子的来信，可等了这么长时间就是等不来，他等得有点不耐烦，天这么旱着，不落一滴子雨，雨比油都贵了。那天早上，太阳刚从山那边蹦出来就热得要命，吃了早饭，他昏昏欲睡。他就奇怪自己心里怎么就突然没有了一点愁肠呢？天这么旱着，把人的心都晒成干坨坨了，一天到晚干巴巴焦秃秃的，没有一点润泽的感觉，好像连人血脉里的血也晒干了似的。老敏搬了把椅子躺在杏树下享受着阴凉的遮掩，一股浓郁的土腥味弥漫在院子里，呛得他胸腔里满当当的，他的鼻腔里干叽叽的，他知道他吸进的每一口气里不仅有干燥的空气，还有纤细的尘埃，都进了他的肺腑。他眯眼躺了一会儿，却没有了一丝瞌睡。但他还是那样躺着，人心都干透了，走出大门是满眼的干焦，让人的心里受不了，他就那样干躺着思谋着，神思乱乱的，一会儿想到了出门在外的儿子，一会儿又想到了那头卖掉的灵角牛，他的心里始终平静不下来。伊迪和冬月围在他的身边，给他讲些儿童的小故事，他无心听孙子和孙女说些什么，心里仍乱糟糟地闭眼躺着。

大嘴和文肚子来了。

大嘴和文肚子很长时间没有登老敏家的家门了。大嘴用根草捅了捅老敏的鼻孔，老敏打了个喷嚏，一骨碌坐了起来。大嘴和文肚子说一家出一个劳力去河滩里找泉呢。老敏说我家再没别的劳力，我去吧。大嘴和文肚子点了点头，让老敏赶紧到河滩里去。伊迪和冬月很高兴，跟着爷爷到河滩里去还有些看头。人们正在河滩里原来冒水的地方找水挖泉。可说实在的，人们是没有多大心劲找水挖泉，天旱成了那个样子，乡上的干部下来说是组织群众抗旱，可人下来那么一走一看也就完事了，屁股上连土都没有沾上就走了。现在大嘴和文肚子却组织大家要找水挖泉，谁还有那个心劲儿呢？现在人们最牵心的是什么时候能落下一场透雨来，这才是人们最渴盼的。

老敏看着人们在河滩里磨洋工，自己也就提了铁锨到人群里挖起来。两个小东西也就不跟爷爷了。自个儿到河滩里跟着其他的小伙伴用淤泥抟着玩去了，河滩里孩子们很多，你追我逐的，好不热闹，真是孩子不知大人愁。人们都是一副愁肠脸，没有一点喜悦的表情，要是在平常，人们会说说笑笑的，尤其是那几个活宝更闲不下来，会说上几个荤段子惹惹笑，可这时候他们的嘴好像让泥塞住了似的，倒不出一句话，一副死驴不怕狼拖的样子，但他们的心境谁都知道乱成了麻，他们的嘴是多不起来了。大泉的水槽下面放了好多水桶盛水，水流像孩子尿尿似的，纤纤细细地给人有种马上就要断流的感觉，担水的女人们也没有了往常叽叽喳喳的说笑声，等待的人不时地抬头望着天空，期望着天上有奇迹发生，人人都是一脸的焦虑和愁苦。一年庄稼二年苦，要是再不下雨，一年的日子就白忙活了。河滩里没有往年的清爽，只有干焦和无奈。大嘴和文肚子催着人们挖，可人们却没有多大心劲，人要是没有了心劲，你再喊再催也是白忙活，靠挖一两眼泉也起不了啥作用。再说了这大泉就是天再旱也不会干的，若干辈人吃出来了，也没听哪位老人说过大泉会干的。

人们对村干部有抵触情绪，大嘴和文肚子也看得明明白白，他们也知道现在的人不像过去那么好说话了，对集体派的活没有多大干劲，有着好处就捞，干活也就充满活力，捞不到好处也就不干活。洋工磨到晌午时分，大家有点困了，都坐到草滩里谝闲传。但是这天的天比哪一天都热，热得人汗流浃背有点受不了，好像蒙进了鳌锅子里，有种烤熟的感觉。老敏对大家说："天这么热，是不是有下雨的样子？"人们都望着老敏嘿嘿地笑了："下雨？还下火呢。人热得像钻进蒸笼里了，头蒙得眼都睁不开，哪来的雨呢？"老敏望着天空，天空蓝得没有一丝云彩，河道里的大白杨树静静的，树上的叶子蔫蔫的，也是一副无精打采的样子，没有一丝风的影子。大家坐着歇着，谈论着今年的年景。北边的天上慢慢地涌上了一层灰云，人们望着慢慢涌动的云彩心里都祈祷着有场大雨。突然北边的天上炸了一声响雷，这一下就惊醒了人们的意识，要发大雨了。东方山顶上也涌过来了一点云，既不浓也不黑，就那样涌了过来，在人们的视野里像飞驰的马奔了过来，紧接着就刮来了一阵大风。要下雨了，人们的意识里都有了几分兴奋和愉悦。可风突然停了。闪电哗哗地闪烁着划过天际，遥远的地方有惊雷不停炸响。一场暴风骤雨就要来了。不管暴风骤雨也好还是绵绵细雨也罢，只要下就是了，干渴的大地已经等不及了。北边的闪电像泼溅的油火冲出了浓浓的厚云，让人防不胜防，迅雷不及掩耳。雨倒似的全落下来了，像白色的纱布遮住了北边的山峦和天空。河道里也落下几滴雨来，稀稀疏疏的，一个钟头过去了，老敏他们听到了轰鸣声，是洪水的声音？还是风声？要发大水了？要刮大风了？人们还在思谋还在争辩，但也有人听出了是洪水的声音，人们于是就想到了回家想到了跑。不知是谁拉直嗓子喊了起来："洪水来了——洪水来了——"人群像炸了锅似的各自四散飞奔，小孩子们也喊着哭着叫着寻着各自的家人，河滩里只一会儿就乱了套。

老敏想着雨，想着自己的庄稼，心里就慢慢地滋长出了一丝希望。这雨要是落上几滴，往后就有下的可能了，看来今年的庄稼是有点救了，饿肚子的事是不会发生了。他感到了由衷地高兴。

这边的太阳仍然不热不暖地照着。有几个孩子还在河道抟泥玩。他们没有听到大人的喊叫，也没有感到雨的到来，更没有意识到洪水的到来。

河道里刮起了大风，一排排的大树由北向南倾斜着垂弯了腰。有几个孩子在河道哭喊着跑了起来……

洪水下来了，洪水翻卷着像一头奔腾的蛟龙，恶狠狠地从河道里冲泻而下，奔腾的洪水前面翻滚着巨大的石头和泥球，发疯似的向前跑去，一种巨大的力量在推动着它们向前滚去。排头的浪头像蛟龙抬首一样始终没有落下来，有几个孩子在河滩里奔跑着，可他们是跑不过浪头的，他们在河滩上奔跑着显得那么无力和无助，也显得那么渺小和无着。他们终于没有逃脱洪水的袭击，像虫蚁一样轰地被洪水卷走了。洪水卷走小孩的那一刻，人们的眼睛都吓麻吓瞎了，也没有看清是谁家的孩子被洪水卷走了。人们开始焦急地在河岸上大声地喊叫着寻找自己的孩子们，老敏找来找去，就没有找见自己家的伊迪和冬月，他的心一下子就悬空了，被自己的想法吓麻了。只见洪水席卷着粗大的树枝和一些牛羊顺河而下，霎时整个河道像千军万马奔腾一样，汹涌的洪水再也不像那温柔的小溪流淌得那样漫漫畅畅，无忧无虑，漫不经心。洪水带着灌耳的大风把人们的喊叫声全压掉了。人们在河道两边奔跑着寻找着，喊叫自己孩子的名字，可顺河的风声淹没了人们的喊叫声。人们喊自己的孩子时，老敏又记起自己是领着伊迪和冬月出来的，他转身看了一眼周围，只见冬月就在自己的身边，而伊迪却不知去向。他的心突地一下子就跳到了胸口，要是伊迪有个三长两短，他怎么向出门在外的儿子交代呢？可是伊迪确实不在了。他结结巴巴地问冬月，可冬月说伊迪在河道里耍呢。他感到了一阵天旋地转，伊迪八成是让洪水卷走了。河边上人们的哭声喊声交织成了一片，谁也不知道自己的孩子到底被洪水冲到哪儿去了。人们追赶着洪水顺河追去。老敏怎么也不相信自己的孙子会被洪水卷走。但伊迪确确实实被洪水卷走了。他哭喊着也随人们顺河道向下奔去。洪水以摧枯拉朽之势横扫着河道里的一切，把偌大的河道涨得满满的，河道里是什么也留不住的，只有到了洮河里水势也许会放慢一些，只有到了野狐桥那里才会被护桥的钢网滤住，人们对于在河道里找见自己的孩子没抱什么希望，人们只是希望在野狐桥那里能搭住也能带上自己的孩子回来。人们都往野狐桥那里跑。文肚子和大嘴也在奔跑的人群里，一声不发地小跑着，他们知道这场灾难多多少少跟自己有点牵连，要是上面真正追究责任的话，他们逃不脱干系。听人说有四个孩子被洪水冲走了，老敏家的孙子伊迪就是其中之一。这一带有人跳河或是在水上发生了意外，都是到百里以外的野狐桥去打捞，因此人们就直接去了野狐桥。

老敏他们到达野狐桥时已到了第二天下午。野狐桥木材检查站的人已经把滤在网上的人打捞了上来，摆放在河滩的沙地上，用几片破麻袋苫着。老敏他们到了野狐桥那里，却不敢掀开破麻袋逐一去辨认。人人的眼窝里都浸着一汪难过的清泪，潸潸流着。文肚子怀着歉疚对立在河边沙滩上的人们说："大家还是去认一认吧，找不见人我们的心不定，找见认准了我们就想办法把亡人抬回去，现在大家啥也不要说，去认一认吧。"听文肚子这么一说，人们才慢慢地挪到苫着破麻袋的亡人跟前，可谁也不敢掀开破麻袋。大嘴过去逐一掀开了破麻袋，人们看到是四个不大的孩子，孩子们光溜溜的，也白白胖胖的——那是被水浸泡的原因。但好像有点不好认，毕竟让水浸泡的面孔让人有点陌生。然而老敏还是一眼就认出了自己的孙子伊迪。他扑过去抱着伊迪号啕大哭，他的心里那个痛苦啊那个心疼啊无法言说，灾难怎么就偏偏光顾了他一家子呢？老敏这一哭就惹得人们都哭了起来，都哭得悲痛欲绝，伤心至极。文肚子和大嘴感到再这样哭下去也不是办法，他俩商量着雇一辆车抬上亡人回家，可没有车敢拉亡人，好像亡人对他们有多大的不利。文肚子和大嘴气得在野狐桥上大喊大骂。当地一个人说，要是出大价钱的话，还是有人能出车的，重金之下必有勇者，文肚子和大嘴含着愤怒答应了那个人的价钱，一千元要了两辆拖拉机，拉着亡人和寻人的人往回走。

发洪水冲走了四个人这在当地是一件了不得的大事，当老敏他们回到村上时，正是子夜，夜黑得伸手不见五指，但家家户户屋里的灯却都亮着，他们在等待着寻人的人和落水的孩子们归来，县上和乡里来了一大帮干部们，坐在文肚子和大嘴家里等着，发生了这么大的事情，他们不能不管，也不能不问，这是他们的责任，也是他们的义务。当寻人的人一回来，他们都揣着一脸的歉疚和悲哀，拉着那些受难孩子们的家长的手一遍又一遍地说着安慰的话。他们带着一脸的真诚和无奈发放着不济事的一点慰问金。可这点慰问金能起什么作用呢？人不在了，要这么点慰问金做啥呢？

敏家咀村的天算是塌下来了。

一村人沉浸在悲痛之中。这是百年不遇的大难啊。

悲痛欲绝的嘶哑哭声打破了黑沉的夜的寂静。

人们不知道这种悲痛的阴影要持续多久。

赶在第二天晌礼后送走了四个小亡人。老敏想给尔萨和曼苏说一声，可他不知道尔萨到底是去了哪儿。他只喊来了上学的尔力和香水村的大女儿阿依舍，他再没有叫其他的亲戚，其实也不用叫，近一点的亲戚听说了也都来了。他怀着一种不可饶恕自己的心情坐在墓畔，看着那小小的坟堆，心里就很不是滋味。他原想自己是这个家里头跟老娘最近的一个人了，可谁想到孙子伊迪竟成了跟随太奶奶最近的一个人，他原想自己很有可能睡在老娘的身边，但却让孙子伊迪睡在了那里，这是定然，人是无法预料的。人的生命是多么短暂啊，一个活蹦乱跳的人说无常就无常了，说没有就没有了，像大场里的一根草说让风吹走就吹走了，不留一点痕迹，不留一丝声息。

一个人的人生竟是如此短暂啊。

老敏看着那四个小坟堆，眼前又是一片模糊。今天它还是一堆新鲜的土堆，说不定明后天再落上一场大雨，这个小小的土堆就萎缩下去了。过不了一两年它就陷进地里看不出是一个坟堆了。

老敏看着老娘的坟堆平塌塌的，已经塌陷着长出了一抹黄叽叽的冰草，再过几年，就看不出是那是一个坟堆了。只是两个坟堆像一老一少两个人偎依在一起，看上去一大一小、一高一矮、一青一黄。没想到孙子竟然跑到了自己的前头，占据了自己的位置，这不能不说是一种莫大的悲哀。白发人送黑发人，这是令人无法接受的事，可偏偏让老敏亲手来掩埋他的孙子。在这个家里不知他还要送走谁。

这就是他的命运，也是整个家庭的命运。

他坐在坟院里不想起来。现在他是没有一点心劲儿来做任何事情的，他的脑子里乱糟糟空茫茫的。

太阳照在他的身上暖烘烘的，可他的心里却冰冰的凉凉的，凉透了，一直冰凉到了脚底。

他乏累疲惫的心再也经不起任何的折腾了。

他似乎需要一点休息。

他真的该歇缓下来了。

他的脑子里一片空茫。

太阳还是暖暖地照着，矮小灰黄的坟堆在墓畔那些黄兮兮的青草中间显得有些扎眼，像田鼠新打的土堆堆放在青翠的坟院里。那几家人也没有去，他们一个个流着不可抑制的泪水，连着痛肠一同流进墓畔的青草里。

尔力劝说着父亲，可父亲就是一言不发，他没有照看好伊迪，虽然说这是定然，但要是他不去找水掏泉那伊迪就不会有事的。但是事情已经出了，就不能埋怨别人了。

冬月也跟上爷爷在墓畔坐着，流着清泪像一只孤独的鸟儿一样，失去了她应该高兴的天性。这灾难怎么叫人承受呢？

老敏怎么也没有想到会有这么大的灾难降临到他家里，但在发生灾难前，没有一点预兆，也没有做任何有关的梦，以往他是多多少少有点预感的。现在再悲痛也是空的，也只有把那种刻骨铭心的悲痛记在心里，去的人已经去了，但活着的人还得活下去，而且还要活得有意义活得有生活气息。然而这种悲痛是不会马上就会消除的。

老敏神思恍惚地从墓畔回到家里时，家里乱成了一窝蜂。

老伴儿和阿西都睡到了炕上，阿依舍和曼茹叶坐在门槛上哭，把一双眼睛哭得红红肿肿的，尔力陪着父亲坐了会儿说，他要回学校去。说完就走了。其实他是不忍看一家老小的悲痛样。白发人送黑发人本来就是令人悲痛的事情。老敏想，要是他这把老骨头去了倒也好，不但省了吃饭的皮囊，而且还给家里腾出了炕，可事情不是你想怎么样就怎么样的，人力是无法改变的。

日子还得熬煎着，苦等着，硬磨着往完里过。

这就是庄稼人过的日子，也是每一个庄稼人要经历的一切。

串乡

　　天这样旱着，香水村的阿依舍就坐不住了，她们那里的庄稼全种在阳坡地里，太阳当靶子一照，地里的潮气就蒸腾着升空了，地里的庄稼都旱在了地皮上，黄蔫蔫的像人被抽光了血。老远望去，香水村就笼罩在一片雾蒙蒙的烟障中间，闪闪乎乎飘逸不定的，忽闪着让人觉得是在一片大火中。这个时候克里木却不知从哪儿窜了出来，蹲在家里要吃要喝，指鸡骂狗的，着实让阿依舍和娃娃们受不了，你说这个克里木，想走了的时候不说一声就走了，回来的时候也不告诉一声，家像他的歇马店，来也就来了，走也就走了，来去自由得很。可怜阿依舍和孩子们了。

　　阿依舍只有把孩子们带回娘家。

　　日子不紧不慢地过着，可老敏一家人还没有从那场洪水的阴影中摆脱出来，老敏不管是坐着睡着或是干着什么活计，伊迪的影子总是在眼前晃悠，毕竟伊迪是他从小拉扯着抱大的，你说他能不时刻记着自己的孙子吗？可怎么说呢，天灾人祸这是自然法则，人力有时是无法避免的，更何况失去孩子的不止他们一家。大水发了，不该走的人走了，而且还落了几场透雨，算是救了庄稼人的命了。耀眼的田野里又重新出现了绿意，濒临死亡的草根吸足了水分和养分又欢快地生长着，争先

190

恐后地向大自然展示它们丰硕的身姿。

那些个闲得无聊的人三五一群聚在村口的大树底下谝闲传，诉说着天气，拉扯着家常，纯粹是一副没事可干的样子。

老敏一家人好多天都没有迈出家门一步，当他们觉得非迈出家门不可的时候，节令已到了六月里，六月里正是庄稼入颗的时候，也是人心最充满希望的时候，可老敏家的人却没有一丝喜悦的心情，一家人的脸瘦了一大圈，人人都好像是大病初愈似的，脸上没有一丝光炫的样子。痛失爱子爱孙的那种悲痛不会马上就会消失掉的。那天老炮爸过来对老敏说："人殁了不能复生，再说活着的人还得推着日子过下去，不能整日沉浸在无限的痛苦中，无常的路上无老小，不管活多大岁数，都是活了一茬人，你和我已经活得没有一点意思了，成了家里人的累赘，可是真主还不要你我，也只能推着日子往下活，活一天是一天。活着的人不能消沉，要重新打起精神生活。"经老炮爸这么一劝，老敏一家人的心情总算好了一点。老敏就想着该有个事情做一做了，再不能这样闲下去了。

阿西一直苦苦地思念着伊迪，只要出门望见那个小坟堆，她就哭得死去活来的。老敏让老伴儿和曼茹叶整日照看着阿西，不让阿西做任何的活。老敏知道失子之痛是需要一些时日缓过来的。阿西的心里疼，他的心里也疼啊，伊迪是阿西心上的肉，也是他心上的肉啊。伊迪在的时候，常跟他逗乐子，惹他高兴，帮他消除疲劳和乏困。可现在伊迪不在了，晚上睡觉连个挠痒的人也没有了。闲坐着不行，得寻个事干。

老敏终于想到要做的事了。

他决定从县城里批发些蔬菜串乡售卖赚几个钱。前几日他看到有个人批发了蔬菜串乡还挺挣钱的。第二天天麻麻亮，老敏吃了早饭，驾了黑秃子去了县城。

老敏到县城的蔬菜市场上时，天已大亮了，贩菜的汽车排了一长溜，批发菜的小商小贩驾着牲口推着小车，你挤我拥地从汽车上往下抱菜过秤。老敏不敢多要，辣椒、菜瓜、茄子、西红柿、黄瓜他一样打了三十斤。然后又到商场里买了一个电子秤。他不光卖，还可以拿青稞来换，老敏往回走的时候就已经算好了该卖的价钱。从来没有做过生意的老敏终究要做点小生意了，这就不能不叫人刮目相看了。

老敏从县城批发菜回来时已到了下午，他决定第二天早上出发到周围的村子里去卖。

当日晚夕里老敏就失眠了。

他窝囊了一辈子，现在却撑不住要出去丢人现眼地卖什么菜。方圆几里谁不知道他老敏，谁不知道他老敏是一个老实人，一个老实得出了名的人。生活把人逼到了这种地步，要不然他绝不会出去丢人现眼。他务弄了一辈子庄稼，要操起称盘那可不是件容易的事，得有多大的勇气，这是他想了好几个晚上才决定下来的。起初老伴儿也不同意他去做这丢人现眼的事，毕竟是上了年纪，儿子们也都大了，人不说你还说儿子们呢，可生活把人逼到了这种地步，你不愿意出去也就不由你了。更何况自从伊迪被洪水淹殁以后他的心里就一直平静不下来，整日精神恍恍惚惚的，做事丢三落四的，好像一下子就把他心上的油挖尽了似的。现在他四处转一转，散一散心，让自个儿原本就不太平静的心境宽展一点，他时常想的就是尔萨回来怎么跟他说呢？这是他心里的一块病症。

失眠的老敏彻夜思谋着乱糟糟的事。

到半夜里他摸索着下炕给黑秃子拌了一掬麸草，悄悄地牵出黑秃子拴在了槽上。然后背上背篓拿上镰刀摸黑到后面院子里割点碎草和苜蓿装在了麻袋里，停车卖菜的时候牛就可以吃了。他知道早夕里他要在天麻麻亮就动身，要不然叫村里那些个多嘴多舌的人知道了，会数落他的，他经不起那些人的嘲弄和数落。他做完了这一切回到炕上时，老伴儿还沉浸在梦境里，鼾声依旧，连个身也没有翻。老伴儿就是这么个德行，就是天塌下来，她的觉还是照睡不误，一晚夕一觉睡得踏实得很，永远是那么有精神，这就让老敏羡慕得不行。老伴儿常说是他的心太小，想的东西太多了，他听老伴儿这么说心里就来气，他的心能不小吗？能不想事情吗？这个家里进进出出里里外外哪一点他打理不上就乱了套，老伴儿是不操心家务，才宽地里说宽话，你说儿女都大了，哪一样他不操心成哩？要是成的话他还真不愿意操心呢，毕竟操心是个吃力不讨好的事，动不动要说人骂人呢，什么也不操心也就不说人不骂人，永远是家里的老好人，儿子女子都说得好。但是不说不行，不骂更不行。他是家长啊，他有这个责任。老敏听着老伴儿均匀的呼吸声，心里就对老伴儿有了那么一点羡慕和向往。

这天早夕里，阿西起来得早，他知道老敏要早早出去卖菜。当老敏红肿着眼睛起来洗了小净礼了晨礼坐定时，阿西已将热茶热汤端了上来。老敏吃着吃着却靠在被子上打起了盹，窗棂上有了一线白气，天就要亮了，老伴儿喊老敏起来动身。老敏起来看了一眼窗外的天色说："一晚夕睡不着，天要亮了，这瞌睡却像故意似的，困扰得人打不起精神，没有动弹的意思，要不是批发了菜，我今早就睡个死去活来，睡不到晌礼时候我不起来。""别说疯话了，快动身卖你的菜去，蔬菜是水货，放一天有一天的折损，再说天气也大了，放不住。"老伴儿说着顺势瞪了老敏一眼，老敏就悻悻地下了炕。

老敏驾着黑秃子出了大门。大门外已经有挑水的媳妇和丫头们挑着水从泉上回来了，吱吱地挑着进了自家的大门，早起放牛放羊的人们赶着牛羊从老敏的身旁走过。老炮爸吆喝着羊上山去放，老敏这才想到自家的羊还在圈里。昨日曼茹叶放了一天，今早还没有去放，他喊住了蒙眬中的老炮爸。老炮爸看了一会儿说:"这回是牛不喝水角叉里压上了,也好,有做头了,待在家里要把人蒙死的。你家的羊不放吗?去赶你家圈里的羊,我替你放几天,我一只羊是放,一帮羊也是放,你放心贩你的菜去。"老敏就扯开嗓子喊曼茹叶把羊放出来。这时候人们也都陆陆续续地赶着牲口出来了,看见老敏,脸上充满了惊奇,平时连大门都迈不出一步的老敏却有了如此的心劲儿,这就不能不叫人们吃惊和奇怪了。老敏看着村里老老小小、男男女女的人们都望着他,心里就虚晃晃的,脸上即刻烧了起来。

天还没有大亮,人们还看不清他脸上的表情。他赶紧吆喝着牛出了村。

老敏走在路上就想:先去哪个村里呢?首先得挑一个远一点的村子,远一点的村子认识的人少。去了之后总不能等着人们来买,还得吆喝几嗓子,让人们知道有贩菜的来了。在路上他试着吆喝了几嗓子,可那几嗓子小得连他自己都听着有点难听,底气明显不足。他知道一个收废旧纸品的人常到村子里来,走着吆喝着,吆喝声抑扬顿挫,那简直就是一首歌,让人听着觉得浑身舒坦。村里只要那个人出现,小孩子们就立马跑出来围在那个人的身边,听那人唱歌似的吆喝。他有时候就看着那人吆喝,那人先是将头一扬,然后轻轻地吸一口气,再悠长地吆喝上那么一嗓子,这样吆喝出来便犹如唱歌一样。他学着那个人的吆喝声又试着吆喝了几声,吆喝出来还是没有那种气韵,犹如老太婆叫鸡似的,咕咕几声,黑秃子惊异地停下来扭头看了老敏一眼,老敏知道是自己怪声怪气的吆喝声惊着牛了。他不由地看着牛笑了。他一生当中还没有这么狼狈过,连自己养的牛都听出异样来了,你说这不是自己糟践自己吗?儿多的母瘦,子女多了一辈子叫人安生不得,直到把他们拉扯成人,自己还没有觉出活了个啥,人也就老了,该入土了。看着别人活得有滋有味的,自己心里的那个苦啊,真够自己思谋的了。人活到这种份上也就活得有点儿自卑、窝囊，低人几分。

牛悠闲地走着，一声不吭。他知道牛的心里有些许不快，这时候正是牛羊上山沐着爽风啃着青草的时候，而它却要跟老敏在尘埃四扬的土路上奔忙，走走停停，有时候看见路边有一丛鲜嫩可口的青草，它就想停住啃上那么几口，可老敏手里的一根树枝时不时地晃在它的头顶上，敲着它的耳朵，提醒它不要忘了自己的任务。老敏琢磨了一会儿那个收废旧品的人的吆喝声后也学着吆喝了几声，还是没有那种韵味和气质，也不像是从他嘴里吆喝出来的。他想着就有点生自己的气，他决定不再像那个人那样喊，照自己以往的声调喊几嗓子，他放开嗓子喊了几声："卖菜来——卖菜了——"他这么一喊，反而喊出了自己的气质和韵味。

他走到离敏家咀不太远的太平寨时，人们正陆陆续续地在村道上转悠，一些老年人蹲在墙根下晒阳婆、谝闲传，一群孩子则你追我赶地在村道上玩耍。看到老敏来，那些个孩子就吵闹着奔过来一下子围住了老敏，问老敏卖啥东西。老敏没有回答，只是扯直嗓子喊了一声"卖菜来——卖菜了——"那些个晒阳婆、谝闲传的人们起身拍了拍屁股上的土朝老敏的牛车围了过来。他们不说买，只是一样一样地问价钱，等问得差不多了，就说你等着，倒背起手回家了，不一会儿，家家的大门就咯吱咯吱响着，从门洞里走出一个个干干净净的媳妇和丫头，手里捏着几块钱或是用脸盆端上一脸盆青稞或是大豆什么的，然后等待老敏给她们过称、拎出她们所要的菜，那些个玩耍的孩子则眼巴巴地望着，看老敏的车厢里是不是有他们所要的东西，他们要的东西无非是苹果或杏子什么的。他们望着老敏的车厢里一眼的失望和空落。老敏的脑子快要爆炸了，他思谋着菜的价钱，又要思谋青稞、大豆什么的价钱，他的脑子里快要换算不过来了，这个时候他像是一只被打懵的鸡，晕头转向的，不过他没有心怯，他们跟他一样都是庄稼人，没有那么多的坏心眼，他是不怕他们的，只是恐怕自己的一点儿疏忽会给人家少称或少算了，让人家吃了亏。只一会儿时候，他的半车菜就被那些个捏着钱或端着脸盆的媳妇和丫头买走了。老牛卸在一边吃他昨夜摸黑割来的青草，不紧不慢地吃着，不时地抬头看着这个陌生的地方，同时它也看到了主人脸上喜悦的成色，那是一种成功者的喜悦和兴奋，也是庄稼人掩藏不住其心里的豁然开朗的一种由衷的喜庆和解脱。菜卖得这么快，出乎老敏的意料，看来他的选择是对的。其实做生意不管是大是小，都没有什么难堪的，也没有什么不可的。前些年村里有人出去搞生意就有人瞧不起，被认为是不务正业，撇了土地、撇了妻子儿女出去是多么不近人情，可人家挣了钱穿着光鲜地回到村里翻修房子时，人们又都羡慕得不行，眼睛里都望出水来了，但钱在人家的口袋里装着，你羡慕也白羡慕，那钱没有你的份，因此有些人也发狠出去挣大钱，只是有的人出去挣着钱了，有的人没有挣着钱，出去的时候是空手回来的时候还是空手。看来挣钱得有挣钱的门道，现在他老敏算是找着挣钱的门道了。老敏数着手里捏着的钱，看着车上布袋里装着的粮食，心里那个美。那个滋味像是灌进了一马勺蜂蜜，此时此刻，他的心境也宽敞了许多，此前极难为情的吆喝声导致的紧张感也随之消失殆尽。他想日后家里的油盐钱也就用不着愁肠了。现在离尔力高考还有一些时日，到那时说不定还能攒够尔力的学费呢。一想到这些，老敏就给那些晒阳婆的人们留下了许多笑容，他隔三岔五还要来。临走时，那些个人都笑着向他道别，说过几天再来吧。他笑着说过几天还来。

他驾上黑秃子又向另一个村子走去。在路上他听到哪个村子清真寺里念晌礼召唤辞。晌礼的时候到了。路边一条小溪涓涓地流淌着，泛着碎碎的浪花，溪底的小石头被溪水冲刷得光光的、滑滑的、亮亮的。老敏找了一处僻静的溪湾，卸下黑秃子，让它到溪边的草地上吃草，自己则在溪边洗了小净，在草地上礼晌礼。以往他礼拜时多多少少思想有点不集中，但是今天他的思想却高度集中。他在礼拜时思想不集中已有一段时候了，他的脑子里思谋得太多了，家务、儿女等都让他不得有片刻的安宁，是人老了思谋得多了，还是他的心太小了愁肠多了，都是也都不是。家务太穷手里没钱，能不让人思谋吗？今天他热泪盈眶，感谢真主让他找到了这么一件能挣钱的事。黑秃子大口地吃着草，好像有点吃不够似的，老敏不忍心驾上它就走，让它再吃一会儿吧，他这样安慰自己。灵角陪了自己好几年，累死累活地为他们家苦得差不多了，却为了家务卖掉了，他有时在睡梦里还梦见灵角呢，他与牲口打了一辈子交道，对牲口有着很深的感情。现在黑秃子接上它的班了，就应该善待它，说不定几年或是不到几年又要把它卖掉，来挡什么难肠事，后面的事情谁也想不到也思谋不透。老敏坐在小溪边听着溪水的歌唱，心里乐滋滋的，竟然有了一丝睡意，但是不能睡，他还得把这半车菜卖完。再坐上一会儿睡着的话，今天的日子就过去了。他懒懒地起身牵上黑秃子驾上车又向一个村子走去。

　　老敏回来时，天色已经暗了下来，村道上没有了人迹鬼影，连那全福家的老昏狗都没有汪汪声了，偶尔听到一两声哪家关门的声音。老敏走在昏昏暗暗的村道上，听着熟悉的声响，闻着熟悉的空气，看着熟悉的房舍，他的心里涌上了一股暖暖的热流。老伴儿靠在门墩上向村口张望着，等着他回来。老敏大老远就知道门口那个黑影是老伴儿无疑，以前他出门进林回来的时候，老伴儿就那样靠在门墩上等着他。他老远喊了一声："我回来了！"那个黑影听到老敏的喊声就返回门里喊了声："回来了，把火生上。"黑影随之打开了大门，又朝门外挪了挪，看着走近的老敏问道："回来了？"老敏牵着牛一边往里走一边大声回答："回来了。"老伴儿俯身看了一眼车厢有点吃惊地问："卖完了？"老敏一边卸车一边有点兴奋地告诉老伴儿："卖完了，明早夕我就上县城去，枭掉换来的粮食再批发上一车菜。老伴儿，我们的日子有指望了。"

　　老敏一上到炕上，阿西就端上了热腾腾的长面。老敏一连吃了三大碗。他这一吃倒把老伴儿吓着了，平时苦吊着脸吃不多，今天却出人意料地吃了三大碗，这就不能不叫老伴儿有点惊恐。老敏吃完面，抬头看着老伴儿她们一脸的惊奇，抹了抹嘴嘿嘿地笑了。老敏的笑容不仅包含了他吃饱了饭的满足，也包含了他对今后日子满怀的希望。

媒婆

　　居家过日子要的就是安宁。老敏的日子总算有了点安静的气息，可一件烦人的事却不由他不想、也不由他来支撑。

　　曼茹叶翻过年就十六岁了，女孩子到这时候就是媒婆踏破门槛的时候，在这以前除了阿依舍打发前媒人来过外，之后还没有媒婆踏过老敏家的门槛，现在却有媒婆踏上门来了，媒人来了你不能不理识人家，还得好好招待一番，事情成不成是一回事，但是你的人情那又是另一回事，媒婆来了，你总不能叫媒婆空着肚子出去。谁也得罪不起媒婆，她们跑东家走西家，往往会对不满意的人家说出什么不中听的话来，人们怕的就是媒婆的这一张大嘴。

　　香水村的瘸媒婆从阿依舍那儿知道了曼茹叶，就给一个泥瓦工的儿子说媒来了。瘸媒婆以给人说媒为业，她自己也说不清自己一年到底跑烂了多少双鞋、说成了多少桩媒、促成了多少对婚姻，更不知吃了多少家的多少张油饼，喝了多少家的多少斤青茶，说了多少家多少句好话。但是也不知她说了多少家坏话，坏话一般不为人知道，经媒婆的嘴那么软和着一说，好多没有的事情也就成了事实，当年要不是她说媒，老敏还不知道那个一年四季不招家的活宝叫克里木，也不会把阿依舍嫁到香水村受那个罪去。就是由于她的一番话，老敏二话没说就把阿依舍给嫁了过去。那年老敏和老伴儿没有去考察克里木的为人，只是让阿依舍跟克里木见了一面，阿依舍也对克里木没有挑剔，就稀里糊涂地答应了。可谁知阿依舍刚一过门，克里木就现了原形，看着麻麻利利的一个人，竟然在家里坐不住，一个劲儿地往外跑，但跑了也跑不出个眉眼。很多时候倒像个要饭的，家里的农活更不沾边，自己穿得光光鲜鲜的，哪里还管家里人的愁肠呢？自那以后，老敏见了瘸媒婆就生气，恨她没有对老敏一家人说实话，把克里木说成人精了。可不管怎么说，媒婆的话从来都是只能听一半信一半，而不能全信，要是你全信的话你就上了大当了。有时候有的话媒婆自己也不愿说，但她要是说不好，她的媒就当不成，媒婆当不成媒，还当啥媒婆。媒婆一般情况下是吃两头，吃了东家喝西家，两头不空。当媒婆讨的就是两头的喜欢。然而往往是说媒以前请吃请喝得多，说媒之后请吃请喝得少，两家陌生的人家经媒人来来去去几番游说，把亲事定下来，把该拿的东西都拿全拿完了，新媳妇也过门了，媒婆的作用也不是那么重要了，媒婆就显得有点无聊了。事情过完了，两亲家亲时，媒婆的日子还算好过，要是两亲家翻了脸，媒婆的日子也就不好过了。当年阿依舍过门之后老敏就把瘸媒婆狠狠地训斥了一顿。自从挨了老敏的训斥，瘸媒婆再也没有踏进过老敏家的门槛。可是今天她不知是哪里发痒了，竟然又找上门来了。毕竟事情过去这么些年了，再说把阿依舍嫁给克里木，不能怪别人，只能怪自己的眼窝子不亮，当初没有仔细地打问一下克里木的品行和他的为人。瘸媒婆来了之后，先说对几年前她对阿依舍的媒当得有点不对，让阿依舍这几年吃亏了。老敏已经对以往的事情没有责怪的意思，过去的事就让它过去吧。老敏悠然地说给瘸媒婆听。瘸媒婆听老敏这么一说，连连点头称是。

瘸媒婆吞吞吐吐半天，终于扯到了正题。她开始从那个泥瓦工的家庭说起。说那个泥瓦工家离阿依舍家不远。家里人口清闲，家务上没有啥负担，双亲健全，日子过得不算差，在她们那个村子里算是中上等。儿子初中毕业后未考上高中就回家帮父母务农，现在人家儿子提出要曼茹叶，硬央到门上了，自己既然吃这口饭，就不能不答应了。更何况自己还曾经和老敏一家人打过交道的。她才拉下脸来了。她说泥瓦工家儿子也是百里挑一的小伙子，体体面面的一个大眼睛娃娃，他上中学的时候常从你们这儿路过，是见过你们家曼茹叶的，说不定曼茹叶也见过人家。瘌媒婆说了半天，老敏也没有听出是哪个泥瓦工。他等瘌媒婆说着缓口气的当儿就嘿嘿地笑着问瘌媒婆："你说了半天，我还不知道是哪个泥瓦工呢！"瘌媒婆像是记起了什么似的拍了拍大腿说："你看我尽说上人家的优点了，没有说清是谁了。就是给你们村修建清真寺时当过小工头的那个人，我这一说你会记起的。"老敏怎么会不记得那个整天蔫叽叽的泥瓦工呢？修清真寺那会儿，那人整天不说话，也不跟人扯闲，与人没有多少话，修了一回清真寺，跟老敏还没有说过一句话。其实他不是不想说，而是没有人找他说话。他整天蔫叽叽地像一只打蔫的鸡，见了人就低下了他的头，不与人搭话。但老敏还是知道他的底细的，他人就是老实，做事认真，从不调皮撩慌，只是没有见过他儿子长得咋样，也不知他的家庭是啥情况。媒婆的话只能信一半，另一半只能留给自己去考察。但是现在他还不能给人家说回话，他要等瘌媒婆跑上至少五趟才能答应。那年她凭那三寸不烂之舌说动了老敏一家人的心，可事情过去之后才知道那一切美好的东西都是她瞎说的，现在他不能再上瘌媒婆的当了。要是再上瘌媒婆的当，他就会后悔一辈子的，曼茹叶从小到大还没有受过啥挫折，也还憨憨愣愣的，不知如何安排自己的命运，这时候父母就要掌好舵，为她的后半生着想，千说万说再不能像阿依舍那样了。要是那样的话，老敏可就对不住曼茹叶了。曼茹叶的年纪还不大，过两年再打发也不迟，所以老敏没有马上答应瘸媒婆。但是打门说媒的礼他还是收下了，要不然就没有回旋的余地。这说媒的礼当，要是人家收下了，事情还有说成的希望，要是连礼当也不收，那九成不会成事，媒婆也就没有再次登门的必要了。

老敏决定要瞧一瞧那个泥瓦工的儿子。瘸媒婆笑着对老敏说："要想见人也好，顺便让曼茹叶也见一见，不过关还要你们把。"老伴儿狠狠地使眼色要老敏推辞掉瘸媒婆。可老敏似乎没有看到她使的眼神，对瘸媒婆说的话有了几分在意。好主家来了就不能打脱，先把她拴住，让她稳一稳，从阿依舍那里再打听打听，看那家有啥毛病没有。这样打听好了，就能给自己好生有个交代。当然，要往外嫁曼茹叶也没有啥说的，你说嫁就嫁吧。庄稼人的娃娃就这样，一出生就受苦受累的，到了出嫁的年龄又把命运交给父母去安排。父母安排得好了，她们就守着那个原本不属于她的家，顾襻一家人，父母安排得不行，她们还得守着那个家，顾襻家务，照看儿女。

曼茹叶听到了瘸媒婆的话，心里就急躁得很。她还没有真正到出嫁的年龄，她觉得那瘸媒婆很讨嫌，可是却不能给她甩脸色，这对她而言是第一个上门的媒婆，是万万得罪不得的。母亲说了，答应不答应是我们自己的事，但对媒婆是不能怠慢的，好好招待一番后让她自己走就是了。可是当媒婆的一般都是厚脸皮又能说会道的人，一般情况下说不到你的心坎上她是不会起身的。很多时候你只能有听的份没有插话的份。曼茹叶听着瘸媒婆的絮叨越来越不耐烦，她站在门外听着说那泥瓦工家的好处，她的脸上就烧辣辣的，心跳得按捺不住，她感到天旋地转，万一父母亲答应了怎么办？她的多心是有道理的，当年父母亲就稀里糊涂地答应了姐姐的婚事，造成了今天的落魄和难肠。

时候缠得差不多了，瘸媒婆看自己也说得差不多了，就起身告辞回话去了。

瘸媒婆一走，老敏和老伴儿就细细分析起瘸媒婆的话来，分析她的话到底有几分是真实的，有几分是胡吹的。自从他们知道了瘸媒婆的为人，就不敢轻易相信瘸媒婆的话了。对瘸媒婆的话考察一番是很有必要的，还是那句话，好主家来了就不能打脱，这是老辈人的经验，马虎不得。过了这山就没有那水了。错过了这家也许就没有好的人家了，事情往往就是这样的，还得重视着往下走。

老敏现在就是考察好了也拿不定主意，这事还得让尔萨和曼苏来掂量掂量。考察的任务就只能给阿依舍了，那个泥瓦工跟她家一个村子的，应该说她是知道详情的，好坏全凭她一句话。老敏决定第二日大清早就去沙河村卖菜，到新亲家那里走一走，给曼苏媳妇捎带些鞋面什么的，再到香水村看看阿依舍和外孙子，顺便打听一下那个泥瓦工家的情况。

晚上老敏躺在炕上对老伴儿说："怎么大大小小的好事瞎事全赶在今年了？让人得不到一刻歇缓的机会，今后说不定还有什么事情要落到我们的头上呢，你说这一重又一重的事累得我快要喘不过气了，要是有人分担点该多好，可有谁能分担呢？没有人能分担。给曼苏娶媳妇没有人分担，要打发曼茹叶还是没有人分担。只有我眼睛一闭我的责任才算完了，担子也才卸下。"老伴儿瞪了一眼老敏："你尽说些胡话。""我哪里是说胡话呢。"老敏长长地叹了口气。

曼茹叶长到这么大，老敏还没有想过要打发她嫁人，但一想这件事，他的心里就悲戚戚的，难受了一晚夕。一晚夕翻着"饼子"没有睡着，娘老子的心就是这样的，拉扯了这十几年，突然说要许人嫁人了，你说这能不叫老敏心里难受吗？人心都是肉长的。可是老伴儿却没有他那么脆弱，她一觉睡到了晨礼时候，起来洗了小净礼了晨礼又倒在炕上睡她的觉了。而老敏受了一晚夕的罪，像热锅上的蚂蚁在炕上翻来覆去的。

老敏的脑子里乱哄哄的。想的啥他自己也不清楚。

项目

　　自从那次发了洪水后，天道也就逐渐顺和了起来，晒着凉上几天就会落上一场绵绵的细雨，滋养着这个世界上的人类和生灵的万物。田里的庄稼也逐渐有了一些起色，一层焦黄的干叶子落下去，几片翠嫩的叶子就窜了上来，庄稼人的心境变得舒和起来了，脸上开始有了一丝舒坦而开心的笑容。但是老敏的心境怎么也舒和不起来，他的心里一直对孙子伊迪遭遇的那场灾难感到由衷地悲痛，好像自己一下子就成了家里的罪人似的。其实，老伴儿、阿西都和他一样，伊迪殁了，那是心尖上的肉被剜了，谁心里不疼呢？只是在他眼前没有流露太多的悲伤罢了。老敏每天早出晚归出去贩菜，逐渐也就放松了自己的心境，钱也多多少少赚了一些。只是回到家里时，膝下少了孙儿的纠缠，心里就又生出些许悲伤来。好在冬月还算懂事，他一回到家里，冬月就纠缠着他耍一会儿，让他在心理上得到一丝舒展和满足。

　　敏家咀发洪水闹出了人命，立即引起了县里和乡里的重视，把当年就要实施的其他村的整村推进项目调整给了敏家咀村，这一项目的调整，着实让敏家咀村的人高兴了好几天，他们能不高兴吗？项目下来一实施，他们就可以修路、筑河堤、引水，就可以吃上自来水，出门就可以走上平坦的道路，分配一些资金养牛养羊。虽然说整村推进项目下来了，可真正要实施起来却非常困难，这是一口到嘴的肥肉，乡里招标招不下去，村里文肚子和大嘴也要争修一些工程，明里暗里争得不可开交。乡里的干部天天引着县里的工程师和技术员测量路面、河道，寻找水源，但是路面、河道测量好了，就是不见有人来修。再后来，乡上来了干部却找不见文肚子和大嘴。他们都躲了起来，村里有那么多的活儿，乡上却不让他们干一点，不让他们从中捞点好处，那乡上、县上的干部来了，吃的喝的就没法报销了。人是一天来几拨，就是不吃不喝也够他们忙活的了。村里要搞工程，没有村干部和群众的支持是进行不下去的。修路要拓展路面，拓展路面就要拆除一些房舍，拆除房舍就要做群众的工作，群众的房子不能说拆就拆，那可是他们一把泥一把土垒起来的，垒得不容易，那些房舍看起来值不了几个钱，可群众把那几间房舍看得比什么都重要，那是他们亲手垒起来的家业，真正要说他们拆除自己亲手垒起来的房舍，那可是件为难的事，要他们自己拆除，动硬得不行，但软了也不行，得摸透群众每个人的脾性，不但要说服老的小的，也要说服男的女的，真正说服了他们的时候，就不用你再去操心了，他们自己拆起来比谁都快。但是你工作做不到家，那人疯起来可就不要命了，才不管什么三七二十一呢，一个个都成了挥锨抢斧之人，成了一头犟牛，这时候再去做他们的工作就难了，准会碰几鼻子灰，撞个晕头转向。

那天早上，老敏刚要出门，乡上的干部就来了，手里拿着一页写满字的白纸，说是限期拆除房舍的通知。当时老敏就懵住了，这房舍不能说拆就拆啊，拆除房舍政府是要赔偿损失的，这他是听说了。他这走乡串户的，不是没有听说过。再说了现在家里正缺劳力，他和老伴儿，再加上阿西和曼茹叶也才是四个人啊，何况她们几个人都老的老小的小，他们几个人是拆除不了的。他站在村街上思谋了一会儿，就追着乡上的干部求情去了。乡上的干部每家每户发放限期拆除房舍的通知，老敏小心谨慎地跟上去跟乡上的干部说他的困难，问能不能延缓一段时候。他的话还没有说完。一个年轻的乡干部就狠狠地剜了一眼老敏，说："给你延缓几天？你又不缺胳膊断腿的，没事找事。"乡干部这么一说就把老敏惹火了："你一个乳臭未干的臭娃娃，话也是你这么说的？你娘老子和领导是这么教育你的？今天我不抽你几个嘴巴子我就不姓敏了。"老敏说着果真扑过去给了那个多嘴的乡干部几个嘴巴子，干脆、利落、响亮。没等同行的人反应过来，老敏已经倒背着手走了。那个挨了打的乡干部半天没有从那干脆利落响亮的嘴巴子的抽打当中回过神来，等他回过神来，老敏已经走了。他红肿着脸一声不吭，好像他受了多大的委屈，其实他早有一点教养，何必挨这个干脆利落响亮的嘴巴子呢？

　　乡干部挨了老敏的嘴巴子，一下子就传遍了整个村子。老敏到屋里还没有坐定，老炮爸就过来了，指着老敏说："老了也不把性子压一压，说抽人嘴巴子果真就抽到人家的脸上了，也不考虑一下后果。"老敏半天没有回声，憋了一会儿才恨恨地说："也该教训教训那个不知深浅的家伙，当上乡干部怎么了？就了不得了、高人一等了？说话嘴里缺斤少两的，今天我给他是长点记性，看他往后怎么说话，我不过是求他们延缓几天时间，让我腾出手，可那小子怎么说话呢？说我缺胳膊少腿的，这他娘的说的是人话吗？"老炮爸摇了摇头，说："老东西，你知道那是什么人吗？是乡上的文书兼民政干事，以后你我还用得着人家，你给曼苏领结婚证没有他的同意不行，没有他手里的印把子更不行，你得罪了谁都行，唯独他得罪不得，就他那点权力有点事就够跑死你的，百姓不怕县官就怕现管，县长我们可以不怕，但这样的人你不能不怕，人家是现管，万一你得罪了现管的人，那你就给自己套上小鞋了，小鞋一旦穿上那脱下来就难了。这回你是穿定了。不过也没有啥大不了的，我是老百姓我怕谁，我谁也不怕，我不犯国家的法律他谁也把我没治。你尽管放心好了。"老炮爸说着和老敏喝了些茶水，就上山放他的羊去了。老敏却想着自己为什么就生那么大的气呢？他也思谋不明白他的气是从哪儿来的，反正那个乡干部话一出口他的气就上来了，不由自主地就有了抽那个乡干部几个嘴巴子的想法，现在想起来真有点儿过分，他有点儿后悔，陷入了一种沉思和矛盾之中。

这天老敏再也没有出去，羊由老伴儿放去了。阿西和曼茹叶领着冬月到田里拔草去了，他就一个人从院子里转到屋里，又从屋里转到院子里，感到无所事事。人一旦这样闲下来，思谋也多，可就是思谋不到点子上，心里头总是乱糟糟的。村街上乱哄哄的，几声狗叫伴着人的吵闹，硬是把一个安静的气氛给打破了，他知道乡干部又和谁家克上了，他不想出去瞅，他知道和公家的人克仗划不来，吃亏的往往是自己，他不知道这一克要多久。早上他和乡干部克仗一开头，村里人也就有了胆量了，人都是这么个贱东西，只有有人引个头，他们的头上就好像长了角，手里拿了刺，就了不得了，敢和任何人较量一番。老敏听着村街上越来越大的狗叫声和吵闹声，心里顿时有了一丝担忧，公家敲定的事，你得跟着做，不能拖公家人的后腿，也不敢拖公家人的后腿。

到了晌午时分，村里的狗又叫了起来。老敏正礼晌礼，有一个小孩闯进了他礼拜的房间，小孩说："乡上的人抓你来了。"说完就走了。老敏也没有看清是谁家的小孩。他刚礼完晌礼走到院子里，早上他抽了几个嘴巴子的乡干部领着几个公安局的人径直进了他家。刚进门就有人大声地说："老汉你跟我们到乡上去一趟。"老敏才相信果真是找麻烦的来了。他返身关上堂

208

屋门，默不作声地跟那几个人出了大门。他走在前头，到了门外，他拿眼瞅了一眼早上他抽了几个嘴巴子的乡上文书，文书一碰到他的目光就勾下了头，老敏看出来了，他的心很虚，但是老敏同时也看出来了，文书的目光里还有一种让人不易觉察的报复的快意。老敏明白是这个文书或许给公安上的人添油加醋地说了些什么。大门外面停着一辆破旧的吉普车，老敏认得那是乡派出所的车，去乡上是假，去乡派出所是真，老敏的心里有点害怕。要是进了派出所，那几个冒失货嘴里肯定没有好言语，再说他这一把岁数了，人家重重说上几句自己也受不了。活了大半辈子，谨慎了大半辈子，还没有在公家人手里吃过亏，也没有在人前显过形，丢过丑。现在人活老了，倒叫人要丢一回丑，给儿女们丢一回脸，这不是把人往死路上推吗？真是的，老炮爸的话还没有说过半天时间，就这样兑现了。老敏望了一眼停在门外的吉普车，车上还坐着两个人，他知道派出所去的人还不仅仅是他，还有别人，还有早上也跟乡干部闹了一场的那些人。不管是一个人也好，几个人也罢，都是丢人现眼的事，进公安局进派出所总不是啥光荣的事。老敏走到车跟前才看清车里坐的是全福媳妇，他的心进而就哗地凉了半划。全福媳妇是泼妇，村里人不敢惹，这回是死鸟撞到了枪口上，有她好受的了。那老敏只不过是给了乡文书几个嘴巴子而已。老敏上了车，全福媳妇也没有和老敏搭话，只是往里挪了挪屁股。老敏才记起那次羊惹的祸，全福媳妇和他们一家人是背了脸的。不说话也不把人憋死。阿西和曼茹叶掉着眼泪望着车内的老敏不知说什么是好。车子刚要启动，文肚子和大嘴一前一后过来跟乡上的一个副乡长替老敏求情。副乡长脸拉得长长的，根本就不给文肚子和大嘴面子，黑着脸对文肚子和大嘴说："要是你们配合我们的工作，哪有今天这样的事呢？这项工作你们村干部不配合，我们乡上怎么搞呢？只能使出这样的下策了，让这些人学学法律、长点见识。"副乡长气吭吭地摔上车门，招呼都不打一声地走了。文肚子和大嘴在村里还是有一定威信的，这样一来，也让他们有点吃不消、脸上挂不住。这多少年了，村里还没有发生过这样的事。全福媳妇让派出所的人叫去教训一顿也是应该的，而老敏就不应该了。不过也怪老敏手痒了往麻石头上搓去也行，偏偏不该往人家乡文书的脸上搓。文肚子和大嘴知道，老敏这一年来，心里积怨的东西太多了，他是需要发泄啊，可是也不能往乡干部身上发泄。这一去，有他遭的罪了。

老敏还从来没有受过如此的羞辱。派出所的院子里，所长和一个年轻人下着棋，对他们的到来没有任何言语，只是拿眼斜视了一下，就再没有下文了。老敏和全福媳妇站在那里，等着问话，可他们下完一盘又一盘，渴了还拿出矿泉水来喝，就是不问他们的事。老敏实在站不住了，就坐在了地上。派出所所长突然大吼了一声："起来，谁让你坐下了？我还没问话呢。先站着好好想一想。"这一喊把老敏吓了一大跳，一下子就从地上蹦了起来。他的脑子里空荡荡的，啥也想不起来，啥也不想想，他想坐着或是躺一会儿，歇缓一下他的身子骨。太阳毒毒地照在头顶上，晒得脑子里像开了锅似的，要是再这样晒下去，他会倒下去的。反正站也是骂坐也是骂，横竖都是骂，还不如痛痛快快地坐下让人家骂。老敏一狠心就坐到了地上。派出所所长一见这架势，就知道该是教训的时候了。他把左手往裤兜里一插，右手指着老敏和全福媳妇骂开了："你们都是不要屁脸的一对活宝，村里就你们精，就你们能骂能打，别的人都缺了胳膊少了腿，别的话也不多说，说多了你们也听不进去，现在只能给你们上堂课，往后你们就有记性了。"派出所所长骂罢，让一个干警给他俩读什么条例。

那天晚夕里没让老敏回家，他就在一间空房子里担惊受怕地蹲了一晚夕。第二天，等人捎话给阿西，阿西东借西挪拿来两百元罚款才把老敏从那间黑房子里放了出来。

回到家里，老敏动员一家老小拆房。那土房子，垒的时候也不见得有多难，反正也不是一天半天垒起来的，今天一把泥，明天一把土，而今说要拆，却是要大动干戈的了，揭掉房顶上的土再取掉梁和椽子，而后推倒墙。这些事不是老伴儿和阿西能干的，只有他亲自到房顶去干了。老敏一家人灰头土脸地拆房，乡上的那个文书过来看了高兴地吹起了口哨，村里其他人家见老敏一家人都动手拆房了，知道老敏在派出所里吃了教训了，也就一家仿一家地拆了起来。这样一来，好像老敏给他们起了头似的，其实，他们从心理上对公家人有着一丝害怕。而老敏呢，算是把人丢尽了，只要人进上一回派出所，人们不管是怎么回事，也不问原因，就会把你当作闲时的谈资，这就让人有点受不了，同时也给老敏造成了一种心理负担。

老敏这回算是在人前大大地丢了一回脸。

老敏就不用说了，老伴儿、阿西和曼茹叶也去不了人前了，只要她们一出现，人们就用一种奇异的目光瞅着，那目光怪怪的，带有一种嘲笑的神色，而那些与她们关系亲近的人则回避她们的目光，怕她们难堪。而那些带有嘲笑神色的人好像目光里带着刺似的，在她们的背上扫来蜇去的，使她们不敢出门也不敢到人群里去。但是老敏不怕人的嘲弄，也不怕人的议论，而是怕新亲家马哈三知道了，把曼苏的婚事给翻板了。曼苏的婚事是他今年全力以赴的一件大事。这件事要是翻板了，他这半年的努力算是白费劲了。

然而世上没有不透风的墙。老敏从派出所回来的第四天中午，阿西娘领着新亲家两口子来看老敏了。老敏从新亲家两口子的脸上看出来了，他们是真心实意来地看望他来了，他们的脸上有着令人伤感的神色，那是一种因知道得太晚而歉疚的神色。

老敏的心算是放下来了。新亲家还算没有把他的这桩事当作是一件耻辱。看来新亲家一家人是明事理的人。老敏打心眼里感激新亲家一家人。

这件事就这样罢了。

可是院墙拆除了，屋里却不紧要了，牛羊鸡狗地往院子里钻。这就让老敏有点儿放不下心，要是哪天家里人出去做活了，那些个贼娃子会趁虚而入的，虽然说没有啥可拿的东西，但贼娃子光顾上也是臊人脸皮的，得赶紧把院墙垒起来。拆房拆院墙的，把老敏好几天的生意给耽搁下了。但这是没有办法的，只有硬着头皮去做。

村道拓展得很宽，看来像要走火车似的，直直的。

但是老敏的心里却直不起来。他的心里很沉重。

这样忙来忙去的，竟然把瘸媒婆的话忘到了九霄云外。老敏感到他的记忆力是不行了。

香水村

过了些时日，老敏知道该给瘸媒婆回话了。可这段时候忙着拆补院墙的事，把正事给耽误了。

该给人家回话了。

手头稍闲下来，老敏就想瘸媒婆说的事。瘸媒婆说那个泥瓦匠的儿子是见过曼茹叶的，还说有可能自己一家人也是见过那个大眼睛娃娃的。从香水村到县城上学是要经过敏家咀村的，那娃娃上学时，周末回家或去学校时都要步行经过他们这个村子。多少年了，家里的各样事情都忙不过来，那个时候谁还有心思去注意一个上学的娃娃呢？谁还有闲心去关心一个与自己毫无关系的人呢？老敏挖空心思地去想，就是想不起有大眼睛娃娃上学经过他们村的事，倒是一批又一批男男女女的娃娃们来来回回地经过敏家咀村，换了无数次面孔，谁知道这里面就有瘸媒婆说的那个大眼睛娃娃呢？就是想烂脑瓜子也想不清楚。老敏问了屋里的人也没有人想起有那么个人前几年常从村里经过。

这种事靠人往往是靠不住的。

只有自己亲自出马去香水村考察和打问一下才有确切的把握。

前些日子老敏去了一趟派出所，受了委屈，亲戚们都三三

213

両两地过来安慰，老敏还得招待亲戚们，这就让老敏脱不开身去香水村。可把老敏急得有点上火。前些日子阿依舍也回来过一趟，但就是把这件事给忘记了，没有顾上问阿依舍。阿依舍可能也把这件事给忘了，也没有跟谁说起过，可能是大家都忘了。

老敏托人给阿依舍捎了话，要阿依舍回一趟娘家。他要先从阿依舍那里了解一下那个泥瓦匠一家人的为人情况和那个大眼睛娃娃的人品。

儿女的婚事是终身大事，是忙不得急不得的事。以前就是听信了瘸媒婆的话而没有详细地打问，就把阿依舍稀里糊涂地给嫁了出去。作为娘老子的，阿依舍的婚事至今是他心中一个疙瘩。想起阿依舍的婚事老敏就觉得愧疚得很。现在就再不能盲目听信瘸媒婆的话，要听十分信一分，然后详细地打问打问才不会再成一个疙瘩。这次他暗暗地发了誓，就是自己吃亏也好，行亏也罢，决不让阿依舍身上发生的事再在曼茹叶身上重演。阿依舍身上发生的事让他这一生忘不下啊。阿依舍出嫁了多少年，老伴儿就把他揭告着骂了多少年。要是阿依舍高兴着回娘家还好，要是拖儿带女哭哭啼啼地回来，那老敏头上就着火了，她娘就会再一次把怒火泼到他身上，烧到他的心上，让他难受好几天。

说实在的，阿依舍的婚事的确成了他的一块心病。现在曼茹叶的婚事他就不敢有丝毫的马虎和松懈。

等了几天，阿依舍拖儿带女地回娘家来了，这次是老敏叫回来的，没有哭哭啼啼，而是一脸的高兴和喜悦。阿依舍很少有这样的时候。父亲叫她回来，肯定是有要事相商，这对于一个出嫁多年的人来说是至高无上的荣誉。再说了，这多少年她总是埋怨父母，总是诉说自己和娃们的命不好，给父母带来了许多的忧虑和愁肠。父亲叫回趟娘家，她也猜了个八九不

214

离十，肯定是前些日子瘸媒婆说曼茹叶的事。泥瓦匠家的情况她是非常熟悉的，她们村子就三十几户人，每个家庭的各种情况，她都清楚得像自己家里一样。泥瓦匠就一儿一女，女儿前几年打发了，现在家里就剩那个大眼睛娃娃。大眼睛书念到初三没考上高中就回家帮父母务农了。这几年大眼睛跟着村里人出去打工也挣了一点儿钱，回来还帮家里把房子翻修一新。再说大眼睛也没有啥别的嗜好，没有赌博、胡吃海喝的事，而且是一个有教养的年轻人。在她看来，曼茹叶嫁给大眼睛是再合适不过的了。不过，这一切都要父亲斟酌后再定。

只要曼茹叶嫁过去，阿依舍也就有个说话的伴了。这是她内心所期望的。

老敏听阿依舍说了她对泥瓦匠一家的印象后，没有作声，只是闭眼想了很长时间，没有表任何的态。他想，这次要是再把曼茹叶嫁给一个狗食东西，那老伴儿还不把他剁成肉泥团成丸子吃上呢。还是得找个时间批发点蔬菜去香水村卖一卖，顺便找个熟人再详细打问一下泥瓦匠家的情况。

再过了几日，亲戚们该来的都来了，不该来的也都来了。原想是捂着不让人知道的事，全让亲戚们都知道了。知道就知道吧，再说进派出所也不是挖墙掏窟窿之类让人抬不起头的事。家里事情都垒成了堆，都要他一件一件地去解决呢，这件事就让它尽快地过去吧。

门洞里没有了进进出出的人影，这个家里就有了暂时的清闲。

可闲下来不行啊，地里各样的庄稼都变了色气，再过些时日就要大黄透了，庄稼一黄透就离下镰收割不远了。曼苏媳妇的事还得准备，曼茹叶婆家的事也得打问。还是啥事紧要往前赶啥事吧。

打问人可不是一件轻松事，向生人打问人家不说实话，向熟人打问熟人不好说话，尤其是像打问儿女亲家这样为难的事，不是实亲都不好说实话。说差了惹两边不高兴，说好了但事后不如愿，两边也不高兴，话难说啊。老敏想着就是想不出一个好主意来。

那天他驾上黑秃子，拉上头天到县城里批发的蔬菜到香水村去卖。一路上他想打问的事，但就是想不出一个好主意。那天他沿路卖出了一些菜，到香水村时，已到下午了，口渴得厉害，他突然有了一个主意，何不到泥瓦匠家门前去讨一碗水喝呢？再说泥瓦匠也不认识他，他也装作不认识泥瓦匠，其实他真的不认识泥瓦匠。可以通过讨一碗水来验证一下这家人的为人情况。

那天阿依舍来时，给他详细地说了泥瓦匠家的方位。阿依舍说泥瓦匠家在村西头，房子翻修过，新门新户的，很显眼。阿依舍家在村东头。他在村西头讨一碗水喝是顺其自然的事。

太阳烈烈地照着香水村。

知了躲在白杨树的叶片里知、知、知地叫着，燕子你追我逐地叫着飞着，掠食低空中飞行的蚊子。几只老母鸡在巷子里低头觅虫，几个光身的孩童在大树下玩土。这时候老敏驾着黑秃子到了香水村。

老敏没有像往常那样扬开嗓子高喊，而是赶着黑秃子驾着车直接到村西头那大树底下卸车歇缓。孩子们看见卖菜的来了，就大呼小叫地围拢上来掀开车上苫着的草帘子，伸进脑袋看着，然后跑回各自的家里喊大人去了。

黑秃子拴在树底下乘着凉静静地吃着草。老敏拿了茶缸子朝阿依舍说的那个很显眼的新门新户的人家走去……老敏心里没有任何的想法，空白得像一页纸。这道新门隔着两个不同的世界，一个是门里陌生的泥瓦匠的为人，一个是门外老敏不经意地一次实地探访。咚、咚，老敏轻轻地叩响了这扇还散发着木香的新门，轻叩了几下，门内响起了轻快的脚步声，显然是有人快步来开大门来了。门开了，门缝里闪出一个五十多岁戴着黑盖头的中年妇女，用手带着门框，脸上带着甜甜的笑容，没有说话，而是用那笑容来问老敏。老敏微笑着道了声平安，说路过口渴了想要点开水喝。那妇女回了一声平安，急忙转身朝屋内喊道："穆沙，提一壶开水来！"屋内应了声，不一会儿，就见一个穿白衬衣留小平头的小伙子提着一壶开水快步走出屋门朝大门外走来。老敏抬头看了一眼，就知道是瘌媒婆说的那个大眼睛娃娃了。那小伙子给老敏也道了平安，顺手把开水壶递给了老敏。老敏说声"多谢"，提上开水壶到树底下泡茶去了。就这一点，老敏的心里还是暖暖的。就这小小的一壶开水，就能看出这一家人的大方和为人。

老敏在大树底下惬意地喝着茶，慢慢地品着，慢慢地思考着，回想着，在心里比较着这个叫穆沙的小伙子和阿依舍的丈夫克里木。觉得还是不错的。人就这么个眼光，只要对上眼，那从心里就接受了。

老敏带来的馍馍有点硬，但有了茶水就显得软和多了。他在心里比较着穆沙和克里木，嘴角上就露出了一丝喜悦的笑容。

"巴巴，我娘做的热馍馍，我娘让我给您端来了，您先吃着！"穆沙端着一盘青稞面贴锅粑递到了老敏的手上。老敏想着心里的事，顺手接来放在了车厢里的白菜上，说了声"多谢"。老敏在顺手放馍馍的当儿又仔细地瞅了几眼穆沙，发现这个小伙子眉目清秀，面带几分羞涩，清汪汪的大眼睛瞅上一眼老敏，就又扑闪着眼睫毛低下头去想自己的事。

老敏心想那个蔫人泥瓦匠怎么就生出了这么有出息的儿子呢？看来这是我命好，更重要的是女儿曼茹叶命好，能摊上这么一门亲戚，找上这么一个女婿也是命中大福啊，也就让人心满意足了啊。一个家庭和一个人的为人处世在一件小事上就能看个八九不离十。老敏斜靠在车辕上爽爽地喝着茶水，他感觉到这是他喝得最香的茶水，他喝了一杯又一杯，坐着都不想起来了，就想这么坐着，一直坐到天黑天亮。

太阳渐渐西斜。

知了还躲在白杨树的叶片里不知疲乏地叫着，叫得白杨树叶都在颤抖。

从白杨树的枝叶间钻下来的几缕阳光生生地照在老敏的身上，照得他越发不想动身。黑秃子已吃完了喂它的青草，痴痴地望着老敏，有了走的意思。

一群孩子叽叽喳喳地追着跑了过来。老敏老远就看到阿依舍的儿子麻南跟着那群孩子打打闹闹的，把自己玩成了一只土鼠子，浑身上下土尘尘的，没眉没眼的。老敏心疼地喊着了声："麻南！"麻南循声跑了过来，他看到了爷爷，是爷爷来了。到了跟前，老敏小心地让麻南把穆沙家的暖壶提过去还给人家，自己则驾牛套车。他主意已定，晚上就住在阿依舍家。他的考察任务完成了，这对自己和家人来说是一种放心和省心，对曼茹叶来说更是一种放心。嫁个好人家就能省一辈子的心。像阿依舍就由于嫁得草率，结果让一家人一直省不下心，时常牵挂不已。

进了阿依舍家的大门，老敏的脸上还带着欣喜的微笑。

阿依舍说："麻南你看你阿爷喜欢的，把自己笑得眼睛都眯上了。"

老敏的确是欣喜。由于阿依舍的婚事不如意，阿依舍打发了几年，老伴儿就骂了几年。照他自己的话说是骂得没有活路了，现在再不能在曼茹叶的婚事上让家里人落下骂柄。

曼茹叶的这门亲事是让老敏最满意的一门亲事，虽说还没有成，但从心底里，老敏就已经认可了这门亲事。

白雨

天有不测风云，人有旦夕祸福。

进派出所的阴影还没有在老敏的记忆里消除，一场突如其来的灾害又落到了敏家咀村，落到了敏家咀村所有人的头上，更是落到了老敏一家人的头上。

今年的天道好于往年，虽然旱了一会儿，但一个夏天雨水广，庄稼长得旺旺盛盛的，到了夏末秋初，满山满洼的庄稼都显出了丰收的成色，一眼望去，满当当的希望在心里荡漾着。一年庄稼两年苦，总算是看到丰收的希望在向自己招手了。那天老敏牵了黑秃子一边散心，一边到地里去看庄稼的长势和成色。一块块的庄稼地像自己的娃娃一样，看着心里就生出了些许痛肠来，年轻的时候，他没有这样的想法和心境，也没有过多的想法，也从来没有拿庄稼和家里的娃娃比啊，可现在，看着波涛汹涌的庄稼地，心里的那种亲切就无以言说。黑秃子在塄坎上吃着草，他看着那沉甸甸的麦穗，像一个个摇头晃脑的胖娃娃，昏昏欲睡的样子还有几分可爱。老敏看着想着，竟嘿嘿地笑了，笑得有点莫名其妙。

天上蓝得像大海一样，没有一丝云线。太阳炎炎地照着，万物都铆足了劲吸取大地的养分。知了啊蚂蚱啊，欢快地叫着，还有那钻天雀也一上一下欢快地叫着。老敏听着万籁之音，竟然在地塄坎上牵着牛缰绳睡着了，美美地舒舒畅畅地睡了一觉，他觉得是把一年的乏都解掉了。

可他不知道，就在那天午后，先是刮来了一阵憋气的大风，刮得大树乱摆，尘灰飞扬，散落在村道上的枯枝烂叶和娃娃们丢弃的废纸旋上了天空乱飞着，就连电线都被刮得尖锐地叫着，继而东边的天上迅速飘来了一团团的恶云，像翻滚的锅底黑压压地扑向了田野和村子。不一会儿就带着闪电划过村子上空，一阵阵空寂的闷雷在头顶炸响，豆大的雨点生生地砸在村道上，落在树身上，只一会儿，在那惊天的霹雳声里噼里啪啦地砸下了一场鸡蛋大的冰雹，落得天昏地暗，天地瞬间只听见哗哗的响声和冰雹砸在什么物件上的叮咚声。冰雹虽然只落了十分钟，但是这十分钟足以毁坏一切。白杨树上的叶子像有人用一把巨鞭在抽打着，纷纷迅疾地掉落在泥水里；园子里的菜更经受不住冰雹的击打，被深深地砸进了泥土里，一些碎碎的破烂的叶子混杂在冰雹中间，有几只没来得及飞到房檐下的麻雀散开松软的翅膀直直地坠落在了漂浮着一层冰雹的泥水里。田里的庄稼顷刻间就变成了一地的烂草，一切庄稼都完了。这是几十年未曾遇过的特大雹灾。这场雹灾不仅落在了敏家咀村，而且也落到了其他几个村子。漫山遍野白晃晃的，没有了绿意盎然的青翠。男男女女、老老少少的人们走在田野里，望着满目凄凉的景象绝望地哭着，一年庄稼两年苦，大自然对人类的惩罚是如此的不留情面，也不顾弱小。人心一下子就垮了，人们心存的那点希望最终还是破灭了。庄稼刚种上就是干旱，好不容易盼来了雨水，却冲了个一塌糊涂，让这个村子好多天也没有安宁，夏天雨水好，庄稼看着是有一点好收成，而今却又遭了场白雨，这么大的白雨是几十年才遇的事，据老年人说，五十年前就落过一场这样万劫不复的白雨，白杨树上的树叶子有一半被打落了。过了好几年，那白杨树身上还伤痕累累，树干像死人的白骨白晃晃地刺向无尽的天宇，给人展示着自然可以摧毁一切的无比凶猛的气势和见证。

这场白雨落的时候，老敏正驾着黑秃子走在回家的路上。那天的天气热得老敏有点受不了。前半天老敏的眼睛也眯着睁不开，瞌睡得很，他知道天气就要变坏了。中午时候，浓云像锅底黑黑地压了过来，堆积着涌向了西方，浓浓的黑云是越积越厚，离人的头顶是越来越低，像翻滚的海浪一会儿就遮住了天空，天一下子就暗了下来。紧接着雷鸣声一声响似一声，闪电哗哗地耀人眼目。老敏观看着云底，云底有一层黄边，他的心就缩成了一团，这是要落冰雹的迹象。殊不知几声响雷尖锐地炸响之后，鸟蛋大的冰雹就像天上撕开了一只巨大的鸟窝，将白色的"鸟蛋"倾泻而下，白花花地砸落了下来，瞬间，白杨树上的树叶纷纷扬扬地从树枝上脱落，掉到地上，而后又被"鸟蛋"砸在烂泥里，地里的庄稼像被一把巨镰砍过一样，乱七八糟地倒在了地里，再也爬不起来了。

这是一场天灾。

这也是一场摧垮人心的大祸。

庄稼完了，人心空了。

雨后，大嘴和文肚子上气不接下气地到乡上报了灾情。乡长和书记听了灾情后脸色大变，这是几十年不遇的灾害，鸟蛋大的冰雹他们是听说过，但从来就没有亲眼见过。他们再不能听下去了，要马上向上级部门汇报。县委、县政府的领导带领县民政局的人下来察看灾情。当他们到现场的时候，灾情要比他们想象得要严重。白色的"鸟蛋"铺了一地，原本长得好好的庄稼全都被"鸟蛋"打得乱七八糟地窝在了地里。看上去那一塌糊涂的样子，让人心酸也叫人心疼，庄稼是老百姓的命根子，庄稼人没有了庄稼那还叫庄稼人吗？老敏看着自己地里的那些乱成了一堆草的庄稼，竟然像一个乱糟糟的鸟窝，里面铺上了一层白得耀眼的"鸟蛋"，就是这些"鸟蛋"让这里所有的庄稼人对自己的劳动失去了希望和信心。

而这次对自己的劳动失去希望和信心的那种痛肠和失望，恐怕一时半会儿消失不了，心理上的那种疙疙瘩瘩会一直伴随着庄稼人直至来年的春天。

飞鸟

  地里没有了收成，老敏一家人把新的希望重重地寄托在了跑到城里务工的尔萨和曼苏身上。现在只有他俩是这个家里的顶梁柱，更是家里最后的希望。

  这往后的日子要过，曼苏的媳妇要娶，曼茹叶要打发，尔力要上大学，一系列的事情等着要花钱呢。

  接二连三的事情让老敏快支撑不住了。

  但日子还得接着过下去，没有过不下去的理由。

  只是两个出门人像飞出去的鸟儿一直没有任何音讯。

  到了农历六月头上，老敏一家人终于等来了尔萨和曼苏给家里寄的信。信是文肚子捎回来的，那天傍晚，一家人刚要吃晚饭，文肚子突然敲着门大声喊嗓地进来了，手里拿着一样东西笑着说："给你们报喜来了。"文肚子到老敏跟前抖着说："你的信，怕是你的两个儿子来信了。"老敏起身接过信邀文肚子上炕吃饭。文肚子笑着说："我就是个报喜鸟，喜报到了，我的任务就算完成了。你看，咱们这村离县上和乡上远，寄一封信到乡上后比远地方送到县上的日子还要多，要不是我去乡上开会，你的信还在报纸堆里躺着呢。现在通信发达了，村里的公用电话人都早不用了，家用电话也快淘汰了，现在有的人都用上手机了，有事打个电话还是挺方便的，给尔萨和曼苏说一说，买上一个手机多方便，不要写信了，现在没有人写信了，都在电话上说事了。要是有急事也可往我这里打个电话，让你们说说话啥的。就这么着，我走了。"文肚子边说着话儿边迈出大门走了。

尔萨和曼苏的信不长，说让家里不要牵挂他们，他们在省城一工地打工，日子也过得如意，到年底时就会挣一大笔钱。信中还特别提到伊迪人小调皮，让父亲好好管教。信读到这里时，阿西捂着脸出了屋门，一个人坐在院子里哭泣，伊迪让她有太多的思念和痛肠在心里面。有多少天她是在黑暗的夜晚自个儿哭泣流泪的，有时候就觉得她快支撑不下去了。儿子的无常，对她来说是人生当中最大的一个打击，她生活的信念有一半是拴在儿子身上的。有时候她也劝自己，年轻年老的最终都要无常的，儿子只不过是早无常了而已，但她就是无法开解自己，在心里放不下伊迪的无常。

曼茹叶和冬月两个人争抢着信里夹带来的一张照片，照片上尔萨的手环绕着耷在曼苏的肩头上，身子靠在曼苏身上，稍稍有点瘦，笑得有点儿不自然，好像有点害羞。而曼苏则有点胖了，露出的两排牙齿白生生的，笑得有点纯、有点甜，更有点调皮。曼茹叶喊嫂子来看照片，阿西匆匆地擦了眼泪，笑着说你们先让冬月看吧，让她好好看看她父亲和二达，自己则偷偷地拿眼扫了一下，照片上尔萨的样子，让她脸上的笑容慢慢地一点一点地消失了。尔萨原先可不是这个样子的，虽然黑瘦，但也没有照片上这么无神采。不知是愁的还是吃不上饭饿的。总之阿西觉得尔萨不是原来的那个样子了，看着有种说不清的感觉在里头。

这天的晚饭阿西没有吃，她是吃不下去。儿子伊迪无常了，尔萨再不能有事了。她突然有了一个大胆的想法，想去省城的那个工地去看看尔萨。

为这个想法，阿西一晚夕没有睡好觉。她总觉得哪里有点不对劲。

早饭时她想着把这个念头说给婆婆，但没敢说。去看看尔萨的想法一直是压在阿西心里的一块石头。

有天吃早饭时，老敏忍不住终于开口问阿西最近怎么了，脸色很不好，是不是病了？阿西说她想去看看尔萨他们，因为自从看了照片后就总觉得哪里有点不对劲。老敏沉思了会儿，叹着气说："去看看吧，不要把伊迪无常的事告诉他们，不要让他们分心啊。其实我也想让你去看看他们哥俩，在外面到底混得怎么样，要是不行就回来，在家种上二亩地，日子还是能过得下去的。去吧，去吧，明天就去。"老敏说着又叹息了一声，阿西从公公的叹息声里听出了他对两个儿子的疼爱和愁肠。

阿西是半晚上出发的，走的时候她把信上的地址好好地背了几遍，然后把信和路费揣在兜里又用别针别了，怕自己到地方后忘了或是把信弄丢了。到天亮时到了县城车站，刚好赶上那趟班车。

车驶出车站大门，她的心早就飞到了尔萨身边。

在省城做工做得时日久了，尔萨和曼苏也就很想家。

那天，在休息的空儿，曼苏对尔萨说："哥，把家里人想得很，要不我俩到工地上请两三天假回去看一眼？"

尔萨说："我也想跟你说呢，这几天我心里急慌得很，也想回去看看老人和娃娃们呢。要不，今天给工地上说一声，明天就走？"

"哥，那我请假去了，请上三天假就够了，路上来回走两天，在家住两晚上。"

尔萨笑着挥了挥手，让曼苏请假去了。

曼苏请假去了很长时间才回来。回来时吐了一下舌头对尔萨说："差一点不准假了。"

尔萨仍笑着说："下午歇工了出去买点东西吧？我俩出来这么长时候了，总不能肩头上挂着双空手进家门吧？"

"得人人带上一样东西，尤其是嫂子和两个娃娃，要买得像样一点，其他人才不在乎你买不买东西呢。"曼苏笑着说。

尔萨说："在做活的空儿，你想想该给大家买些啥东西呢，我也顺便想一想。下工以后我俩就买去。"

曼苏慢悠悠地说："我早想好了，等下了工出去搭公交车到商场买上就行了。"

那天，他俩都觉得在工地上的时日比平常素日要长，等得心焦忙乱的，简直是等不到下工。

等下了工，两个人顾不上吃饭，换了身干净衣服就搭公交车到商场给家里人买东西去了。

让两个大男人给家里人买东西还真有点为难。买大件的东西还凑合，买零打碎销的东西就不好掌握了。但鞋袜衣帽，一家大少一人不落、一件不差的打律确实在件费心的事。不当家不知当家的难肠。通过买东西，曼苏才真正懂得了以前父母亲在那样的岁月里熬过来的艰辛了。以前他们小时候，父母亲总是在他们不经意间就把东西买来了，或是在逢年过节的时候，从肋巴缝里掰下一点钱给他们买这买那的。现在他们有钱，但买一些东西都是那么吃力和费劲。两个人在商场里转来转去总算是给大家买齐备了东西。

晚夕间，兄弟二人躺在工棚里望着远处的星辰和近处的灯火，心里有点激动。夜已深，两个人却没有了瞌睡，就悄悄地钻出工棚到外面乱扯闲谝去了。

去省城的班车在晨雾里行走，走得很慢。

从省城出发的班车在笔直的公路上像飞鸟一样飞驰着。

雾浓浓的，在车窗外涌动着，让人有种湿湿的润润的感觉在心里头翻涌，也堵得人有点心慌。

阿西望着车窗外涌动的浓雾，心里涌起了涟涟的湿气，湿气一拥而上，不争气地从眼窝里滚落了下来，跌落在胸前。去省城的这条公路她很多年没有去过了。那些年，她去的时候有很长一段路还是沙石路，车走在上面颠得厉害。路上的尘埃跟着车一路跑着，从并不严实的车窗和门缝里挤进来，罩住了车内的乘客。等下车的时候，满车的乘客满身满脸都是尘埃，像坐了一车的白毛女。下车后人们先是扑打身上的尘灰，再掏出毛巾擦脸，然后才各奔东西。现在路修好了铺上了油，平展展、亮晶晶的，从这条山沟里伸出来又伸向那条山沟。阿西看着涌动的浓雾有了一丝瞌睡，竟然头一歪睡着了。等她醒来的时候，雾散了，太阳红焰焰地照着，远处的秃山岭光光的，没有一丝丝的植被很是刺眼。车已停在了一处低矮的塄坎边，人们伸着懒腰下去透气、解手。

阿西也下去透了会儿气。车内闷热，下了车后更热，地上像着了火似的烘烤着，热浪一阵一阵涌扑上来，让人招架不住。只一会儿，司机就喊开车了，让大家赶紧上车，车外热得受不了，车走动开时打开车窗就不热了。

上了车，车平平稳稳地向前急驰而去。阿西再也没有了瞌睡。她就开始想尔萨和曼苏现在这么热，是在工棚里休息呢还是在工地上工呢。心里蓦地产生了一丝痛肠。

尔萨和曼苏早早地吃了一碗牛肉面，坐上早班车就出发了。回家对他俩来说归心似箭。家里人的面目一个个地在眼前晃荡着，冬月、伊迪是不是又该长高了。兄弟二人比画着两个小家伙的身高，说着笑着，满脸洋溢着幸福的笑容。

快要见到尔萨和曼苏了，阿西静静地望着车窗外飞速而过的田地和树木，竟然自己偷偷地笑出了声。

到下午快歇工的时候，阿西到省城里了。

到下午快歇凉的时候，尔萨和曼苏到家了。

阿西找到工地上的时候，让工头吃了一惊，半天张着嘴说不出话来。

尔萨和曼苏到家的时候，让一家大小面面相觑着不知如何是好。

"哎呀，我的天哪！这是怎么一回事？人刚走媳妇就来了，来得也太不凑巧了吧？"工头不知如何安慰这个来找丈夫的女人。

阿西瞪着眼张着嘴还没有醒悟过来。她直直地过去问工头："老板，我家尔萨和曼苏在哪个工地上呢？"

"我不叫老板，叫我老牛就行了。哎，你说这咋办呢？"老牛吞吞吐吐地说。

"老牛，我家尔萨和曼苏在那个工地上呢？麻烦给指一下或叫一下都行。"阿西盯着老牛问道。

老牛牙疼似的捂着腮帮子说："今天你见不到尔萨和曼苏了。"

"啊？！"阿西吃惊地张大了嘴巴。

"你不要误会，尔萨和曼苏昨天请了假，今儿早上回家里去了，说不定这时候已经到了家了。要是你早来一天，或是他俩晚动身一天就不会错过了。你说这事情闹得。"老牛惋惜地一边搓着手一边牙疼似的呷巴着嘴，更不知如何安慰阿西了。

阿西呆呆地站在原地，眼巴巴地看着老牛，希望老牛说的是假话或是哄人的话。

"你说这咋办呢？两个人真的走了，哎！那也是没有办法的事了。"老牛让阿西看得有点吃不住劲，摇着头对阿西发愁地说。

阿西的脑子里一片空白。

省城的天空雾腾腾的，像压住了空气似的，死热死热的。浑身黏糊糊的，像焖在蒸笼里似的，浑身的汗液浑浊地挤出来往贴身的衬衣里钻。太阳低低地照着，不是太清，工地上的工人们已陆陆续续地下班往工棚里走。阿西的泪水再也兜不住，哗哗地流了下来，噗噜噜掉在地上的尘埃里。老牛看着阿西的样子，心里很是难过，摇了摇头，一声不吭地走了。可老牛没走多远，又转身回来了，问："你今晚有处住吗？"

阿西掉着泪没有吭声。

老牛转身指着不远处一外白色的房子说："那里的工棚还空着，里面床板也有呢，你要是没处住的话，去到前面那个蓝色的工棚里把尔萨和曼苏的铺盖拿过来，将就着住吧。哦，对了，要是吃饭的话，这里是大灶，你不能吃，以前尔萨和曼苏一直在外面吃。你出门向右拐，不到两百米就是清真饭馆。你先去把两个人的铺盖抱过来，我给你开门。"

阿西在老牛的指引下过去抱来了尔萨和曼苏的铺盖。两人的铺盖让汗炸透了，被套上油油的，一股扑鼻的汗腥味重重地呛进阿西的鼻腔里，让她有点难受。她想也该把两个人的东西洗刷一下，反正人来了就不能闲着，她又过去把两人的穿的衣服全部抱了过来。又拿来了两个人的洗脸盆。她知道，她要在住的这个晚上把这些全部都洗干净，两个大男人白天干活，晚上就浑身散了架，没有心劲儿洗身上的穿着和铺盖了。

阿西静静地坐在空荡荡的工棚里，一串眼泪不争气地溢了下来，无声地掉在粗糙的红砖地坪上。

阿西这样坐着肚子有点饿，她起身扣上工棚的门，按老牛指的方向找清真餐馆去吃饭。

那个牛肉面饭馆不大，但里面却干净整洁，吃饭的人也多。阿西找了个挨窗的位子坐下，要了一碗牛肉面。

在等牛肉面的时候，阿西就看着吃饭的人，就想象尔萨和曼苏坐在这里吃饭的样子。一定是和这里吃饭的人一模一样，急急躁躁的，没有喜悦，只有饥饿的表情。她吃了饭，离开了这个小饭馆，把满腔的想思和心疼留在了那里。

阿西换了一盆又一盆的水，终于洗净了弟兄俩的铺盖和衣服，在工棚外面两根木杆上拉着的铁丝上晾晒了一大片。

晚上，工地外面灯火辉煌，车水马龙；工棚外面乘凉的人唱着不成调的乱弹，声音时粗时细，如泣如诉，像是在发泄一种情绪，又像是在思念远方的亲人。这些更带起了阿西的忧伤。

一家人静静地坐着，静得连一丝风儿也没有，只有老敏和老伴儿长一声短一声地叹息着。尔萨拿着儿子伊迪的相片，泪水像急雨一样，哗哗地掉落。这一刻尔萨的脑海里儿子伊迪蹦蹦跳跳的模糊的身影是愈来愈清晰。女儿冬月静静地偎依在他的怀里，瞅着他满脸的泪水，伸出小手不时地去擦拭一下。曼茹叶做好了夜饭，却不知该不该端上桌。

一家人静得时日久了，老敏看着尔萨有点蜡黄的脸色说："你没有生病吧？要是活儿苦的话就回来，在家周围找点活儿干吧。"

尔萨笑了一下说："近来不知是啥原因，不疼不痒的，就是乏得很，做活儿给不上劲。这可能是累着了，歇缓几天应该是没问题的。"

曼苏接上尔萨的话头说："坐在家里一分钱也没处来，还不把人活活急死。这次过去把哥送到医院里检查一下，要是有病了就先回来，要是没病更好，可以陪着我。"

尔萨说："我和曼苏不出去不成啊，两个男子汉哪有坐家里挣钱的。家里还有这么多的事情呢，上冬就要给曼苏娶媳妇，还要打发曼茹叶，日子不多，尔力也要高考了，这尔力上学还得要一大笔钱呢。再说今年的庄稼也遭了白雨，没有收成了，家里的那几亩薄田是指望不上了，只靠庄稼，一家大小吃饱肚子都是问题。先弹挣着熬过今年的冬天再说吧，熬过今冬，到明年家里也就没有啥大事情了，一切都活泛了。"

老敏听尔萨这样说着，愧疚地低下了头不再言语。老伴儿也低着头使劲地搓着手不知说什么好。他们知道自己没有尽到责任和义务，让儿女们受苦受累的。

一家人是在沉默和悲痛中吃了晚饭。

阿西坐在空大的工棚里，想起了和尔萨在一起的日子里的点点滴滴，泪水不争气地溢出了眼眶。自从她嫁到这个家里后，虽然没有过几天舒心日子，但一家人的心里还是很平静的，但今年以来，家里却接二连三地发生忧心的事情，让一家人的心没有片刻的安宁。这次她出来就是想见见尔萨，心里的那个想念虽然说不出口，但那种表情是带在脸上的。她想，既然尔萨和曼苏请了假回了家，那一定在家等她的。她决定明天不再等他们，直接回家看他们去。

这一晚夕阿西没有丝毫的瞌睡，眼前一直晃动着尔萨和曼苏的身影。

省城的天气很干燥，洗的被褥和衣服半晚夕就干透了。天刚麻麻亮，阿西就叠好两人的被褥和衣服，整齐地捆扎在一起。

阿西给门卫说了一声，并重点说了被褥和衣服的事，让门卫操一下心，等尔萨和曼苏回来时取上。然后心急火燎地到汽车站坐上了回家的班车。

其实，那个夜晚对家里人来说也是非常难熬的。尔萨搂着冬月流了一晚夕的泪。曼苏也和两位老人说了一晚夕的话，都说得不是太轻松。

傍亮时，尔萨悄悄过来叫醒了曼苏，说他心急得睡不着觉，阿西去了省城，他在家里待不下去。

曼苏说："要不给两位老人说一声，咱俩今早就回省城吧。"

尔萨说："我也是这个意思，阿西人没有去过省城，去了找不见我俩，吃住就是问题。"

他俩说话的当儿，老敏和老伴儿也醒了过来，惊讶地问他俩嘀咕些啥。

尔萨说："我和曼苏商量着准备今早回省城。"

老敏披衣起床，老伴儿也挪下了炕。老敏说回去吧，阿西一个人在省城也不知吃住在哪儿，真让人担心。让曼茹叶做些早饭吃了再走吧？

其实曼茹叶早就起来了，她知道两个哥哥的心思，他们早起的原因是放心不下在省城的嫂子。

尔萨和曼苏又踏上了回省城的路。

尔萨说："在路上放亮眼看着，恐怕阿西也会回家呢。"

到下午快歇工的时候，尔萨和曼苏到省城里了。

到下午快歇凉的时候，阿西到家了。

阿西终究没有和尔萨见上一面。

打
平
伙

　　阿西自始至终也没有见上尔萨一面，很是沮丧，一连几天打不起精神来，一有空闲就呆坐着想心事。碧黛看在眼里急在心里，可她无法解除阿西心里的那个难肠和牵挂。人心都是肉长的，阿西的心里有难肠和牵挂，而碧黛的心里同样有难肠和牵挂。尔萨和曼苏本应在家里再住一晚夕的，可为了和阿西见上一面，竟没有等到假满就回省城打工去了。人活在世上有许许多多的难肠和牵挂，也有许许多多让人想不明白的事。不过，人活着有时候还得找寻一个理由发泄一下心中的忧愁。看着阿西整天阴着个脸，满脸挂着愁云，没有开心和笑容，碧黛心里很不是滋味。

　　那天吃过早饭，太阳还没有大升起来。几只鸡在院子里转来转去地觅着食，寻找头天娃娃们掉在地上的馍馍渣子。碧黛对老敏说："今儿个你就不要串乡去了，我们大家领着媳妇娃娃们到山上打个平伙吧？你看，阿西这几日像吊了一绳子，脸色也不好，惹得大家心情怪不好的。"

　　老敏嘿地咧嘴笑了一下，那笑像哭似的，算是默许了老伴儿的提议。

　　"一辈子就那么个散漫劲道，没有干散过，也不说个亮晶

233

话。"老伴儿甩眨了下眼皮子。"要不，把老炮爸一家人喊上，今天是星期天，虽然尔力学习忙没有回家，但老炮爸家的孩子们都回家了，两家人到大湾山上宽宽敞敞地打个平伙。大湾山上山大草长，眼宽，还离泉水也近，取水也方便。媳妇娃娃们坐在那里打平伙心也宽。要不现在你就去叫老炮爸家一家子。"老敏听老伴儿支使就顺从地起身出了大门喊老炮爸一家去了。

大湾山像一张空簸箕似的坐落在村子的西头，敏家咀村就坐落在这个簸箕的舌沿上。村里的娃娃们到山上玩耍的时候就沿着簸箕的舌沿到大湾山上去。那里不但背风而且还有一眼汪汪的泉水，汩汩地往外冒着一小股清清的凉水。八月里大豆长饱的时候，人们就到那里踏青、散心、打平伙，去了先煮一锅青大豆，垫个底。再拌个凉面凉粉啥的，手艺好的拌上几个凉菜，热闹一点就再煮上一锅羊肉，最后揪上一锅面片子，花费不多，但娃娃丫头们却玩得开心。更重要的是通过打平伙这样一个活动拉近了几家人彼此的关系，也拉近了娃娃媳妇们的关系。

天气晴朗朗的，蓝得像大湾山上的那眼清泉，没有一丝杂云。太阳红彤彤地照着，像炉火笼烤着大地，热烘烘的。大湾山上满目翠绿，青油油的，正是浪山打平伙的好时候。老敏推开老炮爸家大门进去的时候，老炮爸正好扛了一把铁锨要出门去晒土。"走，喊上你家里人到大湾山上打平伙去！啥东西都不要拿，一家人撑张嘴就行。"老敏直截了当地对老炮爸说道。

老炮爸愣了一下，随后哈哈大笑着说："两家人好久没有打平伙了，是该在一起坐一坐了。你啥时候想起要打平伙了？前几日我想着两家打个平伙啥的，但看你一直在串乡跑家务，没敢喊你，怕耽搁你的生意呢。"老炮爸返身把铁锨立在了大门洞里，朝屋里喊道了一嗓子。"老婆子，把家下都动员上，等会儿和老敏一家到大湾山上打平伙去。"老炮爸这一喊，把院子里觅食的几只母鸡吓得缩头缩脑，东张西望的。老敏笑着说："小声点儿，说话像放炮似的，小心把鸡的软蛋惊下来。你准备准备，我先准备点吃食和柴火去。"老敏说着话儿一身轻松地出了老炮爸家的大门，回家准备去了。

老敏一出门，老炮爸就想，往年这时候，两家已打过三四次平伙了，可今年以来，老敏家里负担重，他就一直没有动打平伙的心思，怕是给老敏一家增添为难。现在想来也真该打个平伙了，让两家的娃娃们到山里要一要。

听说要打平伙，天天圈在学校里上学的娃娃们都高兴得手舞足蹈。老炮爸开始给娃娃们派任务。他让老伴儿把鸡窝里那两只公鸡抓出来宰掉收拾干净，到山里去烧地锅子鸡。然后派孙子麻尔兰到地里挖半背篼新洋芋，烧地锅子鸡的时候烤上。麻尔兰听说是要去打平伙，高兴地蹦了起来，背上背篼提上镢头像一阵风似的蹿出大门到地里挖洋芋去了。高原的夏天往往要比其他地方迟一两个月，夏末秋初的时候打平伙，烧上一两只地锅子鸡或是烤上半背篼新洋芋胜过山珍海味。农村人烧的地锅子鸡和烤的地锅子洋芋那是餐厅里的大厨们使尽浑身手段也做不出来的。这地锅子做起来是有讲究的，做的时候要选一个不太高的塄坎，在塄坎上掏一个灶门，便于生火，再在灶门上面掏一个灶坑。灶坑可大可小，人多烧烤的东西多，灶坑就掏大一点，烧烤的东西少，灶坑就掏小一点，再在灶坑上面四周用土块垒成一个尖圆形状四处透烟的烟囱，生上火，使劲地烧，等灶坑四周的土块都烧红了，就在灶坑里放入拌上花椒粉、食盐等调料又用稠泥巴包裹的整鸡和生洋芋，然后捣塌烧红的土块捂住鸡肉和洋芋，等上一个小时左右，扒开土块，磕掉泥巴，就是香气喷鼻、焦黄可口的地锅子鸡和绵绵的散发着香气的同样焦黄可口的洋芋。

时候不大，麻尔兰就挖来了半背篼新洋芋。这时候，宰的两只公鸡也收拾妥当。老炮爸又跑到园子里拔了几根萝卜，揪了一把葱苗和芫荽，放到背篓里。本来他想要煮上一锅大豆角，但目的地在大湾山上，去了再摘不迟。由于大湾山像簸箕一样护挡着三面的风，所以落冰雹下白雨的时候，大湾山往往落得不重。又由于地墒好，天旱的时候常也晒不着，庄稼年年长得旺长得壮，种啥长啥，年年岁岁能让敏家村旱涝保收，天晒不着雨打不着。老人们常说大湾山是养人的面碗碗，也的确如此。别的地方种的大豆都收割扎成束子捆了，大湾山的大豆还嫩扇扇的，一株大豆棵子上齐齐整整地结着十几排子大豆角，看着都让人心里舒坦。

老炮爸牵着那头挤奶的雌牛，背上洋芋背篓，招呼着一家大小出门。

老远就看到老敏一家等在巷口。老敏牵着黑秃子驾着串乡的架子车，车上装着吃的东西和烧火用的柴火，还有锅碗瓢盆和一切打平伙用的碎屑。车后站着一家大小，在静静地等待老炮爸一家。

打平伙吃是次要的，而通过打平伙来联络一下彼此的感情那是最重要的。家庭与家庭之间走动的时日少了，就会生分起来。而隔三岔五地有人招呼着打个平伙，就能把人的感情联络起来。而且还可以通过打平伙来放松一下庄稼人为个穷家务操碎了的心情，舒缓一下忧虑的心境。

大湾山上常有人来打平伙，灶坑有现挖成的，但就是缺现成的垒灶口的土块。老敏上山的时候在一个干硬的崂坎上挖了半车厢干土块。黑秃子吃劲地拉着架子车，老敏和老炮爸顺手推着车，给牛省一点气力。

老炮爸和老敏在上山的当儿，说起了当年两个人烧地锅子野鸡的一件趣事。那个时候大湾山上野鸡和嘎拉鸡多，一群一群地飞，嘎嘎地叫着，尤其是春天地里青苗刚覆盖住地皮子的时候，由于天天吃蛆虫和青草芽子，野鸡和嘎拉鸡长得很肥，肥得飞不起来，只好在地皮子上窜。这种野鸡和嘎拉鸡的肉很香。而且常常是公鸡落单，时常有一两只公鸡站在青青的塄坎上咕咕地引脖高喊异性。见了人也是视而不理。孩子们这时候就会在河滩里挑选上两裤兜圆石子，再揣上一把弹弓，悄悄地摸到塄坎下，瞄准公鸡的嗉子。只要它站在原地不动，十有八九会成为孩子们的美味佳肴。老炮爸说，当年就是用弹弓打了一只公鸡，然后照着大人们烧地锅子鸡的方式处理了野公鸡那一身美丽的羽毛和内脏，然后糊上一层泥土，放在一个洞子里拿干枯的草梗烧，当烧得快熟的时候，不远处的一个塄坎上又有一只野鸡在引吭高歌，老炮爸摸出弹弓去打。那时候老炮爸的力量小，拉弹弓时用不上力，只打伤了野鸡，它带着伤斜斜地飞飞歇歇，老炮爸只好一人去追。可等他抓住野鸡回到原地时，却发现老敏在等待中把整只烤熟的野鸡给吃掉了，甚至没有给他留下一只鸡腿。他为了吃野鸡肉，回来时跑得上气不接下气，结果只看到一地的鸡骨头，就坐在地上再也起不来了。老敏给他的解释是他还打了只鸡，自己试着吃了一点儿，这一试就从嘴上取不下来了。老炮爸只有干气，没有说什么，只好自己动手重新烧烤。这次，野鸡肉熟了的时候，他一个人蹲在塄坎上啃着，老敏只是远远地望着、笑着。他也是越吃越香，越吃越想吃。怪不得老敏吃到没有剩下一只鸡腿给他，因为烧烤的野鸡肉太好吃了。当他俩把这件事说给儿女们听的时候，儿女当他俩说故事呢。

在大湾山那眼泉水的附近他们卸车支锅。别人挖的地锅子完好无损，可以再用，他们先在地锅子里生火烧水，到山上了，先烧一锅开水泡一壶清茶喝着，再嗅着漫山遍野的野草味，是多么惬意的事儿啊。老炮爸先领着娃娃们到自家的大豆地里去摘豆角子。地锅子烧了水再趁热煮一锅豆角子，这豆角子在野山里煮跟在家里煮是不一样的，会有不一样的味道。豆角子煮熟了地锅子也烧热了，再烧鸡和烤洋芋能省一半的柴火，而且烧出的鸡和烤出的洋芋香气更浓更醇。

豆角子刚熟，大家就从热锅里你一把我一捧，不一会儿就抢吃完了。地锅子里放了糊上泥巴的两只鸡，还有半背篼圆溜溜的新洋芋，刚放入不久，地面上就飘出了一股扑鼻的香气，那是鸡肉和洋芋混合的香气。

麻尔兰领着孩子们在山上跑上跑下的疯玩。冬月也玩得很开心。阿西望着孩子们在眼前玩得十分开心，不由自主地想起了儿子伊迪，去年打平伙的时候，伊迪玩得最疯，一张小脸让新洋芋的灰抹成了花斑猫，贼贼地给大家扮着鬼脸，惹得大家很是开心。可今年伊迪却不在了，再也没有人扮惹人的鬼脸了。

烈日炎炎地照着，地里的庄稼早转了颜色。大湾山以外的地方今年是没有任何收成的，那场白雨留给人们的只有满目苍凉和颗粒无收。这大湾山上的庄稼再过几日就该动镰了，老敏家的那半亩青稞坠着沉甸甸的穗子，已经泛黄了，等待着下镰收割，这是老敏家仅有的半亩有收成的地了。这个面碗之地每家每户都有一小块养命的巴掌大的地块。当年分地的时候，有人愿意拿村子跟前的一亩川地换老敏家大湾山的半亩山地，老敏牢记先人的话不为所动。他知道，先人的话没有错，从他记事起，三至五年就落一场白雨，庄稼都打成了乱草秆，唯独打不着大湾山上的庄稼，年年慈悯着敏家咀村的老老小小。老敏的爷爷的爷爷曾说过，就是失家也不能失大湾山的地，家失了可以再挣再修，而大湾山的地失了，那就是失去了赖以养家活命的面碗。这是老敏的爷爷的爷爷给儿孙们留的一句话，儿孙们也就当至理名言信着，铭记着刻在心里。

吃了大豆吃洋芋，再吃烧鸡，野山里吃新物有着不一样的味道。

　　高高兴兴地浪了一天，也高高兴兴地吃了一天的新物，大家的心里都很高兴。老敏一家也暂时忘记了挂在心头的各样烦恼和忧愁，满面忧伤的阿西也有了欢声笑语。

　　大家都很高兴，只是看到大湾山这里的庄稼时就会想起前不久落下的那场白雨，今年的庄稼让白雨打没了，只有大湾山的庄稼还有一点收成，人们对能保留住大湾山这里的庄稼而欢喜。

　　再打平伙就只有等到明年的春天了。现在庄稼快黄了，要下镰了，也该收拾些冬天填炕的衣草了。

　　而老敏一家还有很多的事在一样样地等着一家人去办呢，这是一个非常闹心的过程。

尔力高考

农历六月头上，尔力进入了高考的最后冲刺阶段。

虽然老敏家里不顺的事一件接一件地发生，压得让一家人接不上气，但是尔力的学习成绩的确也给了大家一点慰藉。尔力从上小学开始在学习方面就没有让家里操过心，学校要啥，买给他就行，他不多要一分钱。从小学到初中，从初中到高中，他的学习成绩一直排在年级前几名，这是唯一让家里人一直欣慰的一件事。要高考了，老敏问他怎么样，他回答得很干脆，重点大学手捉稳拿。听他这样说，家里人对此一万个放心。不过，老敏上周送馍馍的时候，发现尔力比以前瘦了许多，也不苟言笑了。他忧愁地问尔力："儿子，你负担重吧？看你瘦的。""有点负担，现在人人都铆足了劲弹挣着抢时间复习，再说考大学呢，哪有不瘦的，就是愁也把人愁成干棍了。"尔力说着对老敏笑了笑。老敏问尔力不是说手捉稳拿吗。尔力说世上都有个万一呢，要是哪里失误掉入这"万一"，人就完了。

老敏不置可否地点了点头，再也没有说什么。

只是这学校的宿舍整天乱哄哄的。一个宿舍四个人，我来

240

了他去了，再加上四个人的家长不时地来看自己的娃娃，让进入高考冲刺阶段的四个娃娃都安不下心来复习。老敏看在眼里急在心里。娃娃们的高考是一家人一年里最大和最重要的事情，要是把娃娃们的高考耽搁了，那就得不偿失了。

那天中午放学后，老敏坐在尔力的床边上看着尔力和几个娃娃们学习，家长们进进出出让几个娃娃都很烦躁。尔力上铺的一个学生对家长说，最近有人勾搭校外的二流子打了几个学习好的学生，有人最近不敢来学校上课复习来了。老敏听着心里很烦躁，轻轻地起身拉开宿舍门走了出去。他漫无目的地走在学校操场上，看着空旷的操场上回荡着那些蹦蹦跳跳、快乐无比的孩子们的欢声笑语，心中有了一股莫名的忧伤。

该给尔力找个安静的环境，让他安静地复习上几天或是好好地休息上几天。该花的钱还得花，老敏快步走出了校门。他决定到外面临时租个安静、亮堂的房子，陪着儿子复习上几天。临时租个房子应该不是太难的事。他像做贼一样地在学校附近转着瞅着，看哪家的院子适合尔力学习。

只要从门缝里瞅着适合，老敏就恭谨地敲开门，赔上笑脸打问房主向外租不租房。

打问了好几家，终于有一家同意租房给老敏。那家人的孩子们都在外面做生意和上学，家里只剩下老两口。人家也只提了租房的两个条件：一是不准引外人来留宿，二是要家里大人陪着孩子。

这样的条件，老敏一口就答应了。再说他也想在这最后的冲刺时刻陪上几天，让尔力有个安心复习的环境。

房东引着老敏看要租住的房子，打开了房门。房子是两间通透的东房，是这户人家以前孩子们住过的房子，墙上还贴着孩子们喜欢的那种画。地是土地，很干净，地上是一个烧火做饭用的圆盘炉子，炉盘擦得明亮耀人；炕上铺着席片，黄生生的，是有些年头的那种油光；光照充足，到下午的时候，阳光就直直地从玻璃窗口射进来，照在地上，暖暖的。只是好久不住人了，房门也一直关着的缘故，房里子充斥着一股发霉的味道，但不是很扑鼻，发霉的味道里混合着一丝淡淡的土腥味。老敏喜欢这种淡淡的土腥味，也很喜欢这午后的阳光。

老敏租借了一个月，他知道，离高考也就十来天的日子，但为了表示诚意，他还是租了一个月，并掏了定金。

房东也是爽快人。看老敏很爽快，房东就说我现在就生火，再把炕烧一烧，出出汗，不住人的古炕湿潮，睡了容易生病。房东忙着生火烧炕，老敏忙着去搬尔力的被褥和锅碗用具。

老敏到学校里是小跑着去的。老敏的心里那个高兴，有了这样一个学习的好环境，再静静地陪着尔力看着他学习，这也是一种人生的享受。这多少年来，为了务操这个穷家，五个子女的学习他还真没有上过心。只是尔力上小学趴在炕桌上写作业的时候，他偶尔陪着尔力看他用胖嘟嘟的手一笔一画用心地写作业。其他孩子上学写作业都是趴在灶房炕或是奶奶的炕上写，他就从来没有陪过。

老敏汗渗渗地跑到尔力的教室门前，推开教室门叫出尔力说明来意的时候，尔力的脸色哗地变了，不情愿搬出去住。尔力说他习惯了这样的环境，再说和同学们住在一起，复习当中有问题能彼此互问解答，再遇着难题还可以去问老师。若搬出去住，那就离同学们远了，离老师也远了。

老敏很为难地搓着手说："你看，我是跑了好多家才在那里租下了房，那里是东房，亮堂着呢，搬过去住着我就陪着你，顺便给你做做饭，你复习着做饭也耽搁时间，你说是不是？再说，一个月房租的定金我也提前给人家交了，退不回来了。"

尔力沉默着抬起头看了一眼不远处的学生宿舍，又扫了一眼红砖瓦房的教室，很为难地说："既然租下了，那就过去住吧！不过，我得给老师说一声才能搬过去。"

"走，现在就去给你们班主任老师说，你难说的话就我说，只要把学习放在心上，这校外住着也没有啥不放心的，这以后我就一直陪在你身边，给你做饭，陪你学习。"

"不是这么个事，住在学校里学习方便，老师管理上也方便。"尔力说着和老敏一前一后朝教职工办公室走去。

老敏给班主任老师说明了来意，班主任老师也没有阻拦他们，说是到校外住是可以的，但先要到总务处把住校手续清了。

尔力又领着老敏到总务处走去。说明来意后又领着总务处管学生宿舍的老师拿着住校清单到宿舍清点借用的东西。

住校手续很简单，一张床垫，一张桌子，一张方凳，一副床架，床架是钢架床是双人的，借据上就这几样东西，总务处的老师进去扫了一眼，让尔力签了名，就算是清了手续。

尔力背着被褥，怀里抱着洗脸用具。老敏手提肩扛地拿着吃饭的用具。父与子一前一后像民工似的扛着东西走出了校门，出校门时尔力忍不住回首往后看了几眼那几排低矮的学生宿舍，他在那里整整地住了六年校，这六年里，这里留下了他生活中的酸甜苦辣和学习上的忧愁苦闷。生活和学习中的一幕幕像电影镜头一样在脑海中闪现着，重叠着，交替着，挥之不去。

老敏和尔力到租借的房子里时，房东早把火烧得旺旺的，坐在炉盘上的茶壶滋滋地冒着气。靠窗的一张方桌上放着一个红皮暖壶，壶口有水渍，里面装着房东刚灌的烧好的开水，墙角里的香炉里插着三根卫生香，冒着丝丝香烟，满房子香喷喷的，那些陈腐的霉味早已掩藏在了卫生香的香味里了。土炕的烟囱里冒着浓烟。老敏看着这些心里就有些感动。心想这个房东一定是好人。在老敏想的时候，房东进来了，说，火生上了，炕也填上了，不过炕刚烧上，还没有出汗，一两天之内

睡人恐怕会潮，这两天就先睡在他家的堂屋炕上。老敏推辞了
番，只好答应房东。

老敏和尔力就这样第一次在校外住了下来。老敏想着和尔
力拉点家常或是学习上的事，但爷俩头一遭在一个陌生的家里
就这样面对面地坐着却无话可说。平时大声喊嗓地喊惯了，这
会儿却找不出个话头，老敏只好提前睡了，他躺了很久就是没
有瞌睡，只好想自己心上的事。尔力在昏黄的灯光下目不转睛
地翻看着一本书，也没有和他要说话的意思。一老一少像一对
哑巴，坐在一起没有个喘声。

第二天早上，尔力去了学校。老敏就回家拿些生活用
品。刚一进门，老伴儿就劈头盖脸地一顿大骂。老敏才想起他
昨天出门时给老伴儿说了晚饭前一定回家的，但昨天一忙就把
回家的事给忘了，让家里人愁肠了一晚夕。

老伴儿骂老敏也是有原因的，眼看着就要到斋月里了，该
做的活得紧做，该准备的事得紧准备。人活一场每天都要谋划
着生活，不但要谋划今儿也要谋划明儿，像老人们常说的谋划
不到一世穷。那斋月里除了冬月外大家都要封斋，在这日长夜
短的时候，封斋是考验一个人意志和耐力的关键时候，更是考
验一个人慈发善心关爱弱小的时候。在你饥饿的时候，你会想
到那些没有吃穿的人的急燎和难肠的。

斋月里，尔力肯定也要封斋的。他从十二岁开始就年年封
斋，没有差过一天，现在虽说复习那么紧张，但他还是要封斋
的。上个星期尔力回家取馍馍的时候就异常坚定地跟家里人说
了。家里不想让他封斋，怕影响学习。但他说了，要是不封
斋，心里倒也不安，心牵着反而影响学习。母亲只好给他准备
了一些酥油和炒面，酥油耐渴炒面耐饿。在洮州地面上，在斋
月前，回族人家都得准备这两样吃食，封斋的时候拌一碗酥油
炒面，就是白天日子长的三伏天也能耐住口渴和饥饿。

　　离高考越来越近，老敏心里比尔力还急。老敏一直陪着尔力复习，虽然陪得心急，但也没有办法。一天两顿饭对老敏来说就是个负担，以前他就没有好好地做过饭，都是家里人做熟了喊着来吃，通常是衣来伸手饭来张口。可现在赶着鸭子上架，饭做得马马虎虎。而且他在陪尔力睡觉的时候，总是整夜睡不着。尔力拐着弯儿地对他说，快临近考试了，想自己做饭吃，因为做饭的那点儿时候是大脑休息的时候，尔力希望老敏回家去。其实老敏晚夕里睡不着翻身的时候，也极大地影响了尔力的睡眠和休息。日子一天天过去，高考近了，老敏还是整夜地睡不着。尔力的脸上写满了忧苦和愁肠，虽然斋月里的斋饭是老敏半晚夕起来做，但老敏起身的响动还是太大，往往吵得尔力睡不好。这样一直到高考。到高考的头晚夕，老敏彻底失眠了，翻了一晚夕的"饼子"，尔力在他的影响下也翻了一晚夕的"饼子"，根本没睡好。第二天早上考试的时候，尔力的脑子里昏昏胀胀的，有点沉重。早上考罢回来，尔力埋怨了老敏几句。老敏没敢接茬，赶紧拉开被子让尔力睡下，他自己倒是在尔力去考试的时候美美地睡了一觉。他静静地坐在炕边上，看着尔力沉沉地睡去。这时候他不敢有一丝的懈怠，他守着时候，守着尔力睡觉。炕桌上的闹钟嘀嘀嗒嗒地走着，像给老敏催眠似的，在尔力均匀的呼吸声里，他也有了一点儿睡意，眼皮有点沉重。他起身在院子里转了几圈，以往经历过的一些事情在脑子里"呼"的一下窜了出来。他想，这是要坏事了，他尽力地打消那些在大脑中闪现的事情，重新进屋坐到了炕沿上，盯着闹钟等待下午考试时间的来临。

　　尔力美美地睡了一觉，醒来用冷水洗了脸，急匆匆地去考试了。

　　下午，老敏给房东说了说尔力的高考和封斋的事。房东笑着说："你何不早说？早夕里封斋的时候，让我老婆子多做两个人的饭就是了，你一个老汉笨手笨脚地也做不好。我这几天也观察着，你在的时候，娃娃也不自在，你们父子像两个哑巴住在一起，没有个喘声。今晚夕你住我家堂屋炕上，让娃娃一个人睡。娃娃休息好了，才能考好试。"

第二天，老敏半晚夕再也没有起来做斋饭，而是让房东家做好了饭再来叫醒他和尔力。这样一来，尔力就能多睡半个小时的觉了。

房东是个好说话的人，老敏那天起来做斋饭时吵到了尔力，让老敏心里很是愧疚。尔力自小长大，都是自己管护自己的学习，上小学时，在尔力写作业的时候，他还能看着他写一会儿，但自从上了初中，他就再也没有看过尔力写作业了。他为家务操劳务忙着，尔力为学习自己操心着。他顾着家却顾得不怎么样，而尔力的学习却是南山林里的毛竹节节高，年年考试在年级的头几名。初一那年开家长会，班主任老师让他介绍一下他家里是如何抓孩子的学习的。这的确是一个很为难的问题，庄稼人只知道供子女读书，但读得怎么样却是从来不问的，现在让他介绍尔力学习，他确实是无话可说。他只好实话实说，让尔力自己介绍一下学习情况。当时，他记得尔力说，该学的时候学，该玩的时候玩，上课认真听讲，当天的功课当天消化掉。听来也很简单，但人往往就是做不到。当时，他就很欣慰，看来儿子是一个很有自控能力的人，以后就是当庄稼人也是一个好庄稼人。从那以后他对尔力就一万个放心，别人怕自己的子女染上不良习气的时候，他从来没有担忧过。尔力随了自己的性子，认准的事就是九头牛也拉不回，学习上也一样，像头牛一样地学习。

斋月

　　人们一边忙着收揽黄田，一边拾掇些冬天填炕用的枯草烂叶。要是往年，人们不需要拾掇枯草烂叶，因为还有麦衣在，但今年遭了白雨，哪里还有麦衣呢？连枯草烂叶都是缺的。就在这忙碌的当儿，不经意间斋月已悄然来临了，这对敏家咀村的人们来说是一个更为忙碌的月份。人们既要封斋，又要去地里劳作完成收割，还要虔诚地完成每日五次的礼拜功修。其实生活富裕些的人家在这务忙的时候，可以花钱找人帮工，把庄稼收在仓里。而那些生活不富裕的人家，又都是在宗教功课上非常虔诚的人，既要封斋，又要礼拜，还要下地收割庄稼。这就是一个很大的难肠。斋月期间，除患病者、年迈者、体弱者、智残者、旅行者、幼童、孕妇、哺乳妇、产妇外，成年穆斯林从黎明到日落期间不饮不食、不娱乐，直到太阳西沉，方可进食。全村人除上述九种人外都严格谨守着斋戒的时间和信条。老敏一家人也不例外。

　　斋月对人们来说是一个考验。村里人不用谁喊，也不用谁叫，在头几天都不约而同地带着工具出来打扫掉落在村街上的牲畜的粪便，清理掉各家墙角里堆积的垃圾，给斋月营造一个清洁、祥和、融洽和美好无比的氛围。这是祖辈留下来的传统。反正一到斋月，村街上就非常洁净。要是外面来人看到了，都不相信是走在了农村的村街上，以为是走在了城市的某一处。再进入任何一扇敞开的大门，里面照样整齐洁净。斋月里这不关大门还有一个说法，关上大门怕把路过讨口饭的路人堵在门外。所以一到斋月，家家在白天都不会关上大门，门洞都大大地敞开着，随时欢迎那些讨饭的路人上门讨要一碗饭或是一碗面，抑或是一点盘缠。从村街上走过，门里一家人活动的场景一目了然，而门外的场景也是一目了然。

斋月把村口和门洞向外人敞开着，也把人心慈善的一面向外敞开着。

要是斋月里谁家在傍晚开斋的时候，遇上一个讨饭的过路人，那是那家莫大的幸运和福分。

老敏想是在斋月里再贩几车菜挣点家务钱，但老伴儿拦住了他。说一年四季务忙着，也不差斋月里这几天，在这个尊贵的日子里，多礼些拜，对自己也是个交代。斋月里需要静下心来想一想自己一年里做过的事，有没有亏欠人的，言语上的或钱财上的，各个方面需要做一个彻底的心灵上的忏悔，然后开始新的生活。老敏一想也对，一年四季糊里糊涂地过着，就说钱财上不亏欠人，但言语上哪有不亏欠人的。他决心在这一个月里不再去做其他的事。

清真寺里礼拜的人明显比平日多，原来是老年人多，现在年轻人也加入了礼拜的行列里来了。谁都知道，在一年的生活和人的交往当中只要是人就免不了会亏欠别人，不管是言语上的还是其他方面总是或多或少、有意无意地亏欠着，那就需要忏悔，需要改过，需要取得人们彼此的谅解。

那天午后，老敏和老伴儿说起了亏欠的事。老敏给老伴儿说："说亏欠，我亏欠着黑秃子的呢。人泼烦了或是牛走得慢了的时候，我总会扬起手中的鞭子抽打黑秃子，这也是一种亏欠，对黑秃子的亏欠。"

老伴儿眯了眼，剜了一眼老敏说："你就单单亏欠了牛，再没有亏欠别的？"

曼茹叶笑着对老敏说："您还亏欠下娘的呢。"

老敏嘿嘿地笑了几声，起身去洗小净。且边走边说："我对这个家里亏欠多呢，把我都亏欠老了。"说完白了一眼老伴儿，默默地在院子里的太阳灶前往汤瓶里灌洗小净的热水。

"老东西还不乐意了呢，耍个笑也不成。你把家里人没亏欠，谁说你亏欠家里人了呢。"老伴儿见老敏有点生气了，就又开心地笑着惹老敏。

曼茹叶见娘惹父亲生气了，就笑着说："还说斋月里为亏欠做忏悔呢，您故意把人往燥里惹呢，赶紧忏悔去。"

"还是丫头说得在理，人一说亏欠要做忏悔呢，你就把人往燥里惹呢。赶紧做忏悔去。"老敏灌满了水，提着汤瓶回了一句，又偷偷地笑了几声，洗小净去了。

老敏洗完小净，还没有擦干脸上的水珠，急匆匆地喊老伴儿说："我洗着思谋起了一件事，这个斋月里该给寺里管顿斋饭。好几年务忙着没有管过斋饭了。寺里开斋的时候，我和老炮爸商量一下，看他管不管斋饭，他家也几年没有管过斋饭了，要不咱两家合上管一顿斋饭。"

老伴儿定定地看着老敏，没有搭腔。

"你说句话，我家到底管不管斋饭啊？"见老伴儿不发话，老敏有点急了。

"你先把脸上的水擦干，水珠子往下掉呢，看把你急的，小净都没洗全吧？既然你已举意上，那就管顿斋饭。"老伴儿说得斩钉截铁。"但是，就我家管恐怕有点吃力，要不你去跟老炮爸说一声，两家联上管一顿。"

老敏这下放心了，自己心想的事老伴儿没有阻拦，便用毛巾儿把擦干脸上的水珠，清清爽爽地礼拜去了。

曼茹叶看着老敏走出了大门，对母亲说："我的娘！寺里上百人吃饭呢，做啥饭呢？"

娘望着曼茹叶说："一年就一个斋月，斋月里管斋饭的事，其实你达达（父亲）也悄悄地喊了好几年了，都因家里紧张打了退堂鼓。不过，斋饭做得简单也没有人笑话，家家的情况不一样，就是剁几锅拌汤，烧几锅子铁锅粑，人们也会喜欢的。你达达说，煮肉做菜的每年就那么几户，大多数人还是和着洋芋的碎面，或是青菜拌汤，要么就是一碗凉粉菜。肉菜我家做不起，但是放点碎肉星子的旗花面还是有能够的。"

阿西一直没有说话，听婆婆和曼茹叶说做斋饭的事，也高兴地说："放点碎肉星子的旗花面还好吃些，平素日请阿訇念苏勒的时候，啥都不叫做，就叫擀一锅子旗花面的饭呢。阿訇都喜欢吃，人们没有不喜欢吃的。"

曼茹叶高兴地捣了嫂子一拳，笑着跑开了。

再说到了斋月里每晚在清真寺里开斋的时候，冬月也常随爷爷去寺里开斋，虽然冬月没有封斋，但孩子们都喜欢开斋时刻的那个气氛。开斋的时候每晚都像过节一样，寺院里摆了几溜长长的桌子，上面摆放着各种家家炸得金黄的油果子、馓子、旗花和花果，煮熟的大红枣，粘手的椰枣，还有各种糖果、水果，也有煮熟的冒着热气的白花花的新洋芋，还有一些便宜果子，如杏子、李子，这些都不用去买，自家院里的果树上都结着，摘上一两盆，端来放到那一长溜桌子上，开斋的时候任人自己来取。像这些自家树上结的果子，在平素日很多是掉下来烂在地上的，是吃不完的，但一放到寺里的长桌子，那都吃得一个也不剩。有时候冬月从寺里回来时，手心里还捏着几个李子或是一两个杏子，家里人一吃，果然香。阿西对曼茹叶说："寺里的东西就是香。"老敏笑着说："每家的土脉和树种都不一样，结出来的果子也都不一样，味道上也都有细微的差别呢。不过，寺里的东西那都是人家诚心诚意拣好带去的东西。"阿西笑着说："阿达你的衣裳兜子大，从寺里回来时给我们带些回来。"老敏低头沉思着说："那都是寺里开斋的东西，有人的举意在里面，可不能往家里带。"阿西笑着说："我说笑呢，哪天到寺里做斋饭的时候，你拣各样的东西给我们端一碗，我们也尝一下。""成呢，端两三碗都成呢，你不端，人家阿訇还让端呢。"老敏挥着手说道。

听说家里要给寺里做斋饭，冬月就很渴望。以前和她一起玩的伙伴们总问她家啥时候给寺里做斋饭呢，她回答不上来，心里就有了一丝的羞愧和不安。现在再去寺里吃斋饭，有人问她，她就会说我家也做斋饭呢。

做斋饭用的料都在自家园子里长着，青翠的芫荽、红头的冬萝卜、白根绿叶的大葱、红皮蒜苗，这些都汪汪地长着，虽然前期遭了白雨，但白雨对园子里的蔬菜影响不是太大，还有埋在地皮下的圆嘟嘟的新洋芋，这些都是不用花钱的。只是炝饭水的石蒜花还是要几把的，黄生生的石蒜花是老敏放羊的时候在远山里的石崖上摘的，摘了几大碗在家里拆下来的门帘布上晒着呢。太阳一照，满院子都弥漫着石蒜花的香味。老伴儿或是阿西做疙瘩汤的时候要炝一把的，疙瘩汤用石蒜花一炝，吃起来味道就是不一样。当年生活清苦的时候，每家每户每年都要摘半背篼石蒜花来炝饭水，增加饭水的香味。过去是必需品，现在是吃稀罕。现在走山的人少了，这东西就稀缺了。饭水里炝石蒜花当年还闹出过一个笑话呢。当年知识青年上山下乡的时候，老炮爸家里住进了两个年轻人，是西安人，刚住进来的那天晚饭，老炮爸就叫老婆做了一锅旗花面，炝了一勺子石蒜花。那个时候还没有用上电，家里的照明用的是清油灯或是煤油灯，在暗暗昏昏的油灯下，老炮爸的老婆给每人端来了一海碗旗花面，上面漂着油花子和石蒜花。那两个人端起碗吃了几口，又都放下了碗，看着碗里不敢吃，在老炮爷的劝说下，又勉强刨了几口，就再也吃不下去了，双双跑到院里大吐起来。老炮爸以为是两个人都生病了，让老婆从炕洞里挖了灰碗给他们捂在肚子上取暖。两个人都死活不捂，只用水呛了几下口就躺下睡了。

第二天天亮，两个人早早地找书记，说老炮爸的老婆太脏了，浑身长满了虱子，做饭的时候都掉在碗里了，满碗都是黑叽叽的虱子。书记问明了情况，差点笑得岔了气。书记知道那是漂着的石蒜花，石蒜花的花蕊在油里一炸就像虱子一样，黑黢黢的。但就是那虱子一样大的石蒜花的花蕊却在生活清苦的年代调着乡里人的胃口，调着清汤寡水的面水子，丰富了乡里人的生活。书记笑得前俯后仰，牵了两个城里来的青年到家里去看。刚进门，书记就叫老婆在烧着的火盆上搭上一把勺子，倒点清油炝一把石蒜花。书记老婆在两个青年面前炝了一勺石蒜花，让两个人瞧。书记指着勺子里的石蒜花对两个人说："看，这不是虱子吧。"他还说老炮爸的老婆原来是十里八乡有名的攒劲儿丫头，嫁给老炮爸后，在村里爱干净是出了名的，天天泥里来雨里去，身上却找不到一个水点。两个年轻人看着勺子里虱子样的石蒜花花蕊，哈哈大笑着连蹦带跳地走了。

一晃四五十年过去了，现在只要谁家饭水里炝上一把石蒜花的时候，家里老人就会笑着说起这个笑话来。很多时候，村里相约去摘石蒜花的时候，总是说"走——摘虱子去"，这时候听的人就知道是要摘石蒜花去，就说说笑笑地去了。当年村里人谁家的饭里不漂一把石蒜花的话，人们还笑话这家人懒呢。做斋饭的牛肉需要到县城里去割几斤，做斋饭的日子一定，那天去县城里割几斤就是了，这不是难事，难的是缺钱花，但再缺钱花也得挣着给寺里开一次斋，举意上了就不能反悔。

就在老敏一家为寺里准备着一顿斋饭的时候，尔力回家取了一锅铁锅粑，又取了些零碎，满脸喜悦地走向大门。临走，老敏问了他的考试情况。他笑着说，还可以。老敏问他啥时候会回家。他说一周后，等填完志愿就回了。老敏就说我把给寺里做斋饭的日子定到下周六吧，到时候你来了就帮帮忙啥的。

尔力答应着，把该带的东西装上向同学借来的自行车，骑上车一阵风似的走了。

老敏摇着头笑了。他知道这时候从尔力的嘴里啥都问不出来，他就是闷葫芦，只有高兴的时候才能问出些话来。

阿西望着尔力远去的身影，又想起了远在外面的尔萨和曼苏，心中又生起了一些不安和痛肠。

冬月看着三达（三叔）尔力，也想起了出门在外的父亲尔萨和二达（二叔）曼苏，有一丝怜惜洋漾在她的目光里。

老敏过来抚摸着冬月的头发，轻轻地叹息了一声。这叹息声里包含着太多的内容。

曼茹叶瞅着大家的眼神和表情，故作轻松地说："三哥高考可能考得好呢，你看那高兴样子，把自己喜成了一朵山丹花了。"说完轻轻地拉起冬月的手领上她到园子里挖炝夜饭的葱去了。

"但愿考得好，就这一锤子了。走！看啥呢，早走了。"老敏推了一把望着空荡荡门洞的碧黛说道。

这时候也古娘从门洞里闪了进来，笑着对碧黛说："我家明晚给寺里开斋呢，家里活没人做，也古的媳妇还才学手呢，我想央老婶子和阿西帮我做一下。"

还没等婆婆答应，阿西就爽快地答应着说："成呢，明早我和我阿妈过来。"

"做的活多呢，我想着既然做呢，就把开斋节时吃的馍馍都炸了，免得过几天再动烟火。我再去央几个人。你们我算上数了。"也古娘说着笑嘻嘻地走了。

也古娘刚走，老敏对老伴儿和阿西说："也古家馍馍炸完后我家也炸了吧？给寺里开斋，清汤寡水的也不好，炸些新鲜馍馍。油果子、馓子、蜜散、秋叶、尕棍儿、麻花，还有其他零屑碎杂的都炸上些。把开斋节的也都炸下，到时候我家也就不大动烟火了。馍馍炸下，就放心了。"

"就是，后天就炸吧，明早到也古家帮忙的时候，我把炸馍馍的事给也古娘说一声，也央上几个人。算上我和阿西要六七个人呢，不然忙不过来。明早你把生火的柴火抱儿捆晒卜翻儿遍，柴湿了烟熏火燎的，加上油烟熏烤人受不住。"老伴儿对老敏安排第二天的事。

老敏笑着说："像个抱蛋的老母鸡，也不嫌泼烦，我知道呢，忙你的去，唠唠叨叨的。"

老伴儿白了一眼老敏，进屋做她的活儿去了。

阿西掩了嘴讪讪地笑着，不敢出声。

做开斋节馍馍这活儿的时候，是村里妇女互相交流的开心时刻。凌晨封了斋后，阿西就开始发面、烧水、抱柴火，把炸馍馍的准备工作做好。专等央来的人礼了晨礼后过来就分工动手饧面，揉油果子、馓子、蜜散、秋叶、尕棍儿、麻花，还有其他零屑碎杂的面。炸的馍馍不一样，放的油和料也不一样，如尕棍儿的皮上要放一些胡麻，而麻花的皮上却要放一些籽麻，每个人的手法不一样，所以都要放到恰到好处。不然炸出来的馍馍颜色、口感和存放时间的长短就不一样，有的上色好，有的上色不好。有的拉了油后太油腻，有的缺了油后吃起来干硬不爽口。总之，炸馍馍的过程是一个技术活儿，也是妇女们各显身手的地方，更是显现一个妇女食水水平的平台。碧黛的食水在村里是数一数二的，而媳妇阿西自进了这个家门后，跟着婆婆学，食水也做得很好，一到开斋节前炸馍馍的时候，婆婆媳妇的就闲不住，邻居们都会央她们去调面炸馍馍。

天刚亮开，树上的鸟雀也才叽喳开，央的人都陆陆续续地推开大门来了。院落和灶房里传出了欢悦的说笑声。

调的面早发好了。臃肿的发面堆放在案板上，酸味弥漫在灶房里，等待大家做成各样的面食。大家按照自己以往最拿手的食水自行动手，既有分工也有合作，显得很协调。

当然坐油锅子是主人的事，碧黛自然搬条高凳坐在油锅子旁挥动长煎棍煎下到油锅里的面食。油锅子升腾着灼人的热气，翻滚着清红的油花，各样的面食下到锅里，周围即刻翻腾起油花。油锅子开了，真正开炸的时候，这些说说笑笑的女人们又都是非常严肃的，不再说笑，不再喧闹，严禁说笑时的唾沫星子溅到油锅里或是面食上。

外面的屋檐下大大小小的空簸箕和笸箩里晾放着各样炸好的馍馍。这些炸好的馍馍晾放上两天，等水气走得差不多了，再一样样地挪放到摆在院子南墙根下的空水缸里。主要是要给寺里开斋，碧黛和阿西把各样的碎屑炸得多一点。各样的面食炸了两大缸。这两大缸馍馍给寺里开斋和开斋节上就够了。碧黛往缸里摆放馍馍的时候看到各种各样、颜色鲜艳的馍馍，脸上露出了喜悦的笑容。

馍馍炸完了，再过几天等尔力填完志愿回家就可为寺里开斋了。为寺里开斋也不是一件啥大事，馍馍端过去，再把擀好的面也端过去，在寺里的灶上做上几大锅焐了石蒜花的旗花面，就算完成了开斋的任务。

寺里开斋完，就要准备开斋节的东西了，还有转亲戚的礼当。该走的亲戚得走一走，一年四季务忙上家务了，没有啥大事情的话，也都没有啥走动，所以开斋节的那几天，得把老老小小、远远近近的亲戚挨门子走一遍，接续一下感情，这是很有必要的。开斋节前要给家里一家大小缝上或是买几件新衣裳，这也是必不可少的。这些都需要老敏打理。

老敏对老伴儿说，今年的这个开斋节可能是这个家里近几年最艰难的一个开斋节。

老伴儿低着头没有说话，只是轻轻地长叹了一声。

上拉萨

　　要给寺里开斋，头两天老敏就托人叫来了大女儿阿依舍一家子。

　　阿依舍有些时候没有来娘家了，只要她不来娘家，老敏和碧黛就认为阿依舍一家过得算是平稳。要是天天跑回娘家那就让老敏和碧黛操心了。但寺里开斋时，碧黛想起阿依舍有些时候没有回娘家了，就托人捎话让阿依舍回趟娘家。

　　这次阿依舍来的时候还大包小包地带了些东西，两个外孙子也穿得光光鲜鲜的，阿依舍的脸上也喜气洋洋的。这就让老敏和碧黛有点吃惊。以前哭哭啼啼来了的时候倒不惊奇，现在喜气洋洋来了的时候倒有点吃惊了。

　　刚进大门，碧黛就盯着阿依舍看上看下的，看得阿依舍有点不好意思。

　　"阿妈就像八辈子没有见过人似的，看得人心里发毛呢。"阿依舍从上到下把自己看了一遍，又看了看娘那奇异的目光，她显然被娘盯得有点不好意思了。

　　"就像喝了笑笑水，看你那个喜啦样？"碧黛心中充满了好奇与诧异。

　　阿西笑嘻嘻地说道："看来克里木把阿依舍待承得好了，把

257

蜂蜜给灌上了，甜着没喘出。"

阿依舍笑得眼睛都眯上了，把挎在背上的包放到堂屋炕上打开。只见包里是几双绿袜子，几件绿衬衣，几条绿军裤，还有好几双大小不一的翻毛皮鞋。绿衬衣衬得人精神，而那翻毛皮鞋，穿在脚上穿山走林，一双顶十双布鞋，村里人谁要是穿上一双翻毛皮鞋，那是一件令人羡慕的事。

阿依舍带的东西人人有份，连远在外面的尔萨和曼苏也有份，整整齐齐地给他们一人留了一套。

老敏要了一双袜子和一双翻毛皮鞋，碧黛只要了一双袜子，其他的东西说都给家里的孩子们存着吧，其他的都太彩太绿，穿不出去。

阿依舍笑着说："这若干年，克里木也没有给谁买过一样东西，下次他回家的时候，我让他买几件老年人穿的衣裳。"

其实，克里木做生意发了点儿财的事老敏早就有所耳闻，但他不愿提及那个不吃劲儿的东西，这么多年，那个不吃劲儿的东西把他们一家人的心伤透了。从心底里说老敏不喜欢克里木那样耍嘴皮子的人。自从阿依舍嫁给克里木后，他就把家撇给了阿依舍，一直嘴尖手懒，对家务不上心，对农活不上心，种田的时候屁股一拍就出门走了。种庄稼的时候是老敏一家子驾着牛拉着犁去种田，收割的时候忙不过来，一大家子又过去帮着收割。庄稼打碾后磨成面装到柜子里、洋芋挖到窖里时，克里木就晃荡着进门了。说是跑生意做买卖去了，却常常两只手空着回来，从来不给阿依舍带一件衣裳，给娃娃们不拿一双袜子。一家人一直也就对克里木不冷不热。要不是阿依舍在那个门上，老敏和碧黛才懒得理他呢。

不过，照阿依舍的话说，懒人有懒命呢。

阿依舍说，外面的世界开放了，让克里木这种耍嘴皮子跑生意做买卖的人有了用武之地。

　　这若干年，克里木一直在生意行道里打滚，就是没有上道。克里木是一个守不住寂寞的人，他看不上务操庄稼这个行道。一年庄稼二年苦，这里海拔高，气候又不好，而且是十年九灾，让种庄稼的人没有信心务操庄稼。像克里木这种耐不住寂寞的人更是没有信心守在这二亩土地上，所以就不断地出门折腾着。年前，克里木在火车上和一个仓库保管员认识上了，了解到仓库里的衣物装备和马鞍要处理，保管员就牵线搭桥，把整库房全部的装备和马鞍打包卖给了克里木。克里木没有现钱，就用他那三寸不烂之舌，让人家把货全部欠给了他。他拿到了货，雇用车辆贩卖到了青海、四川和西藏，几个月就挣了一大笔钱。挣了大钱的克里木没有回家，而是跑到了拉萨，在拉萨的八廓街上租借了几间铺面，开了家很大的专卖店。他雇了四个年轻娃娃替他守店，自己则四处找寻待处理的马鞍，一时间，克里木在拉萨的名气很大，俨然是一个有钱人，在生意人的圈子里响当当的。

　　克里木本来就是个大手大脚的人，有了钱，结交上也广泛起来，人缘也比以前好了。

　　老敏看着摆放在炕上的那些衣物鞋袜，心中泛起了酸酸的浪花。多少年了，一家人跟着阿依舍愁肠，愁阿依舍一家子的吃喝用度，给阿依舍一家拉扯家务。现在终于不用为阿依舍一家的吃喝用度而愁肠了。老伴儿碧黛也长长地叹了口气，这声叹息里包含了许多的释怀。

　　老敏盯着阿依舍问："哪个不吃劲的呢？"

　　"给人还账去了，这几天来要账的人把门槛差点踩烂了。还有些远地方的人不知道，克里木借了辆摩托骑上还账去了。说天黑前就还完账回来。"阿依舍笑着说。

　　不过，克里木挣了大钱的消息还是不胫而走，那些让克里木欠了账的债主们都追到了家里。有好几天，克里木都没有出门，送走了一个债主，另一个债主就上门来了，虽然都是些小钱，但人都记着，赔着笑脸上门讨要来了。克里木一个一地打发着，有些钱，他自己也记不得了，来人说多少就多少，一笔一笔地赔着笑脸还钱。

阿依舍说："自从克里木挣了钱，人走在村街上，赔笑脸的人也多了，主要是避他的人没有了。原来有人怕他借钱，现在是有人张口向他借钱。"

"恐怕是这个家里也要向不吃劲的借点钱呢。"老敏黑着脸对阿依舍说。

阿依舍转过头，扫了一眼家里人，轻轻地说："就是谁不张口，他也得借点钱，他欠着这个家里天大的人情呢。现在也是该他帮衬着这个家里人的时候了。"

"指望他帮衬？"老敏反问阿依舍，"那还不把人指望死。"

"就说他以前不吃劲，但他也是个人，也是两个娃娃的达达了。屁臭饭香他还能辨得过来吧？"老伴儿碧黛看着两个外孙子对老敏说。

老敏白了一眼老伴儿，转身走了。

两个孩子听着外爷外婆和娘说着听不懂的话儿，一脸的迷茫和不解。

只要阿依舍的脸上带着喜色，大家就把心放在了校场里，心宽着呢。

傍晚时分，大门外响起了摩托的声音。克里木还完账回来了。

克里木披了一身晚霞骑着摩托进了门，熄了火，灵巧地从摩托上跳了下来，让人看着像个滑稽的二流子一样，惹得人不得不笑。

克里木看着大家似笑非笑的眼神，把自己从上到下瞅了一遍，尴尬地笑着拍了拍身上的尘土，从摩托的货架上取下了一包吃的零碎东西来，对阿依舍说道："快泡壶茶，我的嗓子里干得快冒烟了，一天把人跑坏了。"

阿依舍笑着说："茶泡好了，我给灌水去吧。沙目（昏礼，伊斯兰教五番拜之一）快念了。"阿依舍说着朝屋沿台阶上蹲着洗小净的老敏努了努嘴。

克里木一屁股坐到热烫烫的台阶上，再也不想起来了，声音低低地说道："今天骑了一天车，乏困得很，洗不动了。"

老敏洗完了脚，套上鞋，然后立即起身，把汤瓶放到台阶上，眼望着红霞覆顶的山脊说道："人乏，那摩托比你还乏呢，都骑了一天了，偷懒呢，驴乏了怪鞍子呢。"

碧黛从灶房里跑出来对老敏说："说三道四地说啥呢，快开斋了，坐到屋里去。"又转身对克里木说："你丈人就那样，不瘟不火地，对谁说话都带刺呢，不要和他见究。"

克里木笑了笑，起身到屋里去了。从心底里说，他没有资格见究丈人，更没有理由见究这个家里的任何人。这个家里这若干年为他们一家付出得太多了，他就是下半辈子还也还不清这个家里的人情。不过，这若干年来，他在这个家里始终是低人一头。谁让他那个时候不吃劲儿、靠人家的接济生活呢？他想往事的时候清真寺里的宣礼塔上开始宣礼了。一家人忙着开斋，礼昏礼。而他却那样干坐着，坐得头顶冒汗。

这次，他回来是有一个想法的，人活在世就得知恩图报。他的想法是领上尔萨和曼苏到拉萨去开铺子，拉这个穷家一把。这是他自己心里的想法，至今还对谁都没有说，就是阿依舍他也没有说。这个家里家口大，花销更大，一年四季种几亩地，种不出金也种不出银，只够吃饱肚子。生意是活水，种地是死水。而且这个家里一年四季事情不断，简直要老丈人的命呢。他再不帮衬一把，别人会笑话他克里木，还真说他是个不吃劲的呢。过去不吃劲是窝在家里没有把土地务操好，现在不吃劲就是务操了土地而没有出去挣上钱。吃饭的时候，他想和老丈人商量一下让尔萨和曼苏去拉萨的事，拉萨那个地方，外国人来得多，钱好挣，就是摆个地摊也能养家糊口。但吃完饭老敏还要赶到寺里去礼宵礼，没有时间和他商量这些事情，只有放到第二天吃斋饭的时候边吃饭边商量了。

克里木没有礼昏礼和宵礼就睡下了，这让老敏很生气。眼不见心不烦，见着了就要说几声。早上吃斋饭的时候，老敏还为克里木不礼昏礼和宵礼而生气，一声不吭地吃着斋饭，不和克里木搭话。

阿依舍试探着问老敏："阿达，你看，让尔萨和曼苏跟上克里木到拉萨开个铺子成不？把两个年轻人放到省城的工地上一年四季搬水泥和砂浆也不是个话，再说也挣不了多少钱。到拉萨开个铺子，货由克里木供，他俩负责卖就是了。家里一年到头事情多，用钱的地方也多，把人弹挣死了，都存不下几个钱。"阿依舍说着看了看娘一眼，意思是让娘也帮腔说一声。

碧黛低着头说："开个铺子好是好，家里没有一分本钱，再说拉萨也太远了，有个啥事情，一时半会儿回不来。"

"本钱的事包在我身上，现在我身上也有余钱，不为难他们。他们只管挣钱就是了。"克里木说。

老敏看也不看地说："开铺子的事以后再说吧。这尔力要上大学，上冬还要给曼苏娶媳妇，还要打发曼茹叶，这个家里没有跑腿的男人，老的老小的小，没有男人给不上劲，到时候你让我咋办呢？"

克里木低着头说："是男人总得出门去，到时候铺子一上锁全下来不就得了吗？再说让尔萨和曼苏上去只是让他们熟悉一下做买卖的行道。我们都是务农出身，生意行道里没有钻过，真要钻也需要时间。长时间给人家工地上扛水泥和砂浆不是个办法。我的想法就是早一天出门有早一天的好处。现在做生意的人还少，等有一天人们都跑出去钻到生意行道里，那人手也就稠了，生意也就不好做。回头再问一下尔萨和曼苏，看他们本人的意思，要是他们不想去就算了。"

其实，说过来说过去，老敏是不相信克里木的为人。人就这样，要是对一个人或是一件事有了看法，那要改变他的看法是非常不容易的。除非河水倒流，六月里下雪。老敏就是这样一个固执的人。

克里木知道老敏还是很怀疑他的能力和做生意的头脑。以前他小打小闹的时候，确实有些事情做得见不得人。而今天他在光天化日之下做生意挣钱的时候，人们还是用老眼光看他。怪就怪他以前有了一个不务操家务的坏名声。他决定不再动员老敏放两个儿子去做生意。他知道要想做通老丈人的思想工作那得淌几舌头汗水，得把尔萨和曼苏从工地上叫回家，让两个儿子做老丈人的思想工作，放他们到拉萨去。其实拉萨八廓街上的铺面克里木已经找好了，就等人去开了。

第二天一早，克里木没有惊动任何人，只是给阿依舍说了一声，说他要到外面去几日，然后骑上借来的摩托车走了。

这次，克里木打定主意要把尔萨和曼苏引到生意的行道上。很早以前，克里木的父亲还没有去世的时候就对克里木说："在公家允许做生意的时候就去做生意，大小的生意不亏人，生意上有福分呢。而你守着几亩薄田种上几年也攒不下几麻袋粮食，就算你有几麻袋粮食也值不了几个钱。"所以克里木的父亲一直鼓励克里木走出去，做些小生意来历练自己。后来父亲去世了，克里木就彻底地放弃了土地，把精耕细作的农活留给了阿依舍，让她一个人白天黑夜地务操庄稼，操心两个孩子，看守他这个唯一的像窑洞一样的家。

克里木找见尔萨和曼苏的时候，两个人正在脚手架上忙碌着，汗水浸透了后背，沤出了一圈盐渍。克里木坐在工地上的一棵大白杨树下，看着尔萨和曼苏动作熟练地工作，心里有种说不出的痛肠。要是自己当年老老实实地坐在家里务操着几亩土地，那境况跟现在的尔萨和曼苏差不多。这些年，他在人前人后把自己的脸皮练厚了，也把胆子练大了。要是不出去折腾，现在他一定跟尔萨和曼苏一样在工地上手脚熟练地帮人家盖高楼大厦了。

也许是克里木坐的时间太久了，他竟然在大白杨下沉沉地睡了过去。门卫过来推了他一把，说你不该到这儿来睡觉。他歉意地笑了笑，拍了拍身上的土，说我等人下工呢。再等一会儿就差不多了。门卫看着他，说工地上有规定，不让生人进工地的大门。

克里木说："我是生人吗？我是工地上干活人的家属。"

门卫没有再说什么，自言自语着走了。

歇工了，人们高兴地返回工棚准备吃饭。而尔萨和曼苏却无精打采地朝工棚走去。却不经意间发现了坐在大白杨树下望着他们使劲笑着的克里木。

尔萨和曼苏看到克里木很是吃惊。曼苏悄悄地对尔萨说："哥，那个贼打鬼肯定又是走投无路来借钱了。"

尔萨低声说："那不一定，你看他穿得那个光鲜样子，像是挣了大钱，不像是来借钱。人不可貌相，金不可斗量，人总是有变化的一天。你看他那个喜气，把自己打扮得还不错，不像个贼打鬼，倒像挖金子的大老板。"

曼苏嘴角干裂着，尔萨好像连眼皮都抬不起了。两个人过来和克里木打了声招呼，尔萨声音沙哑着问克里木做啥来了。

克里木笑着说："看两个阿舅来了，两个阿舅像土老鼠。"

尔萨眯着眼说："斋月里封上斋在红焰焰的大太阳底下做活儿实在是受不了，要不是穷家务，我俩早就跑了。"

"姐夫好像没有封斋，嘴上滋润润的。"曼苏开着玩笑说。

克里木吸了一口热气，长长地呼出来，然后轻轻地说："我没封斋？我是没晒太阳，身上没出水分呢。我今天是专门看你们来了，我在拉萨的八廓街上租了个铺面，想让你们两个去守。就是让你们辞了这个工作，随我去拉萨。"

曼苏瞅着尔萨，有点不相信克里木的话。

尔萨顿了顿说道："去拉萨好是好，就是没有本钱，没本钱做啥生意呢？"

克里木拍了一把胸膛，斩钉截铁地说："本钱包在我身上，有的是本钱，要是缺本钱我就不找你们来了。今天辞工，明天就动身去拉萨。"

曼苏吃惊地瞪着眼睛说："姐夫，我有点转不过弯子，是不是动作有点儿快。"

克里木拍了一把曼苏的肩膀说道："快刀斩乱麻，儿子娃娃做事要铁下心了干，不能像婆娘娃娃前怕狼后怕虎的，耽误事情呢。"

尔萨对曼苏说："听你姐夫的，今天就去结账，明天就动身去拉萨。以前也听人说拉萨的生意好做呢。"

曼苏笑着对尔萨和克里木说："那我现在就结账去。"

克里木笑着对尔萨说："大哥劳累了，脸色有点不好看。"

尔萨惨惨地笑了一下说："可能吧，最近总觉得乏得很，也累得很，只想躺下睡觉。"

克里木接过话头说："工地上的活儿太累人了，滚烫烫的大太阳底下干活呢，能不累不乏吗？好了，做生意的活儿轻，铺面的租金不贵，人整天在房子里面，太阳不晒雨不淋，旱涝保收，没有啥风险。"

尔萨听着克里木嘁里嘁啦地说着话，闭眼思谋起家里的事情来，一幕幕地在眼前闪现着。

曼苏去结工资，老板没有为难他。当夜克里木在外面的饭菜馆里好好地请了他俩一顿。

　　尔萨和曼苏跟着克里木在西宁住了一晚上。晚上克里木领着尔萨和曼苏逛了下西宁城，第二天就坐上去格尔木的班车。反正三个人走了很远很远的路，其间还倒了几次车，一路上汽车走走停停，一车的人昏昏沉沉。这是尔萨和曼苏是第一次上拉萨，一路上看着车窗外那深蓝色的天幕下碧波浩渺的湖泊、广袤无垠的沙漠、一望无际的草地和白雪皑皑的唐古拉山峰时，激动不已。只是在翻越唐古拉山口时，尔萨产生了些许的高原反应，胸闷气喘，头疼不已，有些不适应高海拔。在上山前司机要大家尽量保持安静，不要动弹，保持体力过山口，尔萨还是太激动了。还好，司机备有葡萄糖水和氧气袋。让尔萨喝了一瓶葡萄糖水，然后吸上氧气，尔萨的胸闷气喘才有所缓解。尔萨把克里木和曼苏吓了一大跳。下了唐古拉山口，尔萨的情况缓解了，脸色也红润了许多，这才让克里木和曼苏放下心来。

　　连日连夜地走了四天，终于到了拉萨。

　　跟克里木前前后后上拉萨的人都在八廓街上租了铺面，开起了大大小小的杂货铺、面铺，等等。而克里木的铺子是比较大的一个铺子。

　　当天刚到，克里木就领着尔萨和曼苏去看他的铺子。这个时候，正是生意的旺季，三个年轻伙计忙前忙后地照看着生意，连跟克里木说话的工夫都没有。克里木笑着对尔萨和曼苏说："明天我领着你俩到其他地方找间铺子，让我的一个伙计先过来帮着你俩打理铺子，等你俩熟悉生意的门道后我再给你俩找个伙计。生意上有福分呢，生意是活水，是源源不断的细水长流，风不吹雨不淋的。种庄稼只能是一年一茬，而且是一年庄稼两年苦，风里去雨里来，收成好了能吃饱肚子，但要是落上场白雨，那一年的苦就白下了，还三年接不上茬。生意上道后，你俩就可轮着看守铺子，再找上两个伙计帮着照看就行了，这样既把家里照看了也把生意做了，一举两得。上货的事由我操心，你俩只管挣钱就得了。这样既对家里说得过去，也能把人活在人前。"

尔萨笑着说："戳了若干年牛沟子，把脑子都戳木了，说话都跟不上人了，怕是做不好生意。"

克里木站起来挥着手说："谁还不是戳牛沟子出身，不过我从小爱倒腾，不爱务操庄稼，四处瞎逛着见了些世面，脑子稍微活泛一些罢了。做生意要胆大心细，胆子小了啥也做不成。关键是人要实诚，童叟无欺，这样做生意才能上道。"

曼苏接着克里木的话头说："庄稼人，没有不实诚的，只是做生意没个头绪，我看着你铺子里的那种忙乱，头都大了。"

克里木哈哈大笑着："铺子里不忙你挣啥钱呢？要是不忙，那租金和各种税就把你吃倒了，忙了才挣钱呢。要是铺子里一天不进一个人，那你的嘴上不起火泡才怪呢。"克里木转向曼苏笑着说："这个憨娃娃。你到冬季了再试一下，那时候大街上人影都少了，你待在铺子里急得心里着火呢。"

曼苏低了头笑着。

尔萨笑着对克里木说："还憨呢。"

克里木笑着说："曼苏现在还是娃娃呢，娃娃们说话——嘴上没毛办事不牢，正是说话一高一低的时候，上冬和'羊鼻梁'一结婚变成大汉就不憨了。"

"姐夫净取笑人，人乏得站都站不住呢，也不叫歇缓一会儿。"曼苏耳根有点红润，埋怨着对克里木说。

克里木又哈哈大笑起来："看把你乏的，年纪轻轻的像枪杆子，我还想让你帮那三个伙计搬货去呢，看来是有意见了。那我们先休息一会儿，等买主少了叫上那三个伙计一起吃饭。"

曼苏笑着说："肚子早就饿了。"

克里木笑了笑，说："饿也得忍着，伙计一天忙着也饿，大家一起吃。"

曼苏看了一眼尔萨，只好息声不言喘了。

晚上吃饭的时候，克里木让三个伙计介绍了下铺子里的情况，听得尔萨和曼苏眼睛一眨一眨的，觉得做生意挣钱就像盛泉里的水一样，是件很容易的事。克里木说给三个伙计加工资，还说，铺子开上个三五年，等三个伙计有一定的经济基础了，他就给三个伙计找三间铺子，一人一间，找点儿其他生意让他们自己当老板。三个伙计听了高兴得有说有笑。克里木说，现在三个年轻人除了给家里带点生活费外，余下的工资都在他的生意中滚着呢，有个三五年，就能自己开个铺子了，再有个三五年，他们都会成为八廓街上的大老板。克里木说着，曼苏觉得这回姐夫是真走到了正道上，也知道痛肠和他一起创业的人了。

当晚，克里木走访了一些人，打听了一些有铺面出租的人家，第二天一早他草草地吃了一口东西，就借了辆自行车挨门挨户地打问着找铺面去了。

早上克里木的三个伙计做好了早饭，才叫醒了尔萨和曼苏。他俩吃了早饭，没有等克里木，便自己信步到大街上去转。

到下午时分，克里木转了回来。这天他在另条街上找了两大间铺面，交了定金，签了合同。又顺带找了个伙计回来，伙计是克里木同村的人，十八岁，家里人在八廓街上开澡堂子，比较闲，所以让儿子跟着克里木学做生意，打算以后也在八廓街上开个铺子。

克里木回来对尔萨和曼苏说："这两天连夜把铺子整理一下，把货先搬过去，把铺子开张了。你俩都是生手，对生意还不是太熟，先让我铺子里的两个伙计过来，帮你俩照看个一两个月。新来的伙计我先领过去，让熟悉的那个伙计先带着，过几天我要到内地去进货，阿哥跟上我去，熟悉一下进货的门道。曼苏就多操点心，把两面的铺子照看着，看哪面需要啥货了就跑跑路，搬一搬货。替换一下伙计。"

尔萨脸色忧郁着说："我怕是弄不成呢，就是把嘴说勘了也说不到点子上。"

克里木微笑着说："进货不需要把嘴说勘，主要是以货论价，经价论货。价格高的货肯定质量好。不过，进货时得货比三家、货比货，才能进到质量好价格便宜的好货。反正进货不是啥难肠事，去了看着进上一回货，路子就通了。"

尔萨听着心里还是不太踏实，不过他想，有克里木在，自己跟着看着就行了，不用操大的心。

曼苏人精明脑子活，照看两面的铺子也不是啥难事，钱赚钱的事谁都会弄。

只是弟兄二人心中还有些许不踏实，家里不知道他们已经进藏开了铺子，更不知道他们和父亲最瞧不起的克里木搅在了一起，这是父亲最不愿意看到的事。父亲一生最瞧不起的就是不守农民本分、油嘴滑舌的人。恰恰克里木就是这样一个人，而老敏却不小心把女儿嫁给了这样的人。克里木心里明白老敏从心底里瞧不起他，就因为他从来没有认真地务操过一天庄稼地，也没有认真地当过一天农民。说实在的，有时候克里木自己闲了想家的时候，都想不起那面山上的哪块地是自家的，也说不上自家那块地里种的是啥。而这一切都是由妻子阿依舍自己一个人经营着，按地块每年调着茬儿种着小麦、青稞、洋芋、油菜、大豆等庄稼，养活着自己和孩子。而克里木倒像是一个客人，来来去去飘荡不定，在外面游荡的时日比居家过日子要多。所以这一点老敏就打心底里瞧不起他，没有给过他一个正眼，但碍于阿依舍和两个外孙的情面，老敏至今也没有和克里木撕破脸皮。这一点令克里木欣慰。现在他把尔萨和曼苏抓在了手里，引到了生意的行道里，等有一天两个人挣了钱回家的时候，他一定让老丈人对他刮目相看，也一定要在老丈人家堂屋炕的上位头堂堂正正地坐上那么一回，让他也享受一次作为女婿的尊贵。但现在他还只能侧着身子坐在老丈人家的炕沿子，就是炕沿上也不是经常有得坐。其实以前他也习惯了老丈人的那种怠慢和冷眼。

他知道，他有让老丈人有热脸的时候，这个时候为期不远了。

当一个人下决心要改变过去的自己，狠下心来堂堂正正活一回人的时候，在众人眼里他的好人品是显而易见的。

害病

　　跟着克里木进了一趟货，尔萨对进货的门道了解了个大概，而且两个铺子生意也还不错。生意一好，兄弟两个睡觉也都踏实了。但是一段时间来，尔萨的右肋下隐隐约约地疼痛，还腹胀、乏力，常常困得很。在打工的时候就一直乏，这时候更是乏困得起不来，好像力量被人从脚底下抽走了似的。但他没有给曼苏说过，以为是劳累过度。但近来，他一点儿气力都没有，坐在那里就不想起来，脸色也渐渐地变得有点儿蜡黄。克里木有次盯着尔萨的脸色说："阿哥，你是不是累着了？脸色一直不好，蜡黄蜡黄的，哪天闲了我领你到医院检查一下，看是不是病着了。"

　　尔萨笑着说："许是这里气候的影响吧，自上来后一直觉得乏力，闲了我自己到医院查一下。"

　　克里木一脸认真地说："脸色也不是太好，到医院全面地检查一下，要是没病就放下心了，要是有病就要趁早去治。拉萨的西藏军区总医院专家多，看得也好，明天早上抽空我陪你去看。早上你先甭吃东西，万一要是做化验得空腹。"

　　尔萨笑着说："不是啥大病，你不要陪了，我自己去。就是检查一下，不需要人陪的。你把铺子里的生意照看上就行了。"

　　克里木仍然一脸认真地说："那行，我就不去了，要是检查有啥问题了再说。"

尔萨笑着挥了挥手说："没事，就是乏困的事，吃点药应该就好了。"

克里木走了几步又转回身，一本正经地说："不是吃药的小事儿，既然去了医院就全面检查一下，不要怕花钱，铺子的生意好着呢，不差几块检查的钱。你放心去查。"

尔萨笑了笑，再也没有说什么。只是此时的他心想这克里木彻底变了，再不是以前的克里木了。来拉萨之前，尔萨还对克里木做生意的能力有几分怀疑，但看到他打理铺子和进货时的精明能干，他才认可了克里木的能力。现在他也把如今的克里木和以前的贼打鬼不吃劲的克里木对不上号了。克里木已经出脱成一个典型的生意人了。尔萨想着克里木的过去和现在，竟情不自禁地大笑了起来。

第二天天刚亮，尔萨起床后没有吃东西，告诉曼苏说他早上就不去铺子了，而是要到街上去转一圈。说完就走了。

拉萨的大街上，天刚放亮的时候，是很少有行人的。所有的店铺都还关着门，大街上寂静无声。尔萨按前一天克里木说的路线，走到了医院门口，才看到有进进出出的人走动着。有人表情淡然，有人面露焦躁，手里提提拖拖的，是陪护的人去给自己和病人买早点。这时候，尔萨的肋部又阵阵地疼着，令他恶心得想吐了。尔萨想总医院有点远，这家小医院就在眼前，到哪里检查病还不都是一样，再说医生们都会尽心的。尔萨想着，脚就不由自主地迈进了医院……

中午吃饭的时候，尔萨回来了，脸色不是太好，比进医院以前更黄了，蜡黄蜡黄的，像抹了黄连。嘴角微微地翘了起来，嘴皮也寡白寡白的，几片干皮像晒焦的洋芋皮子乱翘着，看着一副像是好几天干渴着没喝水的样子。眼睛里的光气没有了以往的那种锐气和精神，变得有点暗淡和飘忽不定。

克里木定定地看着尔萨的眼睛问道："阿哥早上查病查到啥病了没有？"

尔萨吃着饭，有气无力地说："医院说结果下午才出来呢，让我下午去拿。"

克里木扫了一眼曼苏，又看着埋头吃饭的尔萨："那诊断的医生如何说呢？说啥病了吗？严重不严重？脸色都成黄蜡了。"

曼苏盯着尔萨的脸色也说："就是，这几天阿哥的脸色是越来越黄了。以前我还以为是忙了乏累的。"

克里木一脸正经地给曼苏说道："等会儿你不用到铺子里去，陪着阿哥去医院里看结果，如果真病了，就把住院手续办了住下。好好地治一治。铺子里的事儿不用操心。"

"我一个人去就成了，不用人陪。"尔萨低着头吃着饭，不愿搭理克里木和曼苏。

克里木看了一眼曼苏，像打哑谜似地朝尔萨努了努嘴，要他陪着去。

曼苏朝克里木点了点头。

吃完了饭，克里木朝尔萨说："等会儿去医院，我和曼苏都去。有病治病，没病看放心。"

克里木把铺子的事给伙计安排好后，就出发去军区总医院。

走到半道上，尔萨却拐进了小医院。克里木吃惊地望着尔萨："今早你没有去军区总医院？"

尔萨勉强地笑了一下，说："就查个病，哪个医院都一样。"尔萨说着话，脚步已迈进了医院的大门，径直朝门诊上走去。

克里木和曼苏跟着，一脸无奈。克里木自言自语道："当然医院都一样，但总医院的医疗设备全，查病查得详细。而小医院的慢性病治疗水平高，各有所长。"

他们取了结果，拿到早上挂号的主治医生那儿一看。主治医生盯着尔萨的眼睛，好一会儿才说："住院治疗吧。这个病有点麻烦，一时半会儿治不好。"

尔萨笑着问医生："没有啥大问题吧？就是时常乏力，右面肋部有点闷疼感。不住院治疗成吗？"

医生拧着眉头没有接话，在处方笺上唰唰地开着药方。

克里木见医生没有搭话，就笑着对尔萨说："医生说啥就是啥，听医生的话，医生说住就住。"

医生开完了处方，轻轻地递过来交到了尔萨手里，说："去办住院手续吧！把药取上，药比较贵，但疗效好。"

克里木掏出钱给了曼苏，努嘴让曼苏跟尔萨去办住院手续、取药。自己挪到医生跟前小心地赔着笑脸问医生："我阿哥的病到底重不重？要紧吗？"

医生抬首看了一眼克里木，又朝门外望了一眼，说道："你阿哥是晚期肝癌，你没见他肋部时常疼痛、腹胀、乏力、脸黄，还消瘦，有腹泻、上消化道出血症状。先把院住了，先用上药治疗，看效果如何。"

克里木听了惊得瞬间失语了。半天才结巴着问医生："那、那怎样治才能好呢？"

医生叹了口气，神情沉重地说道："你阿哥全凭年轻，扛着呢，要不早倒了。现在已失去了手术治疗的机会，要是治疗不见效果，那只能采用化疗、放疗、靶向治疗、免疫治疗、内分泌治疗等各种西医治疗手段，来减缓病情的进展，获得一定时间的缓解，延长病人的生存期。不过有的病人癌症已经到了晚期阶段，经过我们的治疗，病情得到了有效控制，效果还是很好的。先治疗一段时间再看吧。先不要告诉病人，让病人放心治疗，养病，看效果。"

克里木点着头，退出了医生诊治室。眼泪不争气地像一阵跟着雷声的急雨般哗地流了下来。他不由得想起了满头白发的老丈人，艰辛了一辈子，到老了该享清福的时候，唯一的孙子遭了横祸，现在儿子又得了绝症，这是要老丈人命呢。人活在世，有的事情是不能预测和规避的。现在，他该怎么办呢？尔萨该怎么办呢？那一大家子人该怎么办呢？克里木头重脚轻地走到医院走廊的凳上坐着思谋着……

　　克里木望着医院走廊的尽头，他看见一个捂着腹部蹒跚着呻吟的病人，眉头微蹙着，迷茫而毫无活力的面庞苍白得没有一丝血色，仿佛再也见不到第二天的太阳了。又瞧见一个边走边抹泪的女人，她是来探望重病的父亲？丈夫？还是儿子？不得而知。他看得出来，一把泪水从她疼痛的心尖渗出，在炸裂不能愈合的伤口中流淌着，一同流淌的还有她无限的痛肠。此时克里木泪眼模糊地看着一个个从眼前走过的病人和病人的亲属，让他生硬冰冷的心肠瞬间变得像流水般柔和温润。本来，在外面世界奔波了几年的他，在各种生分和冷漠中碰得头破血流，融释了他骨子里生就的柔情和善良。现在，骨子生就的那点柔情和善良像新春的草芽重新萌发了出来，一点一点地汇聚在了克里木的心里。

　　多少年来，那些给过自己冷脸和恶语的嘴脸逐渐地模糊了，像太阳底下融化的斑驳积雪，在思绪里褪去了。

　　他眼前反反复复出现的是满头白发的老丈人和捂着腹部强装笑脸的尔萨。他有点惊慌失措，他还从来没有像现在这样焦躁过。当一个人放浪自己游走四方的时候，他眼里的世界是无限美好；当他回归自我，给心灵找到一处栖息之所时，才知已无处安放他焦虑的思绪了。现在，面对所有的亲人，感到无法抑制的汹涌澎湃正向他压来，沉重地落在了他没有担负的肩膀上。此刻，他有种被棉被捂住了透不上气的感觉。

　　要是尔萨倒下了，那个家里的人还怎么活下去呢？现在这个问题在克里木的脑海里反反复复地闪现着，让他失去了思考的本能。

"哎……姐夫！"曼苏使劲摇着克里木的肩头。

克里木从恍惚中惊醒了过来，吃惊地望着曼苏，好像是看一只从来未见过的怪兽似的。他噢、噢、噢地啜嚅了一会儿，才回过神来。

"姐夫你神情有点不对啊，怎么了？"曼苏睁大眼睛问克里木。

"噢！我脑子有点迷糊，打了个盹，差点睡着。住院手续办了吧？"克里木揉着眼睛问曼苏。

"手续办了，阿哥已经住下了，我出去买点洗漱用具。"曼苏说着用手指了指医院走廊尽头的大门。

克里木好像还有点回不过神来，"我们俩一起去买。"他边说边沿着走廊往外走。

曼苏跟在克里木的后面，神情木讷地走着，他已经从克里木的神情上看出尔萨的病可能有点严重。他紧跟几步，追上并扯了一下克里木的袖口，问道："姐夫，阿哥的病是不是很严重？"

克里木像是没有听到曼苏的问话，神情凝重地绷着脸，继续走他的路，像一个痴呆患者似的。当曼苏再次扯住他的衣袖准备问话的时候，他长长地叹了口气，叹出了他的无奈、无助和忧伤。

"唉！你就好好地把你哥伺候上一段时间吧！"克里木再次叹了口气，让曼苏精心照顾好尔萨。

曼苏终于听明白了，一长串眼泪涌了出来。

从住院开始，尔萨一天早晚喝两碗黑乎乎的汤药，还要分几顿吃些粒丸药。半个月院住下来，尔萨的腹肿消了，腹部揉起来软和了许多，闷疼感也有所减轻。尔萨觉得浑身有了些许的轻松。他平静的脸上逐渐有了笑容。

主治医生查房时用中指和食指并着压了压尔萨的肚子，笑着说："治疗效果还可以。还得安心住上一段时间噢！"

尔萨笑着点了点头，算是回答了医生。

尔萨稍微有了气力，便在病床上躺不住了，弹挣着在医院走廊上来回走动，锻炼自己躺麻的手脚和腰腿。

曼苏一天几趟地在铺子和医院来回跑着。曼苏在医院陪护了一晚，第二天尔萨就不让陪护了，说曼苏陪着他睡不好觉。克里木只好让尔萨一个人留在医院里，让曼苏睡在铺子里。他知道尔萨的脾气，他说不让干的事你别干。那性格一分不差地随了老敏，说话做事活脱脱是另一个老敏。所以克里木也很迁就尔萨。

曼苏生气地说："说话做事牛梗梗的，谁受得了他那个脾气呢？还不是自己伤害自己，给自己找麻烦呢。"

克里木右手捏着一块绿松石，不停地用拇指揉搓着。他沉思了一会儿，扬了扬手，说："人在病中本来就脾气大，再加上你哥本人生性比较牛，所以我们要尽量体谅他，就是有天大的怨气也不能在他跟前表现出来。我希望我们都能做到这一点。再说你哥的病虽然治疗得有点效果，但最终的结果还不知道。但愿医生能治好他的病。"

曼苏用左手拇指和食指指甲狠着劲掐右手拇指上的一个瘊子，掐得血淋淋的。泪水潺潺地流着，滴在了伤口上。他知道，家里的很多事情都有父亲撑着，快撑不住的时候，还有尔萨的肩膀撑着。任何事情从来落不到他的肩头上，他只有乘凉的份儿。现在，父亲还在独撑着那个远方的家，尔萨现在一分劲儿也给不上了，没有指望了，该他扛起家里生活的重担了。曼苏的心里乱糟糟的，像扯乱的细麻绳，没有个头绪。

克里木站起身，拍着曼苏的肩膀，说："能想事情的男人是有出息的男子汉。不要学前几年的我，也不要学我以前的怂样。其他的事情要想，这里还有我呢。家里的事情也要想，明后天了寄两千块钱回去，现在家里面用钱的地方多。还要给'羊鼻梁'拿钱呢。"

"唉!"曼苏长叹了一声,站起身狠狠地甩了下手上的血迹,用嘴咂了咂,目光坚毅地去医院守护尔萨。他暂时还没有思谋儿女情长及"羊鼻梁"的时间和精力,当下的事情一样一样地思谋着还顾不过来。目前最关键的是把尔萨的病治好,这是曼苏思谋最多的事情。

刮乱秆

这是一个值得庆贺的事情。

一年来，就没有一件事情让老敏一家人的笑脸绽放过。

尔力的大学录取通知书到了。尔力被西北大学中文系录取了，这在敏家咀村是一个天大的新闻。

通知书送到的那天，老敏一家人在阳婆山上的青稞地里刮乱秆。

庄稼遭了白雨，颗粒无收，但草还得收一把，要不到了冬季，牛羊就得把嘴扎住。庄稼让白雨打成了乱秆，青稞秆子东倒西歪，半截儿戳在地里，半截儿乱搭着。一家子吃了早饭，便背上镰刀去青稞地里刮乱秆。青稞齐茬茬长着的时候，那一镰一镰割着是满心的希望。现在青稞穗子被白雨打得像棒槌敲了似的，青稞粒都落到了泥土里，拣也不是拾也不是。尔力看着地里乱得不能再乱的乱秆，说："这看着没处下镰，叫人不会割。"碧黛说："只能乱刮，刮着收到镰口就成了。"老敏说："刮完了乱秆，等白雨打到泥土里的青稞一发苗，再翻下地，青苗就可以当肥料。"碧黛说："当下人的口粮都成问题呢。要是今年开春墒情好的话，洋芋还有指望。开春没落多少雨，把洋芋揞在地膜里揞成粉了。再加上打了庄窠，把往年

279

积蓄的一点儿小麦也打展尽了。"阿西接着说："乱秆刮上拉回去还得用碌碡碾柔，不然硬草秆子牛羊不吃。"老敏说："那也是实话，今年白雨一打，家家牛羊的冬草都成问题，地里刮乱秆的时候尽量把茬口放低，能刮多少是多少。"阿西说："这会子山场上还有草，大家还没有意识到牛羊冬草的缺少。"碧黛说："上冬连烧炕的炕草都没有，冬天大家挨冻呢。"老敏叹着气，看着乱得不能下镰的乱秆，竟然没有下镰的意思。青稞秆子断了，拧个捆草的腰绳都是困难的。

碧黛挥了挥镰，说："刮吧！看着看不完，再就乱刮，刮一把是一把。"阿西说："我们先把乱秆刮了，赶紧刮完了割几车马莲草。马莲草还没有黄，这时候的马莲草有苦味，牛羊不吃，人们也还没有割。等人人都开始想着割马莲草的时候，河滩里的马莲草就抢不上割了。"老敏恍然大悟似的说："把这茬倒忘了，马莲草啥时候都能割，但庄稼白雨打了，人们都能想到要割马莲草。"听阿西和老敏这样一说，几个人一齐弯腰屈腿挥镰刮青稞乱秆。

晌午时分，大家坐在塄坎上喝水吃馍馍，看到自家门前有一阵青烟冒着，紧接着响起了一阵噼里啪啦的鞭炮声。

尔力放下手里的茶杯，盯着家门口冒起的青烟，听着炸响的鞭炮声，突然立起身，喊了一声："录取通知书到了！"随即像阵旋风刮过似的从塄坎上跳了下去，在青稞的乱秆中一跳一跃兔子样跑向家的方向，不一会儿就不见了踪影。

碧黛转身问老敏："要不你也下去看一看？"

老敏目不转睛地看着家的方向，说："看啥呢？尔力下去了，他取了就会带上来。娃娃们跑得快，我下去也是白走路，说不定等我下去走到半路上，尔力就已经上来了。大家赶紧刮乱秆。"

尔力的录取通知书到了，这对老敏家对说是一件天大的喜事，对整个村庄来说也是一件大喜事。敏家咀村好多年来还没有出过一个大学生。村里早年出过一个中专生，让村里人奔走相告了好几天。

　　老敏的脸上像被太阳光洗过似的，绽放着灿烂的笑容。碧黛、阿西和曼茹叶的脸上也都绽放着灿烂而喜庆的笑容。这是老敏一家人多少天以来见到的最灿烂的笑容，仿佛是地塄坎边上一朵朵热情盛开的山丹花。几把镰刀嚓嚓地刮着青稞乱秆，嚓嚓声整齐划一像抑扬顿挫的音乐。地上的乱秆被镰刀慢慢地吃进，一捆一捆的乱秆捆子上乱参着无法捆紧的乱秆。倒是茬口贴在地皮上，像是被镰刀舔了似的。每到割田的时候，老敏都要忍不住夸下他的镰刀。镰刀是在县城范师铁匠铺打的，是老范师亲自打的大卷镰。当年，老敏和范师一同修过江迭公路，一个锅里搅过马勺，是一对你不吃我不喝的老朋友。老敏家的镰刀从来都是老范师打。后来老范师上了年纪打不动铁器了，就把铁匠铺交给了小儿子经营。老范师歇了手，老敏就想趁老范师在，多打几把大卷镰。他自从用了老范师打的大卷镰后，拿别人打的镰刀用着不顺手，他用的镰刀还得叫老范师打。那年春闲的时候，他就让老范师给他打了十把大卷镰。他的那十把大卷镰是老范师的封手之作。自此以后，老范师再也没有去过铁匠铺，彻底放下了他攥了一辈子的铁钳和铁锤。

　　乱秆一片一片地吃进去，地块一片一片地露出来。老敏看着碧黛吃进土里的茬口，惋惜地说道："再把茬口高上一点儿，茬口都吃进了土里，这样费镰刀呢。"碧黛伸了伸腰，嗔怪地瞪了一眼老敏，说："茬口高了，你说浪费草呢；茬口低了，你又说费镰刀呢，干脆你把镰刀锁到柜子里要用最好，一辈子都不费。"老敏瞅了一眼阿西，摇了摇头，笑着说道："我们手里的这几把镰刀是老范师打的最后的大卷镰。这几把大卷

281

镰勚老勚光就再没有了。"碧黛转身看了一眼老敏，手中的活依然没有停歇，说："勚老勚光了再打几把，人活着吃饭都把牙勚光呢，何况是一把割田的镰刀呢。再要心疼了赶紧刮。"

阿西听着公公和婆婆的对话，嘿嘿地笑了，笑得有点揄揶的意思。

阿西这一笑，老敏和碧黛就不作声了。

曼茹叶远远地刮着，也许此时她的心里思谋着一个个遥远的事儿。懵懂的年龄，想着懵懂的事儿。

老敏他们还没有刮多少乱秆，尔力像阵风似的旋了回来。手里提着一暖壶开水，怀里揣着录取通知书。尔力老远就喊开了："来了！来了！"大家知道是尔力的录取通知书来了，拿到通知书，就算是一脚踏进了大学的大门。老敏放下他的大卷镰，把双手放到裤面上搓来搓去，搓掉汗泥。碧黛、阿西和曼茹叶都放下镰刀，到衣襟上搓着手上的汗泥，准备接看尔力的录取通知书。

尔力是从山下跑上来的，头上像被水浇了似的，汗水从头上往下淌，头发上的汗珠晶亮亮的。后背和前胸的衬衣被汗水洇得湿透了，贴在身上。尔力把自己笑成了一朵花儿，眼睛眯成了一条缝，边跑边撩起衣襟擦脸上的汗水。

老敏站在地塄坎边上，笑着喊道："要太急，慢点走！"

一家大小都望着尔力笑着，灿烂的笑容像山丹花又像野菊花。

老敏从上气不接下气的尔力手里接过红色的录取通知书，翻来覆去地看了好多遍，自言自语地说着："好！好！来了就好！来了就好！"碧黛急得干搓着手，说："让我们也看一下，成啦！看个没完没了，我们看完了你再装在眼睛里了看。"老敏嘿嘿地笑了几声，又翻来覆去地看了几遍，才递给了碧黛。碧黛轻轻地打开录取通知书的内页，问："尔力，是哪个学校？"尔力笑着说："西北大学，是西安的一所大学。"老敏盯着尔力问："那么远？"尔力笑着说："那还不远，东北和南方的大学才远呢，因为太远，报志愿的时候都没敢报。挑了个近的西北大学报上了。"老敏笑着说："噢！那不远，不远。"

录取通知书在几个人的手里转了几圈子，最后转到了尔力的手上。他用一个旧衣服包起来放到背篼里，然后拿起一张大卷镰在曼茹叶的身边刮乱秆。

一块地里多一个人就不一样，尔力的加入让他们刮起乱秆来快了很多。当太阳从阳婆山上跨过的时候，就该回家了，而现在太阳还没有从阳婆山跨过去，两亩地的乱秆就刮完了。老敏还想着到另外一块地里再去刮一阵。碧黛说："今儿个就算了，早点歇，明天早点起身去刮大湾山的青稞乱秆。"老敏说："也成。"阿西和曼茹叶忙着收拢刮乱秆时用的磨石、装水的汤瓶、装开水的暖壶，尤其是那几张大卷镰。啥丢了都成，那几张大卷镰不能丢，那是父亲的命根子。

太阳斜照着早早下山回家的人们。

老敏回望了一眼刮光乱秆的青稞地，地皮上竟然白光光的，没有凌乱的乱秆和杂草，也看不到茬口。披着光芒的山脊上一抹绿中带黄的退耕还林地里，谁家的几只羊在林间忽隐忽现，吃着野草莓红汪汪的果实，掐着狗尾巴草和冰草的芽尖。

老敏这才想起自家的牛羊来。有多少天了，他自己也没有个日子。牛羊一直由老炮爸代放着，自己倒忘了。老炮爸也不言喘一声，闲也好忙也罢，他都把老敏家的牛羊当成自家的牛羊来放。老敏想着嘿嘿地笑了起来："这个老炮，把我家的牛羊真当成自家的牛羊放呢。又让我欠他一个大人情。"

老敏一家人的笑容比傍晚的阳光还灿烂喜庆。

283

提
亲

  老敏一家人紧赶慢赶，把各山各沟地里的青稞和豌豆的乱秆刮完了。然后用牛车拉回来铺在村道上驾上黑秃子用碌碡碾柔后拖进了草房里。老敏看着草房里的黄草，心里稍微有了些许的慰藉。有了这一草房黄草，他家的牛羊一个冬天就不会挨饿了。不过，他想，庄稼让白雨打了，家家草房里的黄草都比往年少了一半。人们刮乱秆的时候顺带着把塄坎上一拃长的杂草都刮了个干干净净，地里像被巨兽舔过了似的，光秃秃的。

  老敏一家比别人早下镰了几天，各地里的乱秆刮完后，老敏就趁着别人还在刮乱秆的时间，把河滩里和红崖湾的马莲草都割完了。等别人回过神来时，河滩和红崖湾的马莲草只剩下一摊一摊割光的茬口。老敏家的院子里弥漫着马莲草的清香味，一股一股飘过院墙，飘散在村子的空气里。

  那天晚霞快褪尽时，老炮爸赶着牛羊从远山里回来了，他从老远的地方就闻到了马莲草的清香味。他笑着对刮完乱秆一同回来的人们说："老敏一家人心眼亮得很，手也贼得很，昨天我放牛放羊的时候，满河滩的马莲草还像庄稼棵一样长着呢，傍晚回来时就光天光地的；今早放牛放羊经过红崖湾的时候，看到老敏一家人在那儿割马莲草，傍晚经过时，红崖湾的马莲草就被老敏一家人舔过了，光得不见一根马莲草了。"红牛犊惊奇地问："河滩和红崖湾的马莲草叫老敏家割光了？不可能吧？"同样从地里回来的王有才老汉叹了口气对红牛犊说道："这个村里，做任何事情不要和老敏一家人比，你想到的时候，人家已经干完了。不信，你明早到河滩和红崖湾里瞅去，看还有一根马莲草吗？早被老敏一家人割完了。"红牛犊红着脸说道："河滩和红崖湾是村里大家的，又不是他一家的，他一家割完算啥事啊。"老炮爸紧跟了牛羊几步，说："虽然河滩和红崖湾是村里大家的，但往年大家谁都可以割啊，也没有说不让谁割。前年红崖湾还让谁家孩子在冬天放了一把火，把红崖湾烧成了一条'黑崖湾'，也没见谁出来说一声。现在是谁的手长谁割上，谁割不上了就干瞪眼吧。"红牛犊听了老炮爸的话也就不吭声了。

看来，老敏是想着走到了村里人的前头了。老炮爸心想：他老敏心眼亮手贱，上冬我家牛羊没草料了，还不是要从他家草房里去背呢。不淌一滴汗，那是多好的事情啊。老炮爸想着的时候，他家的牛羊和老敏家的牛羊就自然分群进了各自的家门。老炮爸想得美美的，把自己想笑了。

老敏把河滩和红崖湾的马莲草割完了。红牛犊把状告到了大嘴和文肚子跟前。大嘴和文肚子笑着说："我赞成老敏勤谨人家的做法，要是现在不费点心劲割点马莲草，上冬让牲畜挨饿呢吗？回去操自己的心去，不要操那个闲心了，满山满洼转着看哪里有能割的马莲草或蒿草，趁人们刮乱秆顾不上割草，赶紧割草去。要是冬天黄草赶不上茬，你家的牛羊要挨饿，那会儿谁也没有办法。"红牛犊听了大嘴和文肚子的话，灰溜溜地走了，带着家人满山满洼地转着割草去了。

老敏一家正为尔力的学费愁得没任何办法的时候，曼苏寄来了两千块钱。这就让老敏一家人大大地松了一口气。两千块钱让老敏和碧黛思谋了半晚夕。老敏说:"儿子娃娃还是要出门呢,不能当窝里老。你看,这一出门就把钱挣上寄回来了。要是不出门,两个人还不是窝在家里,一分钱都挣不回来。到现在尔力的学费就真把人愁死了。"碧黛说:"出门人有出门人的难肠,两个人出门在外钱好挣难挣都没处说。这两千块钱是尔萨和曼苏两个人的血汗钱。这个得给尔力说清楚,让他到了学校里一定要好好学习,知道挣钱的难肠,也要让他知道庄稼人花钱的难辛。"老敏望着头顶让柴火烟熏得发黑发亮的椽条,一种有形和无形的幽暗沉沉地压了下来,落在他的胸口上。他重重长长地叹息了一声,这声叹息里透着老敏无尽的无奈、孤独的无助和人生的遗憾;透着老敏内心深处无法散尽的疲惫和焦虑;更透着老敏思绪里的一片迷茫和纷乱。一幕一幕的事情像放电影似的在他的脑海里回放着,留下了清晰的印象。他不知道在以后的日子里,还有啥事情会像电影似的在他的脑海里回放,他真不知道了。碧黛给他往身上扯了扯被子,轻轻地说:"睡吧!时候不早了,明天的事情明天再思谋吧!"他轻轻地闭上眼睛,可往复的生活一样一样铺天盖地在脑海里跳跃着涌在了眼前,他哪里还有瞌睡呢?而老伴儿已经发出了轻微而均匀的鼾声。

夜已深,月光钻透窗户上的玻璃跳进来,照在老伴儿一起一伏的胸脯上。老敏从窗玻璃上望出去,天上有大片大片的云彩风驰电掣般地飘着从红土坡山顶上荡过去。这时候的月亮在云缝里像个忽隐忽现的白炽灯,把那些轻淡的云彩照得无处躲藏。

碧黛睡了一觉醒来,悄悄起身看了一眼老敏,老敏的眼睛还大睁着,他根本就没有睡。碧黛突然说:"香水村的那个瘸媒婆怎么近来没有响动了?"老敏清了清嗓子说:"她也该来了,那个泥瓦工家道不错,他那个大眼睛儿子也不错,瘸媒婆要是再来提亲，就答应了，打门礼人家不是带来了吗？再说阿依舍在香水村呢，啥情况她比谁都熟悉。曼茹叶嫁过去，姊妹两个也是个伴儿。"碧黛说："就是，丫头的事情上细处得细一点，粗处还得粗一些，该家里做主的时候还得家里做主。再就看丫头啥意思。"老敏说："丫头我看也没有多大意见，嫁过去的人家只要家道过得去，人品上没有啥问题，女婿长得麻利一点就成了，这是最基本的。农村里哪个家庭还不是这样组成的，还不是这样一辈子过来的。"

两个人说着话儿，外面已麻乎乎地亮了。老敏披衣下了炕，头重沉沉的，像漂在水上一般。

那天刚吃过早饭，碧黛给尔力准备一些上学穿戴的东西。瘸媒婆笑呵呵地进了院子。这次，黄狗卧在狗窝门上，眯了眼瞅着瘸媒婆进了院子也没有吱一声。黄狗不像以往，它准是老眼昏花，把瘸媒婆看成了某个走亲戚的了。瘸媒婆瘸着像是刮进来了一阵风，黄狗就没有喘的意思。瘸媒婆朝黄狗窝那儿瞅了瞅，一瘸一跛地避着黄狗，怕黄狗猛地站起身扑过去。瘸媒婆见碧黛正在忙碌，就大老远笑着问道："麻南家外婆正忙呢？"碧黛忙起身掸了掸衣襟，抖落了剪刀铰碎粘在身上的布条和短线条，迎了上去。瘸媒婆背上背着一个大背包，手里提了一个小包。碧黛迎上去的时候，瘸媒婆那个动作有点滑稽好笑。

曼茹叶坐在檐台上绣着一面枕套，看见瘸媒婆后收起手里的活儿，钻进厢房里去了。

瘸媒婆仍然笑呵呵的，走到当院让迎上来的碧黛帮她卸背包，她便腾出手撩衣襟擦脸上的汗水，嘴里还喊着："唉！热死了，麻南家外婆快倒杯茶水！"

碧黛转身朝厢房里喊了一声："曼茹叶！给媒阿婆把茶倒上来！"她提着背包走在瘸媒婆后面，让瘸媒婆往堂屋里走。

曼茹叶轻轻地答应了一声，出了厢房门向右一拐进了灶房，不一会儿就提着暖壶端着一小盘馍馍，给瘸媒婆倒了茶水。

瘸媒婆的确是渴了，端起茶杯像饮牛似的毫不顾忌地用嘴唇堵住茶叶一口气滗干了茶水，喝完后直接将茶杯伸到了曼茹叶面前。曼茹叶只好将放到炕桌上的暖壶重新提起来，给瘸媒婆满满地倒了一杯。这次的茶水有点烫嘴，瘸媒婆没有一口气滗干，喝了一小口就把茶杯放到了炕桌上。她脱了鞋径直上到了炕上，盘腿稳稳地坐着靠在了叠放在炕角的被子上。这时的瘸媒婆才舒了口气，笑着给碧黛说："掌柜的不在吗？我给丫头送落话礼来了。"

碧黛笑着说："掌柜的今早吃了早饭有点空闲时间到老炮爸家去了，一点儿事情完了就来了。先不急，我让曼茹叶给您做早饭。你恐怕来得早，走上来了，早饭没吃。"

瘸媒婆笑着掰了一块馍馍边吃边说："还真饿了，我没吃早饭就来了。'大眼睛'家要送，我没让送，想是路上随便拦辆啥车就坐上来了，可走了一路愣是没见一辆驴车，把人走成尕巴牛了！"

曼茹叶听着偷偷掩嘴笑了一下，就去做早饭了。

碧黛和瘸媒婆扯着闲话，说今年的天道，说今后的日子，也扯了各自家里的一些事情。

两人正乱扯着闲话，老敏斜披着衣服进了院门。还没走到台阶跟前，就大声问道："家里来亲戚了？"

瘸媒婆听着老敏进了院子，一下子腿脚麻利地下了炕，和碧黛一起迎了出去。

老敏看到是瘸媒婆，就笑着说："今早我们老两口还念叨您呢，说您没来的时候有些长了。"

瘸媒婆笑呵呵地接上话头说道："就是，时候有些长了，'大眼睛'家逼了几回，我忍住没来。我给他们说了，都是养丫头的人，人家要给丫头，那得打听打听你家的为人呢。时候到了我再去。时候一到，这不是我给你们送落话礼来了吗？"

老敏让瘸媒婆前头进屋，自己跟在后面边走边笑着说："就是，两个陌生的人家要成亲戚呢，互相打问掌握一下情况很有必要，免得以后红脸粗脖子。"

瘸媒婆仍然上了炕靠在被面上，一个劲儿地给老敏和碧黛夸泥瓦工和他儿子"大眼睛"，把"大眼睛"说得简直跟电影明星似的。

老敏和碧黛算是领教了瘸媒婆嘴巴子的厉害，她的那嘴巴子就是再有十个人也说不过。

老敏笑着开瘸媒婆的玩笑："媒阿婆的嘴巴子是越来越能说了，能把死的说活呢。"

瘸媒婆也笑着开老敏的玩笑："全凭嘴巴子吃饭呢，要是蠢得连嘴巴子都撬不开，那还饿不死在你家大门上。"

说笑的会儿，曼茹叶将早饭端了上来：一盘醋熘水萝卜，一盘水煮凉拌白菜，一盘清炒洋芋丝，一盘干肉炒笋子，一盘干肉炒野蘑菇。五样菜，白的白，青的青，绿的绿，让人看着馋得不行。还没等老敏劝让，瘸媒婆就急不可待地伸出筷子撅起吃了起来。边吃边反劝老敏也吃点："大家一起吃，我一个人吃不完。"

曼茹叶站着续添茶水，看着瘸媒婆的吃相，心里暗暗笑道："还一个人吃不完，五盘菜，要是一个人吃完，那不吃成牛了吗？"

老敏劝让着瘸媒婆，说："你多吃点，走了这么远的路。我早饭吃过了，没处再吃了。"碧黛也笑着劝让："多吃点，再就简单的一顿饭，甭笑话。"

瘸媒婆边吃边说道："啥简单？这好得很。我方圆十里家家户户的饭都基本上吃过，还没有吃过这么香的饭菜。你丫头的食水真不是说的，就是当县城饭馆里的大厨也不在话下。"

碧黛笑着说："穷家务里长大的丫头，从小就帮我们做这做那的没闲过，家里几个人的饭菜还是能拿出手。主要一点，我家的丫头各方面乖得很，不像其他人家的丫头失调的地方多。丫头若一打发还把我的手打了。"

瘌媒婆突然想起了什么："你不是还有媳妇呢吗？你家媳妇也乖得很啊。"

老敏接上话头说："媳妇比丫头还乖，但丫头从小把她娘陪顺了，猛地走了，她娘心上空呢。"

瘌媒婆转过身又问碧黛："这会儿没见你家媳妇？"

碧黛一脸真诚地说："媳妇到山上放牛和羊去了。曼茹叶放牛羊不方便，老敏老了跟不上趟。"

瘌媒婆噢的一声，听明白了。

这说说笑笑中算是把话落下了，事情成了一半。

接下来三个人商量了关于送干礼的具体事情。瘌媒婆高高兴兴地回香水村给"大眼睛"家回话去了。

曼茹叶听事情成了，泪水就潺潺地流个不停。她还能在这个家里住多长时间呢？恐怕连这个冬天也住不了了。想着将要离开这个生活了十几年的家和亲人，她难过得不能自已。

虽然很多时候有阿西陪着她说一些私密话，但她的心情依然很沉重。近来好想出了远门的大哥和二哥，她时常在梦里梦见大哥尔萨脸上一直土尘尘的，没有个高兴样子。她贴上去想说话的时候，他总是甩开她，不愿和她说话。她就想是不是哪里把大哥得罪了。没有啊，大哥是个直肠子，有啥说啥，最心疼的就是她了，她也最黏大哥了。大哥他是不是有啥事情呢？一晃几个月过去了，大哥和二哥也不捎个口信啥的回来。真急死人了。

还有一次，她梦见大哥给她送了一双花鞋，说要她穿着。鞋面上绣着青青的竹叶，像水洗了似的青翠。大哥说以后就见不上他的面了，她缠住大哥问他到哪儿去。大哥把脸一转走了，没有理识她。

曼茹叶想着，有些心悸。她不知道这梦境到底预示着什么。

回
家

　　尔萨住了一个月院，身体硬朗了一些，便不想再住院了，坚决要出院，克里木和曼苏怎么拦也拦不住。他说开些药拿回去自己熬着喝，这天天躺医院里，就是没有病也把人躺出病呢。克里木几次拦着尔萨想说什么，但都没能开口。曼苏知道克里木想说啥。

　　克里木和曼苏拦不住尔萨，只好办了出院手续，开了一大包熬煮的药和一些粒丸，拿回到租借的房子里。克里木转了两条街，买回了一个药罐，叫曼苏熬煮汤药给尔萨喝。

　　回到出租房里，尔萨也坐不住，不知怎么了，他心急如焚。克里木和曼苏陪他到大街上去转一会儿，大街上行人很少。有几个大个子的外国人背着很大的背包，走在大街上东瞅西瞧，向大昭寺的方向走去。他们看到尔萨后微笑着招了招手，算是一种礼貌吧。尔萨心想，要是人人都带着微笑和仁义，那么这个世界将会是一个充满大爱的世界。

　　尔萨走在大街上感觉脚下轻飘飘的，好像漂在水上。太阳炎炎地照着，照得地上白光光的。走在太阳底下，尔萨的脚下越发轻了。

　　他笑着给克里木和曼苏说："一个月医院住下来，把身子骨坐酥了，走路像漂在水面上，头重脚轻的，晕得站不稳。"克里木故作轻松地说："那是长时间没有透风的原因，现在出院了出来散散心透透风，让太阳照一照，再让风吹一吹，过几天身子骨就硬朗了。"曼苏跟在后面默不作声，像个哑巴似的。

几个妇女前胸挂着粗糙的皮衣，膝盖上绑着厚厚的牛皮或汽车里胎，手掌上撑着两块厚木板，虔诚而目不转睛地叩着等身长头。太阳光照在地上生硬地反射着白晃晃的光芒。那些叩等身长头的妇女的脸庞被高原的太阳光涂抹得黑中透红，这是高原上太阳辐射的痕迹，也是她们膜拜的痕迹。尔萨静静地看着这些虔敬的妇女，心中有了些许感动。一股暖流从脚底暗暗地涌了上来，在内心深处搅拌着他的寄托，他该走向何方？在这一刻，他突然有了想要回家的想法，那么强烈和坚决，他不想在拉萨待了。他很想家里那滚烫的土炕，闻着烧炕时带着一丝草香的草火烟味和浓郁的土腥味，想久久地睡一觉。

尔萨紧走了几步，撵上克里木和曼苏，突然说："我想回家去！"

克里木吃惊地望着尔萨问道："你要回去？不治病了？回去治病怕是没这里有效果吧？先让医院再诊治上一段时间，看着药效挺好，你吃了这一个月，好转非常明显。我的意见是你上冬再和曼苏回去，那个时候拉萨也就没人了，两个铺子我也顾得过来。你的病也好了，曼苏顺便回去把婚也结了，两全其美。"

尔萨摇着头，不肯留在拉萨，执意要回去。

克里木和曼苏知道尔萨的病情是耽搁不得的。最后克里木决定由曼苏送尔萨回去。但尔萨死活不肯让曼苏送他回去。说他一个人就可以了，路途这样遥远，一个人走是走，两个人走也是走，两个人走得多掏一个人的车费，而且来回时间又长，得耽误多少时间。尔萨说他先回去，上冬了让曼苏再回去，那个时候家里给他准备得也差不多了，只管回去结婚娶媳妇得了。

人心是拦不住的。与其拦不住还不如放手让他回去。既然尔萨自己这样定了，就让他回去吧。

克里木开始给尔萨联系回家的车辆。克里木打听到了一个姓牛的货车司机，常年跑川藏线搞运输，从成都到拉萨拉货，正好卸完货要从拉萨返回成都，有一个人的空位。克里木和牛师傅说好了车费，让尔萨坐他的车到成都，再从成都坐火车到兰州，然后坐班车回家。

尔萨回到家里已是第八天了。

尔萨一个人回来让家里人都有点吃惊。自那次阿西上省城去看尔萨和曼苏，和他们错过车没见上面之后，就再也没有听到他们的音讯。前段时间，他们寄来了两千块钱，这算是唯一一次有音讯的事儿。现在尔萨回来了，曼苏却没有回来。

尔萨背着的一个大背囊，里面装得鼓鼓的。冬月过去试着抱了一下，并没有抱动。看来里面装着好多东西呢！冬月急不可待地拉开了背囊的拉链，里面除了一些糖果之类的吃食，全都是药包，各种草药混杂的味道浓浓地喷了出来，弥漫在了有着一丝太阳光和泥土味的屋子里。一家人全都盯着尔萨的脸色，问他到底得了啥病。他遮遮掩掩地说："是腰上的病，吃点儿药就好了。"碧黛盯着尔萨脸色好一会儿才轻轻地问道："有病了就好好吃药养着。那曼苏啥时候回来呢？"尔萨低了头边整理东西边说："曼苏可能要到上冬才能回来，现在忙，回不来。"老敏叹了口气说："省城也不是太远，一天的路程，说要来也就来了。"阿西和曼茹叶忙着烧火做饭、倒茶。尔萨虽然说是回来了，但阿西的心上有个疙瘩解不开，尔萨的脸色很不好，是啥病他也不往明里说，怕是啥不好的病或是难以说出口的病。这几年，阿西听得多了，说是外出打工的人在外面得病的多，得了治不好的也多。阿西的心里七上八下的很不安稳。

　　吃饭的时候，碧黛悄悄过去给阿西说："晚夕里你好好问下尔萨，他到底得的是啥病。"阿西含着泪说："我晚夕里了问他。"

　　老敏一直没有说话，勾着头思谋着。

　　尔萨逗着冬月说着话儿，剥着糖纸，一脸的喜悦。头上的虚汗从头发缝里往外渗着，晶莹莹的像是进了蒸房。逗着冬月说了会儿话，他有点累了，笑着给冬月说："爸爸乏了，睡会儿觉啊！"冬月点着头给他拉开了被子。尔萨的头刚一挨枕头就沉沉地睡去了。

　　这天的黄昏好像来得有点早，晚霞红红的洒满了红土坡山，到吃夜饭的时候了。

　　尔萨这一觉睡的，从中午一直睡到了吃夜饭的时候，还没有醒来的意思。碧黛推了推身边玩耍的冬月，说："把你爸爸喊醒，叫他起来吃夜饭。"冬月像只小鹿羔子似的跳着跑进了厢房，喊了一会儿，跑出来喊道："阿婆！爸爸喊不喘！"碧黛又朝阿西喊道："阿西！你去把尔萨喊醒，吃夜饭了！"阿西用围裙擦着手走进了厢房门。进去没一会儿，阿西号啕大哭着跑了出来："阿达，阿妈！尔萨殁了，没气了！"

　　老敏端着的茶杯啪地掉到了地上，摔成了碎片，粗糙的春茶叶片溅飞着落在了老敏的裤脚和鞋面上。老敏和碧黛疯了似的跑进了厢房。冬月顺着阿西的哭声也惊恐地大哭了起来。

　　尔萨仰面躺着，脸色像糊了一张白纸，眼睛微闭着，很安详。他已经在不知不觉中撇下了这个世界和所有的亲人，撇下了所有焦灼的思虑和纷繁。天堂里没有痛肠，没有焦灼的思虑和纷繁，没有亲人生死别离的痛苦，只有永恒。

　　碧黛和阿西哭晕了好几次。前春，奶奶殁了，没多久孙子伊迪又殁了，现在尔萨也殁了。这叫老敏一家人怎么活呢？老敏老泪纵横地瘫坐在厢房地上。他一辈子刚强，没有哭过，也很少掉眼泪。他的精神再也支撑不住他的身体了。

哭声轰地飞出了巷道，传进了邻居们的耳朵里，老老少少、男男女女的人们像疯了一样跑了来。

再怎么难过，后事还得安排。大嘴和文肚子招呼村里所有人安排尔萨的后事。大嘴问老敏，曼苏和尔力怎么办，发个电报或打个电话啥的，看能否联系上。老敏摆着手说不用叫了，叫了也无益，人是见不上了。

老敏的精神彻底垮了，瘫成了一摊泥。大嘴和文肚子也不再问他，按老敏的实际情况把尔萨的后事安排了。

第二天下午，尔萨送走了。所有的亲戚们都含着泪走了，这时候所有的安慰都是徒劳的。

没有一个人能支撑起这个家了。

阿依舍留了下来，她得暂时撑起这个家，照看这个家里的所有人。贼杀的克里木远在拉萨，曼苏不知音讯。外面逛荡的叫他们逛荡去，就当没有他那个人。可是曼苏无论如何得回来一趟，尔萨走了，他得挑起这个家里的大梁，他不挑谁挑？但他在哪儿呢？谁也不知道。应该是尔萨最清楚，可是尔萨已经不在了。

那几天傍晚，很奇怪，老炮爸赶着牛羊回来时，牛羊都不愿进圈门。老炮爸劝说老敏和碧黛说："收人的事谁也避免不了，你们还要振作精神呢。你们的身后还有阿依舍、阿西、曼苏、尔力、曼茹叶和冬月呢，如果你们倒下了，那身后的一帮人咋办呢？你们悲痛的情绪惹得牛羊都心情不好了，回家了不愿进圈门。去的人已经去了，活着的人还得弹挣着活。"

老敏在老炮爸的劝说下放声大哭了一场，哭了个天昏地暗。老敏痛哭的时候，牛羊伸长脖子静静地站着看着，不知是想些什么。

给尔萨揽坟的日子上，瘸媒婆和泥瓦匠两口子也慰问老敏一家人来了。他们的到来让老敏一家人很是感动，亲戚还没有做成，他们人情却到了。

这个亲做定了，老敏打心眼里感谢泥瓦匠一家人。碧黛和曼茹叶也很感动，认定了这家人的实诚和忠厚。

现在老敏一家人想知道曼苏的音讯。

婚
事

口子一晃，节气就到了立冬。老敏念叨着说曼苏该回来了。老敏心想，大雪节气一过，天寒地冻的，人蹩着啥也就做不成了。老敏念叨的原因是这半年多阿西娘过来逼了几次，曼苏和"羊鼻梁"定亲的手续该办了，把干礼和首饰送过去，人家的心里也就稳了，再啥时候办喜事那还不是一句话的事情。

曼苏至今没有一个音讯，打工的人也不知道跑哪儿去了，也不知道钱挣到了没有。尔萨殁的时候身上带来的一千多块钱花费在了亡人的身上。自从尔萨殁了之后，老敏没有了动弹的心劲儿，贩卖蔬菜的事儿也就搁下了。人不动弹，一分油盐钱都没地方挣，只有出的没有进的。尔力写信来要生活费，还是从老炮爸那儿挪腾来了五百块钱，要不是老炮爸挪腾，那老敏就只有卖血一条路了。

庄稼遭了白雨，没有收成，又接二连三地发生了这么多的事情，就是有钱人家也经受不住这样的遭罪和打击。

节气还没有到大雪，天气突然又热了起来，那种彻骨的冰寒暂时又消失在了寒夜里。

曼苏和克里木突然回来了，两人穿戴时髦，一身挣了大钱的气派。中午，天空蓝蓝的，飘着几朵闲云，几只鸡扑腾着翅膀抢啄狗食。克里木和曼苏两人刚踏进堂屋门，就被碧黛

298

猛地扑过来抱着哭了个天昏地暗。这时他们才知道尔萨刚回家就殁了。拉萨一别竟然是他们的生死诀别。曼苏抱着头号啕大哭。他说他梦见尔萨殁了，没想到竟然是真的。尔萨殁的那晚，曼苏房子里的房梁像碌碡拉过似的响了好几下，他感到有个温热的身影在他床前站了好一会儿。他睁开眼却是伙计粗犷的鼾声。碧黛劝着曼苏和克里木说："家里人早把眼泪淌干了，你们就忍耐吧！"老敏抹着泪水躲着给牛羊喂草料去了。这时候最痛苦的是阿西，她心里的那个疼给谁诉说呢？没处诉说，也无法诉说，只有自己默默地吞咽。

曼苏哭得差不多了，碧黛才哭着骂道："你们两个贼杀的，多少时候没有个音讯，一个人上了拉萨，另一个人跑哪儿去了？把一家人的眼睛都望瞎了，就是不见你们回来。你们看现在的这个家，老的老小的小，成啥样子了？再甭哭，你们两个男人打挣打挣，把门户立起来不要叫倒了。这个家现在快支撑不下去了，值钱的就剩圈里的黑秃子牛、几只羊和鸡窝里的几只'盐罐子'了。"

曼苏抬头扫了一眼空荡荡的屋子，心里即刻空落落的，转身朝克里木的脸望去。克里木一脸真诚地说："现在我和曼苏回来了，钱也挣了点儿，拉扯家务不是问题，大家甭愁。这次我想是尽快把曼苏和马哈三家丫头'羊鼻梁'该办的亲事办了，上冬把媳妇娶进家门。冬一出，我就和曼苏上拉萨了。这几年拉萨外国人来得多，生意好做，挣钱的门路广，趁这个时候多挣点儿钱，将来用钱的地方还很多。"碧黛说："上冬过事情好是好，曼茹叶也给了人家，是克里木你们香水村那个泥瓦匠家的大眼睛儿子穆沙。"克里木尴尬地笑了笑，说："知道有那么一家人，但我不太熟。我常年在外面逛荡，村里人都生疏了。不过，你们看准的不会错。那就上冬和曼苏的媳妇一出一进，也顺当呢。"碧黛拉着一副愁苦的脸说："就怕搅缠不过来。"克里木说："我说过了，曼苏的媳妇我负责来娶，钱的事情不用管，你们只负责大事情的掌舵就成。"

碧黛长长地出了一口气，把多日的痛苦和愁肠吐纳了出来。

吃过饭，克里木说："明天大家分头行动去香水村和沙河村找媒人，商量着把曼苏和曼茹叶的事情一揽子定了。冬至前后办事情。"

碧黛满脸惊奇地看了一眼曼苏，又问克里木："真去？"

克里木嘴角咧了一下："真的，这么大的事情不是开玩笑。冬至前后把事情办完，再歇缓一阵子，我和曼苏就上拉萨去。今年两个铺子都挣得好，曼苏铺子的利润比我铺子的利润好，生意没亏人。"

这时，大家才知道曼苏早就去了拉萨，在拉萨开了个铺面，而且生意不错。

克里木当天回家看望阿依舍和娃娃们去了。

第二天大清早，老敏、碧黛和阿西随便吃了点东西就分别去了香水村和沙河村。

三棰两棒子，两面的事情就落实成了。日子大概定到了冬至后几天，离过事情不到二十天的时间，这让一家人够忙的了。给"羊鼻梁"的干礼和首饰等由阿西娘作保，三天后送到。具体打发曼茹叶和娶"羊鼻梁"的日子还得老敏两面三头再跑几趟，和那两家商量着定。老敏和碧黛来回跑了三趟，才算把确切日子定了下来。冬至过后的初三娶媳妇，初四打发曼茹叶。

接下来就有忙得了。新媳妇穿的衣裳是来不及做了，全部要买。克里木、阿依舍、阿西、曼苏和曼茹叶到县城置办嫁妆和各种东西。肉羊家里那几只宰上五只是差不多了，肉牛还得到北山牧场上买去。老敏去了札嘎梁那面的北山牧场，从"主人家"（朋友）巴桑家买了一头不下犊的体形像公牦牛的牦雌牛，回来时顺便把巴桑家儿子格桑和女儿琼达也叫了来，让他们在亲事喜庆的氛围里玩几天。巴桑一家人两三年没有来老敏家了。再不走动和来往，两家延续了几辈子人的交情怕是要被时光遗忘了呢。格桑和琼达听说要给曼苏娶媳妇，还要打发曼茹叶，翻箱倒柜找寻他们的新衣裳。新皮衣穿在身上毛茸茸的，像两个毛娃娃，就是鞋太破了。两个人盯着脚面，有点难堪。老敏笑着说："走路不穿新鞋，到我家后我让曼苏到县城里给你两个买双新鞋去。"格桑和琼达一听就乐了，一下子笑得合不拢嘴。

忙碌着没忙出个啥眉眼就到了娶亲的日子。

各路亲戚到了，上庄和下庄的朋友们都到了，还有远方牧场上的老"主人家"们也都到了。老敏家一下子热闹了起来。

娶新媳妇的车是克里木到县城里租的一辆红色桑塔纳轿车，另外接送亲戚租了四辆红色面包车和一辆小客车。

初三那天，新媳妇娶进家门时，飘起了一阵大雪，像天女散花般翩翩起舞着。曼苏身着一袭藏蓝色西服套装，内搭简洁干净的白衬衫，板正得像裁缝专门量了尺寸缝制的。他板寸发型硬朗凛冽，骨感的脸型轮廓分明，体现着大男孩的清秀和男人的成熟。他清雅深沉的目光在雪光的飘忽和嬉闹的人群中扫觅被送亲队伍簇拥着进了东厢房的"羊鼻梁"。

天还没有完全暗下来，族里的年轻人和娃娃们开始闹洞房了，闹两个"镇炕娘娘"。一大帮孩子们挤在婚房地上齐声喊着"堂客娘娘给个枣儿，不给枣儿，明年养个孖狗娃儿""新媳娃儿给个枣儿，养个儿子养个女儿"等童谣。闹得不可开交时，"镇炕娘娘"就会摸出一些"喜果"或"金钱"撒向孩子们。可能是两个"镇炕娘娘"准备不足，只撒了一次"喜果"或"金钱"就再没有撒的东西了。孩子们一起聚集着跳到炕上，拍手说唱闹洞房的儿歌：

阿姨娘，炸油香，
炸下油香盖楼房；
楼房底下一碗水，
大姐二姐洗手来；
洗下手，白墩墩，
擀下面，滑溜溜。
下直锅里木螺儿转，
捞直碗里一根线。
公公喝了八碗，
打破了个花碗；
婆婆喝了九碗，
打破了个油碗；
新媳妇喝了一灯盏，
屙了一木锨，
叫狼狼不来，
叫狗狗不来。
泼直阎家瓦房上，
来了一帮老和尚，
老和尚念经，
念了一个先生，
先生舀水，
念了一个尕日鬼；
尕日鬼抬窗子，
哎哟我的干腔子；
尕日鬼抬后门，
哎哟我的脚后跟；
尕日鬼抬石板，
哎哟我的脚趾头。

有个眼尖的娃娃从一个"镇炕娘娘"的口袋里摸走了一把牛角梳子和一把红头绳。牛角梳子和红头绳是第二天早上"镇炕娘娘"给新娘梳头扎头发用的，梳洗完后，就要把牛角梳子和红头绳全部留给新娘。时间不早了，"镇炕娘娘"要给新女婿和新媳妇铺炕，却发现牛角梳子和红头绳不在了。把身上所有的口袋翻遍了也没有找到，才记起向娃娃们伸手去要。可这会儿哪个娃娃会给呢？你只有拿"赎金"来赎。

最后只有把省下来的那点"喜果"或"金钱"全掏了出来，才赎回了牛角梳子和红头绳。

初四这天，是最忙乱的时候，在清早要准备给"羊鼻梁"的娘家人来"开眼"的席面，席完之后还要组织亲朋好友到香水村给曼茹叶送亲。

亲送走了，这个家里的人才觉得乏了累了，连端杯茶喝的精力都没有了。

桌凳、锅灶、碗盏、剩菜乱得让人看不下去。虽然说新媳妇三天不下炕，可"羊鼻梁"偷偷地从窗户里向外看了一眼，满院满屋的凌乱，她再也坐不住，下炕帮碧黛、阿西和曼苏收拾。

初五晚夕里天上下起了大雪。阿西无限孤寂地搂着冬月说："明天你阿娘（姑姑）曼茹叶就该回门了。我心急得睡不着觉。"她看着东面曼苏婚房里发出的昏黄的灯光，不由自主想起已成了亡人的尔萨，泪水哗地流了下来。好在还有冬月陪着她，不然她如何度过这一个个漫长的暗夜呢？

天麻麻亮时，雪足足有一尺厚。阿西开始扫檐台上的雪，然后扫院子里的雪。扫是扫不动的，她是用木锨铲完的。那样厚的雪，近年来很少下这样厚的雪。

阿西想，入冬下厚雪来年必定是个丰收年。

上房的雪也得扫，也得用木锨铲。

阿西上到了房顶，满目银白，白杨树和电线像穿了一身

303

白棉衣，显得臃肿而笨拙。山野里"千山鸟飞绝，万径人踪灭"，她心想，这样厚的雪，她有点担心曼茹叶回门的路。恍惚中一脚踩空，像一只被弹弓击落的鸽子一样跌在了房后干硬的石碴路面上。一声"咚"的沉闷响声惊醒了仍在睡梦中的老敏和碧黛。

阿西干净利落地躺在房后落了厚雪的硬地上。

阿西殁了，脸上没有一丝痛苦的神情，像睡着了似的。

一声狗叫，两声狗叫，全村的狗叫开了。

沉静了许多天的老炮爸家那头大叫驴竟然亢奋地嘶叫了起来，全村的狗叫声混杂在大叫驴的嘶叫声里此起彼伏……

一只孤独的黄鸭飞旋在红雀河空寂洁白的河面上。

墓地上白雪皑皑，阿西的坟茔上土色斑驳。

冬月脸色苍白地站在墓畔的人群里，望着远方的雪原……

这个冬天注定是老敏一家人最难熬的冬天。

过了这个冬天，又会是一个春色萌动的季节。